RELIURE SERREE
Absence de marges
intérieures

JEANNE LEROY

DRICHETTE

PARIS

C. MARPON ET E. FLAMMARION
ÉDITEURS
26, RUE RACINE, PRÈS L'ODÉON

DRICHETTE

ÉMILE COLIN. — Imprimerie de Lagny.

JEANNE LEROY

DRICHETTE

PARIS

C. MARPON ET E. FLAMMARION, ÉDITEURS

RUE RACINE, 26, PRÈS L'ODÉON

A ma petite Amie

Jane Lefebvre.

DRICHETTE

I

LA TANTE NORINE

Cinq heures sonnèrent au clocher de Manneville-la-Raoult; la tante Norine compta les coups
avec mauvaise humeur.

« Cinq... ma foi oui, c'est bien cinq heures, je
ne me suis pas trompée... elle ne rentre pas la
mâtine..., ah! je vas l'arranger... ça, par exemple,
elle va voir... Dire que voilà une heure que je
suis à la barrière à manger mon sang tout cru...;
mais, qu'est-ce qu'elle peut faire?... »

La tante sortit sur la route en tirant la porte
derrière elle; puis, mettant sa main sur ses yeux
pour les garantir du soleil qui était encore bril-

lant, elle regarda aussi loin qu'elle pouvait voir, tout en continuant à gronder.

« C'est-il pas elle que voilà au haut de la char-rière? dit-elle après une pause; mais non, c'est la Quidette qui revient de laver une manne de linge à la fontaine; c'est trop fort de me faire attendre pareillement! Quand elle va arriver, d'abord, je lui retourne la tête d'un soufflet. Ha! la mère Quidet! cria-t-elle, sitôt que la bonne femme fut à portée de l'entendre, vous n'avez pas vu Julia? »

L'autre, chargée d'un lourd fardeau qui la courbait en deux, fit un bout de chemin sans ré-pondre, puis, posant son panier à terre :

— Julia, dit-elle, d'une voix tranquille, où donc qu'elle est que vous en avez l'air en peine?

— En peine, en peine! c'est pas en peine que je suis, c'est en colère. Comment? v'là une fille que j'envoie à une heure à la bruyère de Malchouque avec les chèvres : « Rentre pas plus tard que quatre heures, quatre heures et demie, que je lui dis, le temps seulement de faire faire un tour aux biques pour les désennuyer ». V'là cinq heures sonnées, plus que sonnés, et personne; elle devrait déjà être partie traire les vaches depuis une demi-heure.

— C'est y que Céline est malade, que vous en-voyez Julia à sa place.

— Et non, elle n'est pas malade, mais il a fallu

la garder à la maison. Mon frère est parti chercher son garçon à Honfleur, c'est-il pas les prix aujour-d'hui au collège? et il m'a recommandé de faire un repas soigné pour fêter l'arrivée de Georgeot qui a toujours l'air d'être mort de faim quand il revient aux vacances, car c'est une pitié de payer si cher pour être si mal nourri !... enfin..! cela plait à mon frère, il n'y a rien à dire... et au garçon aussi, car, à l'entendre, il n'y a rien au-dessus de son collège. Pas moins que les premiers jours, il est inrassa-siable.

— C'est ben sûr le changement de nourriture et puis le grand air qui lui donne appétit, car il dit toujours qu'ils sont bien nourris.

— Oui, oui, marchez, on leur donne des gigots de mouton tous les jours.

La tante Norine devenait de plus en plus har-gneuse. Encore une fois, son regard explora la route.

— Pas plus de Julia que sur main. Non, voyez-vous, mère Quidet, quand elle me fait des traits comme cela, j'aurais le courage de...

La vieille fille jeta un regard autour d'elle, cherchant ce qu'elle aurait bien le courage de faire à Julia.

— Tenez, ajouta-t-elle quand elle eut trouvé, je la fourrerais la tête la première dans la mare.

— Bah ! vous dites cela, mamzelle Norine, mais

vous ne le feriez pas. Et puis, quoi ?... il est encore grand jour, Julia a ben le temps de rentrer et d'aller tirer les vaches.

— Cela vous plait à dire, vous ; les bêtes sont au Pré Mouillé, à près d'un quart de lieue ; il y en a huit à traire, le temps d'aller et venir, elle rentrera à la nuit si elle tarde encore. Et Aubry qui doit aller, aider à rapporter les seaux, à la fin de sa journée, croyez-vous qu'il va l'attendre... Ah tenez, la v'là de cette fois : c'est pas malheureux. Si vous voulez voir une fille bien reçue, mère Quidet, vous n'avez qu'à rester.

Mais la bonne femme avait pris son panier et s'était remise en route. Elle connaissait assez l'humeur acariâtre de la vieille fille pour savoir que l'explication ne serait pas des plus cordiales, et comme c'était une excellente femme, ennemie des disputes, elle préférait s'en aller.

— Dépêche-toi, ma *paure éfant*, dit-elle à la fillette en passant près d'elle, mamzelle Norine n'est pas contente, va ; il s'en faut.

Julia arrivait tremblante de peur, les yeux rouges, la mine piteuse. D'un coup d'œil rapide, la tante avait embrassé le petit troupeau.

— Dis donc, dis donc, est-ce qu'il ne se manque pas un chevreau ? Quatre chèvres, trois chevreaux, c'est bien cela ; et où est le quatrième ?

La pauvre petite était terrifiée.

— C'est... c'est... je ne sais pas, finit-elle par balbutier.

— Ah tu ne sais pas ! ah tu ne sais pas ! cria la vieille fille, laissant éclater sa colère ; et bien, je le sais moi ; tu es allée courir, et pendant ce temps-là on te l'a volé, gueuse... pauvrarde... propre à rien. Dis, d'où viens-tu à l'heure qu'il est... ? Le plus gentil chevreau, une bête qui était vendue quarante francs à madame Nilsen...! que la petite demoiselle était venue choisir elle-même...! Et c'est le second depuis quinze jours...! Mais celui-là, ma fille, tu es bien sûre que tu le payeras. Tu verras à la Toussaint si tu auras une robe neuve et des galoches !

— Pourtant, hasarda la fillette, je n'ai pas quitté les bêtes une seconde, cela c'est sûr.

— Et bien quoi, alors ? c'est toi qui l'as vendu, il n'a pas fondu ce chevreau. Tu es encore bien dans le cas d'en avoir fait de l'argent pour t'attifer.

— Oh ! mamzelle Norine, protesta l'enfant indignée, pouvez-vous croire...!

— Je crois tout d'une imbécile comme toi, entends-tu ; je ne sais ce qui me retient de te mettre à la porte sans boire ni manger... Et puis, ce n'est pas tout cela, file prendre les seaux pour aller traire les vaches ; en passant, dis à Aubry qu'il t'attende pour t'aider à rapporter le lait, car il aura fini sa journée avant seulement que tu aies commencé. Allons, houp ! et ne lambine pas.

La vieille fille était tellement surexcitée par la colère et Julia si penaude, qu'elles n'avaient pas entendu une voiture s'arrêter à la porte : c'était un dog-cart attelé d'un beau cheval normand, vigoureux et bien fait ; les harnais étaient sinon du dernier genre, du moins admirablement soignés ; l'attelage, somme toute, avait bonne façon.

Sans doute, les nouveaux arrivants étaient habitués aux scènes de mamzelle Norine, car ils ne parurent pas y prendre garde. Un grand collégien d'une quinzaine d'années sauta légèrement à terre, sans toucher le marchepied, puis ouvrit la barrière toute grande en criant d'une voix joyeuse :

— Bonjour tante, bonjour Julia ; j'ai eu trois prix : prix de version latine, prix de français et prix de gymnastique et quatre accessits, je ne sais plus de quoi. Papa est enchanté, il m'a promis une selle anglaise pour monter Faraud ; n'est-ce pas papa ?

Le père souriait d'un air heureux, en écoutant son garçon. C'était un homme de quarante à quarante-cinq ans, à la figure loyale et bienveillante ; un de ces braves gens, qui, tout joyeux de vivre, aiment à voir les autres contents autour d'eux. On éprouvait de la sympathie pour lui, rien qu'à le regarder. Ah certes, il ne ressemblait guère à sa sœur !

Le jeune garçon avait pris le jument par la bride et la faisait entrer dans la cour avec beaucoup de précautions.

— Là, Fifille, là ; pas de manières... allons doucement, ma belle. N'allez pas buter sur les arbres, n'est-ce pas ?... Vous feriez tomber les pommes et nous n'aurions pas de cidre.

Le père, resté dans la voiture, baissait la tête, quand on passait sous les branches ; l'attelage fut amené devant une belle et grande écurie, où un domestique était occupé à sortir le fumier et à garnir les râteliers.

— Faites attention à la jument, Louis, dit le maître ; c'est Georges qui a conduit et il nous a menés bon train.

Quand le fermier arriva à la maison avec son fils, Julia en sortait portant ses quatre seaux clairs comme de l'argent, ils virent ses yeux rouges et sa figure altérée.

— Ah mon Dieu! ma pauvre Julia, demanda Georges avec intérêt ; qu'est-ce que tu as eu donc pour pleurer si fort ?

— Ce qu'elle a eu, mon garçon, répondit la vieille fille toujours désagréable ; elle a eu que je viens de la secouer d'une belle façon et qu'elle aurait mérité être battue comme plâtre. Elle a encore perdu un chevreau, le joli petit, couleur café au lait qui avait le museau et les pieds noirs ;

celui que la petite demoiselle Nilsen a tant recommandé qu'on lui garde. Ainsi, c'est le second
depuis quinze jours... S'il n'y a pas de quoi l'as-
sommer, cette grande bête-là...

— Ah ça, comment t'y prends-tu, dit le fermier
un peu fâché ; tu ne fais donc pas attention ?

— Attention ! elle !.. elle aime mieux courir
avec Pierre, avec Paul et rentrer à *pièce d'heure*
que de veiller son troupeau.

— Pourtant, monsieur Valienne, je n'ai pas
quitté les chèvres une minute ; si le petit chevreau
est perdu, je vous assure bien que ce n'est pas ma
faute...

— C'est la mienne, pardine, riposta la tante
aigrement.

Le maître paraissait ennuyé des criailleries de
sa sœur.

— Voyons Norine, dit-il, si on ahurit cette petite, on ne saura jamais le fin mot de tout cela.
Si on lui a volé la bête, comme c'est la seconde
fois que cela arrive, il faudra aviser.

— On ne me l'a pas volée, monsieur, du moins
je ne pense pas, parce que je n'ai vu personne
autour de moi quand il a disparu.

— Parbleu, reprit la vieille fille qui ne pouvait
tenir sa langue, vous jugez comme le voleur serait
venu se faire voir et dire : « Excusez-bien,
mamzelle Julia, je vous emporte un chevreau. »

— Laisse-la parler un peu, Norine, je t'en prie. Voyons, ma fille, dis-moi bien ce que tu crois que le chevreau est devenu.

— C'est une bête qui l'a emporté probablement... sûrement même. J'étais assise à l'entrée des Sapinettes depuis un petit moment, quand j'ai entendu un bond très fort derrière moi, puis le biquet qui pleurait, puis un animal qui se sauvait dans le bois en faisant craquer les branches. C'est un renard ou un chat sauvage, plutôt un chat sauvage, parce que Henri Drieu m'a dit l'autre jour qu'il en avait vu un dans la bruyère auprès d'un terrier de lapins.

— Et bien, il ne faudrait plus retourner de ce côté-là, vois-tu. Je vais en parler au garde de M. de Brotonne ; ce serait ennuyeux de laisser ces bêtes-là se répandre dans le pays ; cela fait tant de tort aux basses-cours... Ce n'est pas sa faute tout de même à cette petite, dit le maître d'un air conciliant, en se tournant vers sa sœur.

— Ah çà, Valienne, est-ce que tu la crois, s'écria la vieille fille outrée du calme de son frère. Non, vois-tu, tu me fais hausser les épaules. Tu ne vois donc pas qu'elle ment comme un arracheur de dents ?

— Non, madame, elle ne ment pas, dit une douce voix derrière eux ; la preuve, c'est que voilà la bichette que Henri a sauvée en tuant le chat sauvage.

Chacun se retourna ; sur le seuil, une élégante fillette de dix à onze ans, tout en deuil, tenait dans ses bras le chevreau qui avait causé tout ce tapage.

La figure de Julia rayonnait de joie. Elle se précipita vers la nouvelle venue et s'empara de la petite bête qu'elle couvrit de baisers.

— Merci, mamzelle Drichette, merci, dit-elle d'une voix entrecoupée par l'émotion ; puis se tournant vers la vieille fille : Vous voyez bien, mamzelle Norine, que je disais la vérité.

— Oui va, répondit la tante qui ne voulait pas désarmer ; si tu avais veillé les chèvres, le chat ne t'en aurait point enlevé, pas moins.

— Voilà une jolie petite demoiselle, avait dit M. Valienne en apercevant la fillette. Dites-moi, ma jolie, comment se fait-il qu'Henri ne soit pas venu rapporter lui-même le chevreau.

— Monsieur, répondit la petite fille avec une politesse charmante, il est allé auprès de maman pour qu'elle lui panse son bras que le chat a égratigné très fort.

— Vous étiez donc avec lui, ma petite belle ; en ce cas, racontez-nous ce qui s'est passé, vous serez bien aimable.

— Tout de même, mamzelle Drichette, reprit la tante, qui décidément en voulait à tout le monde, ce n'est pas pour dire, mais vous avez de jolies sociétés ! Pour une demoiselle de Paris ! et si fière !

c'est un drôle de compagnon qu'Henri Drieu! un pauvrard! un vaurien! le plus grand mauvais sujet de la commune!

— Nous ne nous sommes jamais aperçues qu'Henri fût un vaurien, répondit simplement la petite fille; ce n'est pas sa faute s'il est pauvre, et cela ne l'empêche pas d'être complaisant et serviable.

— A la bonne heure, reprit le fermier, voilà qui est parler d'or. C'est bien cela, ma jolie, de défendre ses amis, surtout quand ils ne sont pas là... Et tout cela ne nous dit pas comment Henri s'y est pris pour tuer le chat.

— Voilà, monsieur : nous étions tous les deux dans les Sapinettes à ramasser du bois mort, quand le chat est passé avec la petite bête entre ses dents; il ne courait pas très vite, parce que c'était une lourde charge pour lui; Henri a eu le temps de l'ajuster et de lui lancer une grosse pierre qui l'a atteint à la tête et lui a fait lâcher le chevreau; nous nous sommes approchés, mais le chat n'était pas tout à fait mort, et, en se débattant, il a fait au bras d'Henri de profondes déchirures.

— Et dites-moi, reprit la tante toujours aigre, pourquoi que vous n'avez pas donné le biquet à Julia, plutôt que de l'emporter chez vous pour le rapporter ici ensuite. Tenez, voulez-vous que je vous dise, tout cela ne me paraît pas trop clair.

— Madame, Henri perdait beaucoup de sang, nous ne savions pas au juste où était Julia, il aurait fallu la chercher et cela aurait demandé du temps; nous avons préféré rentrer à la maison.

— Et puis, quoi, dit Georges que les observations de la tante impatientaient visiblement, ils l'ont emporté parce qu'ils ont voulu et ils ont bien fait; qu'est-ce que cela te fait, puisqu'on te le rapporte. Nous n'avons qu'à remercier mademoiselle sans demander tant d'explications.

— Au revoir messieurs et madame; à bientôt Julia, fit Drichette de sa gentille voix.

— Attendez un peu, ma petite belle, attendez, dit le fermier qui avait bon cœur et aimait à donner; Norine, donne-lui une douzaine d'œufs..., un bol de crème..., du beurre..., je ne sais pas moi, des cerises, ou des prunes si elle aime mieux.

— Merci, monsieur, répondit la fillette avec un joli sourire, je n'ai besoin de rien, je vous assure.

—. C'est bon, c'est bon, grommela la vieille fille maussade, c'est autant de gagné.

Drichette était déjà loin sur la route, elle allait tourner la *charrière* au bas de laquelle elle habitait, et Georges qui l'avait accompagnée jusqu'à la porte la suivait encore des yeux, muet d'admiration pour la gracieuse petite fille qu'il voyait pour la première fois. Était-elle distinguée! et polie...!

Comme elle s'exprimait avec facilité! et quelle voix charmante! on aurait cru entendre un oiseau chanter... Sa robe noire était bien simple, mais comme elle avait bonne façon!... Et puis Drichette!... voilà un joli nom! et pas commun bien sûr.

— Quand Julia sera revenue, se dit le collégien, je lui demanderai des détails sur cette petite, elle paraît la connaître. Pas à la tante, elle a l'air de trop mauvaise humeur.

Pourtant, il n'eut pas la patience d'attendre le retour de la petite servante et, au bout d'un instant, voyant la vieille fille un peu calmée :

— Qui donc est cette petite fille ? lui demanda-t-il.

— Eh! tu l'as bien entendu, il me semble ; c'est Drichette... ; un drôle de nom tout de même.

— Mais Drichette qui ?

— Ah! Drichette qui? est-ce qu'on sait ? C'est des espèces de Parisiennes à qui la mère Lenoir a laissé tout son bien, sans les connaître plus que cela...; une lubie... M'est avis que la bonne femme aurait mieux fait de ne pas deshériter ses gens, que de donner ce qu'elle avait à des grimacières qui n'ont pas le sou et qui font plus d'embarras qu'elles ne sont grosses.

— C'est donc la petite du Routeux, reprit le père Valienne, subitement éclairé ; eh bien, No-

rine, tu as tort de parler sur ce ton-là de personnes
aussi respectables. La mère Lenoir leur était bien
reconnaissante et elle avait raison. A la fin du
siège de Paris, Émile Lenoir était chez eux en
billet de logement; il a été pris de la fièvre
typhoïde et, sans avoir peur de la contagion, la
dame l'a soigné comme son propre enfant. Quand
la mère Lenoir a été à Paris voir son garçon, ils
l'ont admirablement reçue, l'ont installée auprès
d'Émile, et comme elle me disait, la pauvre vieille,
s'ils ne l'ont pas guéri, c'est qu'il avait enduré
trop de misère pendant ce maudit siège, car il
n'est pas possible d'avoir eu plus de soins qu'ils
n'en ont eu pour lui. Tiens, leur nom me revient,
c'est Castagny qu'ils s'appellent, la bonne femme
m'en a si souvent parlé. Le mari était peintre de
tableaux, il est mort l'année dernière; la dame
aussi peint à ce que je crois.

— Mais, ce sont de très braves gens alors!
s'écria Georges avec une admiration émue; c'est
très beau, très généreux, ce qu'ils ont fait là.

— Oui, Georgeot, d'autant plus qu'ils n'étaient
pas riches, la mère Lenoir l'a bien vu; aussi quand
elle est devenue tout à fait malade, ce qui n'a pas
traîné —car elle n'a fait que languir depuis la mort
de son garçon — elle a fait un testament qui leur
laissait le Routeux, avec la cour qui est derrière
et le clos qui est en face. Les deux dames sont ve-

nues s'installer, il y a six semaines à peu près, n'est-ce pas, Norine ?

— Ecoute, Valienne, laisse-moi tranquille avec ce monde-là, j'ai autre chose à faire que de m'en occuper.

— Quant à la famille, poursuivit le fermier, sans remarquer la mauvaise humeur constante de la vieille fille, elle n'avait rien à dire. La mère Lenoir n'avait que des cousins éloignés d'abord, et qui ont encore eu plus de quatre mille francs d'argent. Et puis ! si Émile avait vécu, ils n'auraient rien eu, n'est-ce pas. Ce que les Lenoir possédaient était bien à eux, ils l'avaient amassé en travaillant, ils étaient bien libres d'en disposer à leur idée.

Georges ne disait rien, il était soucieux ; il cherchait dans son for intérieur, un moyen de faire connaissance avec Drichette.

II

LE LONG DE LA ROUTE

Il faisait grand jour le lendemain quand Drichette sortit du Routeux, il était bien dix heures ;
Georges, qui la guettait depuis longtemps déjà,
commençait à trouver que les Parisiennes sont
bien peu matinales, quand elle parut sur la route,
débouchant de la charrière que les pluies récentes
avaient ravinées. Elle était essoufflée en arrivant,
la montée était rude et puis ses petits pieds n'a-
vaient pas encore l'habitude de cheminer dans ces
grosses pierres qui roulaient sous ses pas et l'em-
pêchaient d'avancer ; aussi parut-elle joyeuse de
se voir sur la grande route si droite, si unie; si
douce au marcher. Elle s'arrêta un peu pour reprendre haleine.

— Bonjour, Drichette, cria derrière elle une
voix joyeuse.

La petite fille se retourna brusquement, toute surprise de s'entendre appeler par quelqu'un qu'elle ne connaissait pas. D'abord, elle ne vit personne.

— Qui donc m'a dit bonjour? demanda-t-elle.

— Moi, répondit Georges, regarde en l'air.

La fillette leva les yeux, le collégien était debout sur le *boran*(1), appuyé sur un gros orme qui en formait le coin. Tout d'abord, elle ne le reconnut pas, il avait laissé de côté sa tunique et son képi, tout heureux d'endosser une veste de toile avec laquelle il avait les mouvements plus libres.

— Tu ne me reconnais pas, Drichette?

— Non... ah! si, vous êtes le fils de Monsieur Valienne; je vous ai vu hier en allant reporter le petit chevreau... Et, il va bien, ce pauvre petit?

— Oui, oui, très bien, le chat avait seulement entamé la peau de son cou et encore pas beaucoup, il n'y paraît plus aujourd'hui. Papa a envoyé Julia porter cinq francs à Henri pour le récompenser.

— Ah! fit simplement la petite fille qui s'apprêta à poursuivre son chemin.

— Attends-moi, Drichette, je vais venir avec toi... si tu veux. Je te porterai ta cruche et ton panier.

— Oh, ce n'est pas lourd, dit la petite en riant.

(1) Petit mur en terre, surmonté d'une haie dont sont encloses les propriétés en Normandie.

Venez avec moi, si vous voulez, mais ce ne sera pas bien amusant pour vous : je vais chez Modeste Brière chercher du lait et des œufs.

Le jeune garçon grimpa un peu à l'orme, passa pas-dessus la haie, sauta du boran dans le fossé et du fossé sur la route en moins de temps qu'il n'en faut pour l'écrire. La fillette était abasourdie.

— Si vous étiez tombé pourtant? dit-elle l'air effrayé.

— Pas de danger ; je suis paysan moi, né, élevé à la campagne, et habitué dès mon enfance à grimper et à sauter ; et puis, quand j'aurais manqué mon coup, je ne me serais pas fait grand mal, le fossé est à sec et garni d'herbe bien fournie... Ce n'est pas comme au collège, à la gymnastique ; si on tombe, c'est sur la terre battue où il y a bien encore quelque pierre, on risque fort de se casser la tête, ou un membre. Mais, bast ! on n'y pense seulement pas ; il faut bien faire des exercices pour devenir souple et vigoureux.

— C'est égal, je n'aime pas voir faire des sauts pareils, moi ; cela me fait peur.

— Alors, Drichette, pour toi, je suis le *fils de M. Valienne*, comme tu m'as dit tout à l'heure. Je n'aime pas, vois-tu, qu'on me parle avec cérémonie. Si tu veux me faire bien plaisir, tu m'appelleras Georges, tout court... et tu ne me diras pas *vous*.

La petite fille resta un peu interloquée,

— Cela ne te fâche, au moins que je te tutoie ? demanda-t-il légèrement inquiet.

— Moi ! oh pas du tout, seulement cela me semble drôle. C'est incroyable combien les gens ont le tutoiement facile dans ce pays-ci. La première fois que j'ai vu Henri, c'était précisément le jour de notre arrivée ; il aidait mon oncle Pierre et le voiturier à tout rentrer à la maison, et bien, il m'a dit *toi* tout de suite. A Paris, j'avais des petites compagnes avec lesquelles je jouais depuis trois ou quatre ans au Luxembourg et que je ne tutoyais pas ; nous n'y pensions pas seulement.

—Ah bien, moi, quand j'aime les gens, je ne peux pas leur dire *vous*, il me semble que cela a l'air d'être fâchés. Je parle des enfants bien entendu, parce que les grandes personnes...

—Mais tu ne peux pas m'aimer, Georges, tu ne me connais pas.

— Ah ! tu crois cela toi ! et bien je trouve que je te connais bien assez pour t'aimer. D'abord, tu es gentille comme tout, et tu parles si bien ! et puis tu as l'air d'une bonne petite fille ; enfin papa m'a raconté combien tes parents ont été bons pour Emile Lenoir quand il était soldat.

La conversation était engagée, elle ne languit plus. Georges avait pris la cruche, mais Drichette avait voulu garder le panier.

— Chacun sa charge, avait-elle dit ; j'aurais l'air d'une paresseuse, si je m'en allais les bras ballants.

Sur la grande route éblouissante de soleil, il y avait beaucoup d'allées et venues ; les hommes étaient tous aux champs, occupés à la moisson et les enfants se hâtaient de leur porter la collation : un pot de cidre avec du pain et du fromage ; les fermières revenaient de la ville où elles étaient allées vendre leur lait et leurs légumes. Puis il passait des véhicules de toutes sortes : des charrettes remplies de foin, d'autres chargées de bois, d'autres encore portant d'énormes futailles. On voyait aussi de ces légers paniers d'osier qui servent aux promenades et aux excursions, des voitures de commis voyageurs, de grandes boutiques roulantes contenant, celles-ci des étoffes, de la bonneterie, de la mercerie, celles-là de ustensiles de ménage et de cuisine, d'autres, des brosses, des balais, des plumeaux, des éponges, que sais-je ?

Bien que le chemin de fer lui ai fait perdre une grande partie de son importance au point de vue commercial, la route nationale de Honfleur à Rouen est des plus fréquentées ; aussi, tous les petits villages qui se trouvent sur son parcours sont-ils pleins de vie et de mouvement.

Les gens de la commune qu'on rencontrait saluaient le collégien d'un cordial bonjour.

— Et ben, qui que c'est Georges ? te v'là revenu

au pays, mon garçon. Et comment que ça va, tout de suite ?

Le jeune homme serrait de bon cœur la main calleuse des paysans, s'informait avec intérêt de toute la famille, depuis la vieille grand'mère jusqu'au dernier né, s'enquérait de l'état des récoltes, faisait un bout de causette : bref se montrait aimable, si bien que nul ne le quittait sans dire à part soi :

— Qué brave garçon tout de même ! et pis brin fier d'ailleurs ! c'est pourtant pas l's' écus qui li manqueront !

Le père Valienne était en effet un des gros bonnets de Manneville ; d'abord, il était le maire de la commune, et puis tout le monde savait bien que la ferme des Marronniers, à *lui*, *appartenant*, rapportait au bas mot huit mille francs ; et dame huit mille francs de rentes au beau soleil, cela représente des pièces de six liards. Tout cela, sans compter ce qui devait revenir à maître Georges du côté de sa mère, dont le frère, un gros éleveur de la vallée d'Auge, veuf sans enfants et fort riche, ne se cachait pas de dire que son neveu était son unique héritier.

« L'eau va toujours à la rivière » disaient les envieux ; mais les plus justes convenaient que c'était une fortune bien placée, et que le père Valienne n'épargnait ni son temps, ni sa peine, ni ses écus pour la prospérité de la commune et le bien-être de ses habitants.

« Si maître Georges reste au pays et qu'il ressemble à son père, disaient-ils, nos petits ne seront pas à plaindre !

Après un quart d'heure de chemin à peu près, les enfants s'arrêtèrent à la porte d'une petite ferme. Une paysanne, tenant à la main une grande bannette pleine de grain, jetait à poignées la nourriture à une troupe de poules et de coqs qui se bousculaient à qui mieux mieux pour avoir la meilleure place ; à quelques pas de là, des canards mangeaient goulùment une pâtée de son et d'orties cuites, qu'elle leur avait mise dans une grande terrine ; plus loin, les gros dindons, trop grands seigneurs pour prendre part au repas commun, se promenaient avec dignité en faisant la roue et en poussant des *glou glou* retentissants ; ils attendaient que la fermière fût libre pour les bourrer de noix et de haricots gris.

La petite fille s'arrêta un instant avant d'ouvrir la barrière : en vraie Parisienne qu'elle était, tous les aspects de la vie champêtre l'étonnaient et l'intéressaient. Mais la paysanne les avait aperçus.

— Bonjour, mamzelle Drichette ! eh ! monsieur Georges, c'est-il vous que v'là ? l'école est donc finie à Honfleur ?

— Oui, Modeste, c'était hier les prix et je suis

en vacances pour deux mois ; et bien content je vous assure.

La fermière fit un geste de commisération en regardant le jeune homme.

— Pensez ! je crois bien ! toujours enfermé dans ce collège qu'est plus noir... ! quand je passe devant le samedi, j'en frémis d'ailleurs.

— Mais Modeste, le collège n'est noir qu'à l'extérieur ; c'est très grand et très gai au dedans, on y est très bien et je m'y plais beaucoup... Seulement, je suis bien aise de revenir à Manneville de temps en temps pour me dégourdir les jambes.

— Ben sûr. Nous autres, gens de la campagne, je ne pouvons pas comprendre qu'on enferme comme ça des paures éfants qui seraient si bien au grand air... Ah çà, c'est donc que M. Valienne veut que vous sachiez tout, qu'il vous envoie à la ville ; car vlà not' maître d'école qu'est savant comme il n'y a pas, qui sait le latin, qui joue l'orgue à l'église, qu'écrit les registres à la *mairerie*, qui fait le télégraphe, tout enfin ; m'est avis que vous auriez tout de même ben appris avec lui... Mais v'là ! quand on est riche...

— Si j'étais resté à l'école de Manneville, Modeste, je n'aurais jamais pu être bachelier.

— Bachelier ! Monsieur Georges, vous serez bachelier ; c'est y possible !... Et, sans vous commander, qui que c'est que d'être bachelier ?

— Dame, répondit le jeune homme, un peu embarrassé de l'explication à donner, c'est... c'est... un examen qu'on passe à la fin des études...

— Et comme çà, quand on est bachelier, on sait *tout*.

Georges et Drichette se mirent à rire.

On ne sait jamais *tout*, Modeste.

— On ne sait jamais tout ; et à qui que ça sert de rester à l'école jusqu'à des dix-huit ans...! Et ben, mamzelle Drichette, vous v'là venue chercher du lait?

— Oui, s'il vous plaît, Modeste, et aussi des œufs.

— C'est bon, ma petite, et puis encore quelque chose que j'ai gardé pour votre maman, mais çà c'est une surprise, vous allez voir.

La fermière rentra à la maison avec des airs mystérieux, et, dans la laiterie, bien au frais, elle prit une petite corbeille tellement recouverte de pampres, qu'il était impossible de voir ce qu'elle contenait. Modeste souleva doucement les feuilles de vigne et montra aux enfants une belle grosse pêche bien mûre, veloutée, appétissante et cueillie avec tant de soin qu'elle avait conservé tout son duvet.

— C'est la première de l'espalier, dit-elle ; vous la donnerez à votre maman avec un petit peu de sucre ; elle qui n'a point grand appétit, vous verrez comme cela lui semblera bon.

Drichette était très sensible, elle fut touchée de cette attention de la paysanne.

— Oh, merci Modeste, dit-elle avec élan, vous êtes trop bonne.

— Mais non, mais non, cela me fait plaisir au contraire d'obliger une jolie petite demoiselle comme vous. Emportez la petite corbeille pour que la pêche arrive bien fraîche... Allons, voilà vos œufs dans le panier, la cruche pleine de lait, c'est bon... Entendez-vous les *picots* qui réclament leur déjeuner. Voilà, voilà, gros goulus, laissez-nous la paix.

Les deux enfants se remirent en marche ; le jeune garçon était un peu fâché contre sa compagne : puisqu'elle avait accepté si volontiers la pêche de la Brière, pourquoi n'avait-elle voulu rien emporter de chez eux, la veille....? Il est vrai que la tante Norine était si peu agréable....! C'était ennuyeux tout de même qu'elle eût si mauvais caractère, Drichette ne voudrait jamais venir aux Marronniers avec une vieille fille si grognon.

— A quoi penses-tu, Georges? demanda la fillette, te voilà tout sérieux.

Georges ne voulait pas dire à quoi il pensait, il sentait bien qu'il n'avait aucun droit de faire des reproches à la petite fille.

— Je réfléchissais que tu dois t'ennuyer beaucoup à Manneville, je suis sûr que le pays te semble bien laid auprès de Paris.

— Laid ! s'exclama Drichette, ne dis pas cela, il est superbe ton pays ; papa l'a bien dit quand il est venu avec nous la première fois, et papa s'y connaissait, c'était un grand artiste. Pauvre papa, il était content de penser qu'on viendrait tous les étés habiter le Routeux qu'il trouvait si joli !

L'enfant était devenue toute triste, et pendant quelques minutes marcha sans parler. Georges, à part lui, faisait la réflexion qu'il fallait avoir un drôle de goût pour trouver le Routeux une belle habitation. Au haut de la côte d'Equainville, un M. Marnette, ancien entrepreneur de maçonnerie, avait fait construire une maison, et c'est ça qui était une magnifique maison ; le collégien ne la regardait jamais sans envie quand il allait à Honfleur ou qu'il en revenait. C'était grand, carré, solide, d'un blanc à vous aveugler, et, comble de distinction, surmontée d'un paratonnerre. Et le jardin ! était-il assez peigné, rogné, ratissé ! avec des pelouses bien régulières, des massifs de fleurs en dents de feston, des arbustes dont pas une branche ne dépassait l'autre, des arbres verts taillés en pain de sucre, que sais-je. Et ce labyrinthe surmonté d'un magnolia qui ne pouvait dépasser un mètre cinquante ! et ce jet d'eau retombant dans un bassin où se jouaient des poissons rouges au nombre d'une douzaine pour le moins ; et cette boule argentée où les gens se voyaient avec une figure affreuse, et cette belle grille d'entrée surmontée d'une banderolle en zinc où se lisaient en lettres d'or : A MON POINT DE VUE et au-dessous également en or : VILLA MARNETTE, tous les luxes et toutes les élégances quoi ! Oui, certainement *A mon point de vue* était une belle propriété, il n'y ava' r₁s à dire non. Mais le Rou- teux ! avec sa méchante barrière où une voiture ne serait seulement pas entrée, sa maison couverte en chaume et son jardinet où tout poussait à l'aven- ture ! oui, ma foi, voilà quelque chose de joli !...

— Et comme ça tu te plais ici? dit Georges pour reprendre la conversation.

— Mais oui, beaucoup et j'y serais tout à fait heureuse, si maman n'était pas malade. J'aime bien Paris, assurément, mais depuis quelque temps, il était devenu si triste pour nouэ.

Décidément les idées de Drichette étaient à la mélancolie, les enfants ne dirent plus grand chose jusqu'à leur arrivée. Henri les attendait à la porte du jardin.

— Il ne faut pas faire de bruit, leur dit-il, ma- dame Castagny s'est assoupie dans son fauteuil près de la fenêtre, elle ne m'a pas vu venir. Je voulais lui montrer mon bras, parce qu'elle me

l'avait dit hier, et comme je n'entendais rien remuer dans la maison, je me suis approché et j'ai
vu qu'elle dormait si bien, que j'ai été à la porte
pour empêcher les gamins de crier si quelquefois il
en passait.

Les trois enfants entrèrent silencieusement dans
la maison, et Georges déposa sur la table la cruche
de lait et le panier qu'il avait portés tout le temps.

— Ah mon Dieu! s'écria-t-il; en voilà des
caisses, des malles, des harrasses! et des meubles
tout à travers la cuisine, comment peux-tu te bouger, Drichette, dans une pièce aussi encombrée?

— Oh! cela n'est pas commode va, et cela m'ennuie bien; mais que veux-tu, il faudrait d'abord
que les armoires et les buffets fussent en place,
pour que je puisse les remplir avec ce qu'il y a
dans les caisses et les paniers, et je ne peux pas
bouger tous ces gros meubles, je ne suis pas assez
orte.

— Eh bien Henri et moi, nous sommes assez
forts, et s'il est nécessaire, Louis ou Aubry viendront bien nous donner un coup de main, un jour
qu'il n'y aura pas grand chose à faire à la maison.

Les yeux de la fillette brillèrent de joie.

— Merci, Georges, je veux bien et je te remercie
de ta complaisance. Si tu savais comme cela
m'ennuie de voir tout ce désordre ; et maman, je
suis sûre qu'elle serait plus gaie, si la maison était

rangée et parée. A Paris, dans notre appartement de la rue Notre-Dame-des-Champs, tout était si bien ordonné.

— Drichette! appela une voix faible dans la pièce voisine.

La petite fille se précipita vers la porte.

— Te voilà réveillée, mère! dit-elle affectueusement; cela t'a reposée n'est-ce pas, de dormir un peu; il me semble que tu as meilleure mine aujourd'hui.

Madame Castagny caressait doucement les cheveux de sa fille.

— Qui donc était avec toi, ma chérie? Il me semblait que je t'entendais causer.

— C'est Henri, maman, qui venait te faire voir son bras et aussi Georges Valienne; tu sais, le fils de M. Valienne qui est maire et qui habite la grande ferme des Marronniers.

Maman ne savait pas, elle ne connaissait guère Manneville ni ses habitants, elle qui n'avait pas bougé de son fauteuil depuis son arrivée.

— Puis-je les faire entrer, maman?

— Si tu veux, ma mignonne. Bonjour, mes enfants, dit la malade en s'efforçant de sourire.

C'est ton nouvel ami? ajouta-t-elle en tendant la main à Georges.

Le jeune garçon avait presque envie de pleurer. Madame Castagny était jeune, elle avait peut-être

3,

trente à trente-deux ans ; elle avait une figure charmante et très sympathique, mais paraissait si souffrante, si découragée, si lasse de vivre que cela
faisait mal à voir.

— Sais-tu ce que nous venons de décider, mère,
à nous trois, personnages importants ? eh bien, nous
avons résolu de mettre la maison en ordre, de la
faire très belle. Il y a assez longtemps que tout est
en l'air, il me semble. Nous rangerons les meubles,
nous poserons les tapis, les rideaux, les portières.
C'est indispensable, vois-tu. En ce moment, on est
bien parce qu'il fait chaud, mais cet hiver, on ne
serait pas à son aise, je t'assure.

— Pourvu au moins que vous n'alliez pas vous
blesser avec votre emménagement.

— Oh ! maman, il n'y a pas de danger ; si tu savais
comme ils sont forts et adroits ces braves garçons.
Si tu avais vu Georges grimper et sauter ; et si tu
avais vu Henri tuer le chat sauvage, tu n'aurais pas
peur, va. Tout cela, c'est bien plus difficile que de
changer un meuble de place.

— Allons, comme vous voudrez, mes enfants,
dit la malade avec effort ; je vous recommande
seulement d'être prudents.

— Soyez tranquille, madame, répondit Georges.
Allons, Henri, viens-tu dîner aux Marronniers, tu
seras plus près pour revenir travailler ici après-
midi.

Henri hésita un instant ; si la cuisine des Valienne était plus plantureuse que celle de chez lui,
il y avait là mamzelle Norine qui n'était pas souvent de bonne humeur.

« Bast, se dit-il après une courte réflexion, la
vieille fille ne m'avalera pas et j'aurai toujours
mangé une bonne soupe.

Et résolument, il suivit son ami.

III

LE ROUTEUX

Quand on est jeune, qu'on soit Parisien ou paysan, on adore le bruit, le changement, le remue-ménage : nos trois enfants se mirent donc à l'œuvre et travaillèrent toute l'après-midi avec une ardeur infatigable. Sous prétexte qu'ils avaient besoin de toute la place, les garçons avaient sorti le fauteuil de madame Castagny dans le jardin bien à l'ombre et Drichette l'avait installée le plus confortablement possible avec un coussin sous les pieds et un plaid sur les genoux.

Tout en aidant ses compagnons, la jeune fille regardait sa mère avec bonheur : elle lui paraissait sensiblement mieux, les yeux moins fatigués, la bouche plus rose, le pli du front moins creusé. C'était la première fois que la malade sortait depuis son arrivée à Manneville, l'air lui faisait réellement du bien ; et puis, malgré elle, se sentait gagnée par l'animation des jeunes gens, souriait de les voir ainsi affairés et sérieux ; de temps en temps, donnait un conseil ou faisait une observation et paraissait heureuse d'entendre sa fille rire et babiller.

— Pauvre petite, disait-elle, elle a eu la vie si triste depuis quelques temps !

Et tout doucement, sa pensée retournait vers le passé ; elle songeait avec amertume combien les débuts de sa vie avaient été pleins de promesses, et combien peu ces promesses s'étaient réalisées.

Fille d'André Herbelot, architecte distingué, son enfance s'était écoulée au milieu du bien-être le plus large. C'était le moment où l'on bâtissait avec excès ; son père gagnait un argent fou, que d'ailleurs on dépensait sans calculer : toilette, bonne chère, réceptions, voyages plaisirs de toute sorte, on ne se refusait rien ; heureux encore quand on n'escomptait pas l'avenir. Il semblait aux Herbelot que la chance dût toujours les favoriser. Habile et consciencieux, l'architecte avait toujours plus de travail qu'il n'en pouvait faire et était souvent obligé de se faire aider dans sa besogne, par ceux de ses jeunes confrères qui n'avaient pas encore trouvé l'occasion de se faire connaître. Il faut le dire à sa louange, il n'épargnait rien pour les mettre en lumière et leur faire une situation, sans songer qu'il se créait par là une rivalité qui pouvait lui devenir préjudiciable. C'était un homme généreux dans toute l'acception du terme : nul ne faisait jamais appel à sa bourse, sans obtenir largement ce qu'il demandait. Bref, l'argent lui coulait si facilement des mains que si, jeune encore, il n'eût été emporté en moins de huit jours par une fluxion de poitrine, lui aussi eût été forcé d'avoir recours aux autres en sa vieillesse ; et Dieu sait si ceux qu'il avait obligés se seraient souvenus de lui ! Fort heureusement, dans le temps de sa plus grande vogue, il avait, par une prévoyance bien en dehors de ses habitudes, placé une assez forte somme sur la tête de sa femme et de ses enfants ; et ce furent là les seules ressources qui leur restèrent.

Madame Herbelot aimait certainement ses deux enfants, elle avait élevé sa fille avec beaucoup de tendresse et de sollicitude ; mais quand son fils, de dix ans plus jeune, était venu au monde, elle avait eu pour lui une telle adoration que la sœur avait été forcément délaissée La jeune fille n'était pas jalouse, loin de là, elle était la première à gâter ce petit Pierre qui était la joie de la maison, mais son cœur sensible souffrit cruellement de la quasi-indifférence de sa mère. Aussi quand M. Castagny, jeune peintre d'avenir, du moins on le croyait, demanda sa main, fut-il accueilli avec empressement : l'orpheline avait hâte de se créer un intérieur où son âme aimante ne fût plus exposée à de continuelles déceptions.

Pendant les douze ans que dura leur union, les jeunes gens ne connurent d'autres chagrins que les échecs successifs de l'artiste, qui, chaque année, se croyait assuré d'une récompense, qu'il méritait d'ailleurs, qu'on lui annonçait comme certaine, et qui chaque année était déçu.

Heureusement sa Jeanne était là pour le soutenir et pour le consoler, sans quoi, depuis longtemps, il aurait abandonné ses pinceaux. Elle-même possédait un fort joli talent et ses natures mortes se vendaient très bien : c'était là la principale ressource du ménage.

Pourtant, après une lutte si longue et si pénible, le découragement eut raison de ce travailleur acharné, et sa santé s'altéra visiblement. Juste à cette époque, le legs de la mère Lenoir vint le surprendre. Ce n'était pas la fortune, bien sûr : le notaire estimait le tout de huit à dix mille francs, mais ce petit héritage leur sembla d'un bon augure « C'est peut-être la fin de la déveine ! » se dit le pauvre artiste, et toute la famille partit en Normandie pour visiter la nouvelle propriété.

De Honfleur à Manneville, la route est délicieuse : elle contourne d'abord la baie de la Seine, traversant le faubourg de Saint-Clair plein de charman-

tes villas, le hameau si pittoresque du Poudreux et
le joli bourg de Saint-Sauveur ; puis, à partir de
Fiquefleur, elle s'élève en côte assez rapide ayant
à sa gauche une colline couverte de vergers et de
pâturages, à droite une belle vallée où les prairies alternent avec les terres de labour et où les
fermes sont serrées comme des moutons en troupeau. C'était au mois d'avril : les pommiers qui, en
Normandie, bordent tous les chemins, laissaient
tomber leurs pétales roses formant à terre le tapis
le plus délicat qu'on pût rêver.

Les Castagny étaient enthousiasmés du paysage
qui se déroulait à leurs yeux.

« Est-ce beau ! est-ce beau ! disait le peintre ravi ;
je n'ai plus à m'inquiéter de mes sujets, j'en ai là
sous la main, et pour longtemps... Pourvu au moins
que le Routeux ne nous réserve pas une amère déception ! Bah ! si élémentaire que soit l'habitation,
il y aura toujours bien moyen de l'arranger ! »

Mais il s'était trouvé qu'il n'y avait rien à arranger et que le père Lenoir, un jardinier de beaucoup
de goût d'ailleurs, avait, sans s'en douter, préparé
un vrai régal d'artiste.

C'était au fond d'un chemin creux, d'où l'on
apercevait la route ; la maison était assise au bord
d'un étang où, depuis des années était établi un
routoir, que les gens du pays appelaient *routeux*,
et où ils venaient faire rouir leur chanvre. Mais les

Lenoir ayant perdu leurs deux premiers enfants de fièvres malignes, causées, disait le médecin, par les émanations des eaux croupies, on avait promptement transformé le routoir en une belle fontaine où se lavaient toutes les lessives du pays. Pourtant la maison avait gardé le nom de Routeux et jamais on ne la désignait autrement.

L'entrée était formée par une de ces anciennes portes normandes, si décoratives et qu'on ne trouve plus que rarement aujourd'hui ; de chaque côté de la barrière, deux piliers élevés soutenaient une légère toiture sur laquelle un rosier grimpant et une glycine mêlaient leurs pompons blanc-pur et leurs grappes lilas. A travers le jardin, croissaient au hazard et à profusion une foule de fleurs qui, pour ne point porter des noms bizarres en *um* et en *us* n'en produisaient pas moins l'effet le plus agréable. Tout autour, contre la haie d'aubépine et de houx, on voyait des plantes à haute tige : des roses trémières de toutes teintes, depuis la couleur chair jusqu'au rouge le plus intense, des soleils d'un jaune éclatant, des campanules violettes, une magnifique variété de glaïeuls, de pivoines, de dahlias. Un peu partout des fleurs odorantes : giroflées, réséda, œillets, jacinthes embaumaient l'air. La maison, couverte sur sa façade d'une belle vigne, servait, sur ses côtés, de soutien à des jasmins et à des chèvrefeuilles enlacés. Partout où il y avait un

point d'appui, grimpaient des volubilis, des capu-
cines, des pois de senteur. Sur le sommet du toit
de chaume, s'élançaient de grands iris bleus : bref
pas un pouce de terrain qui ne fût occupé par une
fleur quelconque.

Dans la haie, était ménagée une petite porte
donnant accès à une cour plantée d'arbres fruitiers
en plein rapport. En face, dans un champ clos par
un boran, l'orge, l'avoine, le sarrazin mêlaient leurs
épis que le moindre souffle faisait onduler. Derrière
la maison, s'étendait le jardin potager renfermant
des quenouilles d'une belle venue et chaque
année couvertes de poiries magnifiques.

Dans toute cette petite demeure, on sentait quelque chose de si calme, de si frais, de si réposant,
que le pauvre artiste s'était immédiatement senti
soulagé et consolé. « Quel malheur, dit-il à sa
femme, qu'il faille retourner à Paris pour le Salon !
on serait si bien ici. Mais nous reviendrons dès
que cela nous sera possible, et le bon air et la tranquillité me remettront, je l'espère. »

Ils rentrèrent donc à Paris où un nouveau dé-
boire leur était réservé. Le peintre avait conscience
que son tableau était bien ; plusieurs membres du
jury, une grande partie des critiques s'étaient ac-
cordés pour le désigner comme une des premières
médailles et, pendant six semaines, il avait espéré.
Aussi, quand la liste des récompenses avait été

publiée et qu'il avait constaté que son nom n'y
figurerait point, la déception avait été si grande,
qu'il était devenu tout à fait malade. A l'hiver,
il avait fallu partir dans le midi, puis les médecins
l'avaient envoyé à la Bourboule, et il n'était
rentré à Paris que pour mourir.

Les ressources du ménage, d'ailleurs minimes,
s'étaient épuisées pendant ces épreuves, et la pauvre veuve, malgré son chagrin et ses fatigues, avait
dû se remettre à l'ouvrage pour faire face aux exi-
gences de la vie. Elle avait vaillamment lutté jusqu'au moment où la maladie l'avait clouée à son
tour sur un lit de douleur, d'où elle ne s'était rele-
vée que les jambes presque entièrement ankylo-
sées. Elle s'était alors mise en route pour Manneville, espérant que, à la campagne, la vie serait
moins chère qu'à Paris, et qu'elle pourrait quand
même continuer à peindre. Pourtant certains jours,
malgré tout son courage, elle se sentait si faible et
si lasse qu'elle se demandait si jamais elle repren-
drait ses pinceaux.

Les enfants mirent deux jours entiers à faire
leur rangement, mais quand tout fut placé suivant
les indications de Drichette et de sa mère, l'intérieur de la chaumière leur parut si charmant, si
différent de ce qu'ils voyaient tous les jours que

Georges et Henri en restèrent stupéfaits. Par exemple leur imagination avait été mise à une rude épreuve et tant qu'avait duré le travail, ils avaient marché d'étonnement en étonnement ; jamais ils n'auraient cru qu'on pût avoir un goût aussi drôle.

Ainsi madame Castagny n'avait-elle pas tenu à garder dans sa chambre l'armoire de la mère Lenoir, qu'elle avait déclaré une « armoire normande superbe, avec des serrures remarquables. »

— Mais tous les fermiers en ont des pareilles, avait dit Georges très surpris.

— Eh ! les fermiers sont d'heureuses gens alors, et ton pays, un heureux pays ; cela prouve qu'il n'a pas encore été écrémé par les marchands et les collectionneurs.

— Et l'armoire à glace, en ce cas, où donc va-t-on la mettre ?

— Dans la petite chambre, mon garçon, puisqu'il est convenu qu'elle servira de cabinet de toilette.

Les jeunes gens n'avaient plus répliqué, mais Henri n'avait pu se garder de faire la réflexion que « les Parisiens avaient tout de même des idées curieuses. »

— La huche, madame Castigny, demandait Georges, est-ce la peine de la monter au grenier ou bien s'il faut la démolir tout de suite ? Je crois qu'elle est tout juste bonne à allumer le feu ; les serrures ne tiennent plus et elle a des trous de vers. »

La malade se redressa vivement, très inquiète.

— Vous n'y avez pas encore touché au moins?... non... heureusement ; cette huche est fort belle ; à Paris, telle qu'elle est, elle vaudrait encore cinq cents francs.

— Cinq cents francs ! s'écrièrent les garçons qui ne pouvaient en croire leurs oreilles.

— Mais au moins. Songez qu'elle est tout en cœur de chêne avec des figures sculptées et très finement encore. Il n'y a d'ailleurs que fort peu de choses à faire pour la remettre en état. On consolidera les serrures qui, à elles seules, ont une certaine valeur ; quant aux vers on s'en débarrassera en frottant le bois avec de l'essence de pétrole ; avec un un peu de cire et un coup de brosse énergique nous aurons un coffre à bois tout à fait beau.

On avait encore conservé dans la haute cheminée de grands landiers en fer forgé, au scandale des garçons qui avaient déclaré qu'à la campagne depuis bien longtemps, les landiers étaient passés de mode et qu'on ne voulait plus que des chenêts avec des têtes.

Autre bizarrerie : la laiterie avait été transformée en cuisine et l'on y avait relégué les ustensiles les plus vulgaires du ménage, mais n'avait-on pas scrupuleusement respecté le panneau couvert par la *dinanderie* de la mère Lenoir, et Drichette ne s'était-elle pas écriée que, tous ces cuivres rouges et

4.

jaunes étaient d'un très bel effet. C'était tout de
même drôle d'orner une pièce avec des chaudrons et des bassinoires.

Le vaissellier était bien resté à sa place, mais au
lieu des assiettes à rébus et des bols où se lisaient
en lettres d'or : *Souvenir*, *Amitié*, *Anatole*,
Amanda, on l'avait garni de pichets en beau grès
et de vieilles faïences de Rouen que l'on avait eu
la bonne fortune de trouver au Routeux en excellent état. Il est vrai de dire que, eu égard à leur
vulgarité, ces objets étaient depuis des années
reléguées au fond d'un buffet.

Les murs, d'un blanc cru, disparaissaient sous
les études et les tableaux apportés de Paris ; sur la
fenêtre ou plutôt le vitrage, on avait drapé une
large portière orientale ; le carreau était couvert
du grand tapis de Perse qui, autrefois, se trouvait
dans le salon de la rue Notre-Dame-des-Champs ;
au-dessus de l'immense cheminée, on avait disposé de fort belles armes, que l'artiste avait dans
son atelier.

Ainsi agencée, avec le buffet, la table carrée et
les chaises Henri II, la haute horloge, la huche et
le vaissellier de la mère Lenoir, la grande table de
travail en chêne sculpté, la lampe de cuivre ciselé
aux douze lumières, la *maison* (1) du Routeux avait

(1) En Normandie, les paysans appellent *maison* l'immense
pièce qui leur sert à la fois de cuisine et de salle à manger.

un cachet artistique tout particulier ; on y sentait une intimité si douce, un si réel confortable que madame Castagny ne put se défendre de faire la réflexion « qu'on serait très bien ici ». Puis aussitôt elle songea à son pauvre mari qui n'avait pas même eu le plaisir d'habiter ce pays qu'il trouvait si beau, et deux grosses larmes coulèrent de ses yeux.

Drichette était ravie, elle allait, venait, rectifiant ceci, dérangeant cela et babillant comme une pie : « Est-il joli notre Routeux ! la chambre de maman est très bien aussi avec son grand lit de noyer ciré : je trouve que nous n'avons pas mal réussi le drapé des rideaux, ce n'était pas si facile... Ah mon Dieu ! pourvu que les garçons aient attaché solidement le ciel de lit qu'il ne nous tombe pas sur la tête... oh oui, ils ont mis un si gros crochet... Cet hiver, il faudra faire un peu de feu tous les jours pour le piano ; cela sera bien pour maman d'ailleurs, elle trouvera sa chambre chaude en se couchant. Le bois ne coûte pas cher à la campagne, on n'a qu'à le ramasser. »

Il y avait bien longtemps que Drichette n'avait été si contente, et ce qui par-dessus tout la rendait heureuse, c'était de voir sa mère reprendre un peu de vie et d'entrain. Tant de fois, la pauvre petite avait pleuré en secret, craignant de voir sa maman partir aussi et la laisser complètement orpheline. Aussi était-elle profondément reconnaissante envers Georges et Henri qui, un peu à leur insu, avaient apporté une diversion efficace à son chagrin ; madame Castagny, de son côté, était très satisfaite d'avoir rencontré ces deux enfants, profondément honnêtes et bons, que sans aucun risque elle pouvait donner comme compagnons à sa fille. La pauvre mignonne avait été bien assez longtemps privée d'amis de son âge, elle aurait fini par perdre tout à fait sa gaieté.

Quand tout fut définitivement placé et rangé, les enfants, qui n'avaient pas senti la fatigue, tant ils mettaient de cœur à l'ouvrage, avouèrent sur les demandes réitérées de la maman, qu'ils étaient un peu las.

— Lequel, demanda madame Castagny, se souvient de deux grands paniers que j'ai fait porter à la cave avec mille précautions ?

— Moi, crièrent ensemble les trois travailleurs.

— Lequel, maintenant se sent capable de l'ouvrir sans rien casser ? faites attention, il y a beaucoup de ficelles.

— Nous sommes des gens prudents et adroits, maman, répondit Drichette en souriant, d'ailleurs, tu nous as vus à l'œuvre et je crois que tu peux nous confier n'importe quelle mission.

— Et bien, vous allez ouvrir ces paniers ; dans l'un

des deux, vous trouverez des bouteilles avec une grande étiquette blanche, vous m'en apporterez une, n'importe laquelle. Prenez bien garde de rien casser, c'est tout ce qu'il reste de notre cave.

Les enfants n'avaient pas même entendu la dernière recommandation ; en dépit de leur courbature ils étaient partis en courant. Ce fut Georges qui découvrit les bouteilles demandées.

— Tiens, Drichette, c'est cela, n'est-ce pas ?... vin de Porto.

— Du vin de Bordeaux donc, rectifia Henri qui, en sa qualité de buveur de cidre, n'était pas très ferré sur la question vinicole.

— Non pas, reprit la petite fille, Georges a raison, c'est bien du vin de Porto, un vin d'Espagne.

— On devrait plutôt dire un vin de Portugal, dit le collégien, car Porto est une ville de Portugal.

— Oh ! Georges, comme tu es fort en géographie, remarqua Drichette avec admiration.

Quant à Henri, il restait bouche béante ; la science de ses amis, en vins et en pays, l'étonnait considérablement. Pourtant, comme il ne restait jamais longtemps sans parler :

— Donne-moi la bouteille, que je voie ce vin d'Espagne ou de Portugal. Ah ! mon Dieu ! est-il épais ! on dirait du sirop.

· Quand les enfants furent assis devant leur verre de Porto, une tranche de pain frais à la main, Georges fit la réflexion que l'ouvrage n'était pas fini, il s'en fallait de beaucoup, et sur une interrogation muette de Drichette :

— Et le jardin, donc, est-ce qu'il ne faudra pas le bêcher, le sarcler, y étendre du fumier ?...

— Mais nous n'avons pas de fumier mon pauvre ami ; et en acheter... c'est peut-être un peu cher.

— Et bien, est-ce qu'il n'y en a pas chez nous, dans l'écurie ; je dirai à Louis d'en apporter une voiture, et vous verrez la bonne terre que cela fera au printemps. »

Georges aimait beaucoup l'agriculture. « Papa veut que je sois avocat, disait-il, mon idée à moi est d'être cultivateur, ou mieux encore éleveur, comme mon oncle Charles, qui demeure à Toucques

Avant de se séparer, les enfants burent à la santé de la malade, qui elle aussi goûta au Porto ; et Henri, avec sa verve un peu brusque, déclara que « si les Parisiens ont de drôles d'idées, ils ont toutde même du bon vin. »

IV

UNE NOUVELLE CONNAISSANCE

Les garçons venaient souvent voir madame Castagny et Drichette. Georges surtout qui n'avait rien à faire et à qui les tracasseries perpétuelles de la tante faisaient fuir la ferme.

— Te voilà encore reparti chez les Parisiennes, lui disait-elle avec aigreur : ah ça, qu'est-ce qu'elles ont donc de si plaisant pour attirer le monde ?

Henri ne pouvait pas se rendre au Routeux autant qu'il aurait voulu : on n'était pas riche chez lui et le brave garçon cherchait autant que possible à se rendre utile. Quelquefois il allait travailler avec son père, qui était terrassier et habile en son état ; mais malheureusement, Drieu avait, comme on dit, du poil dans la main, et ne se mettait guère à l'ouvrage que si le pain manquait au logis. Quand le jeune garçon parlait d'entrer comme domestique dans une ferme, le père répondait : « Laisse donc, tu seras ouvrier comme moi, il n'est rien de tel, vois-tu, qu'un bon métier. Peut-être n'avait-il pas tort, mais encore est-il que, ce bon métier, il fallait l'apprendre avant de l'exercer et l'enfant n'en prenait guère le chemin,

La mère, elle, se tuait de travailler : elle allait en journée chez les uns, chez les autres, tantôt pour laver les lessives, tantôt pour sarcler le jardin, ou encore faire des récurages ou plumer la volaille les veilles de marché ; bref, elle se mettait à tout, pourvu qu'il y eût quelques sous à gagner. Pendant ce temps-là, Louise, l'aînée, une grande fillette de quinze ans, si pâle et si chétive que personne n'en voulait comme servante, restait à la maison pour s'occuper des marmots, blanchir, repasser, raccommoder le linge et les effets de la famille, soigner la basse-cour et les lapins ; et il fallait que la pauvre petite fût bien courageuse pour faire tant d'ouvrage, étant si peu forte.

Quelquefois Drieu qui, au fond, n'était pas un mauvais homme, se sentait pris de honte à les voir si vaillantes ; il jetait alors, sur son épaule, sa pelle et sa pioche et partait au travail, mais aussi, avant la fin de la journée, il rentrait la démarche chancelante, l'œil hébété, la langue épaisse, déplorant sincèrement d'avoir la tête si faible et de rencontrer tant de cabarets le long de son chemin.

Et la mère Drieu, que la misère exaspérait,

devenait acariâtre et méchante, surtout avec
Henri et Louise qui, pour leur part, recevaient
plus de bourrades et de taloches que de caresses.
A vrai dire, ils n'étaient pas ses propres enfants :
leur mère, à eux, était morte quand ils étaient tout
petits, et la seconde femme ne les aimait guère ;
aussi payaient-ils pour toute la maisonnée : la fai-
néantise et l'ivrognerie du père, les méfaits de la
marmaille, tout se réglait par des coups répartis
entre les deux aînés. Ils n'étaient pourtant pas
méchants les pauvres petits, chacun dans le village les aimait et les prenait en pitié d'être si mal
nourris et si bien battus.

Henri, très intelligent et déjà solide pour ses
treize ans et demi, avait le monopole des commissions faites à Honfleur ou à Beuzeville. Pour aller
à Honfleur on lui donnait dix sous ; et il faut trois
bonnes heures pour aller, autant pour revenir naturellement, et la côte est longue et rude. L'été, en
plein soleil, l'hiver dans la neige, mal vêtu, mal
chaussé, il faisait la route comme un homme, sans
broncher, de belle humeur, en chantant pour abréger le chemin. Pour aller à Beuzeville, il y a moins
loin, mais on ne lui donnait que six sous. Et de
ce pauvre argent si péniblement gagné, il n'aurait pas distrait un centime, tout heureux, au contraire, de le rapporter intact à la maison. Même,
si d'aventure, un paysan plus large lui donnait

par-dessus le marché un chanteau de pain et
deux œufs, le pain et les œufs étaient généreuse-
ment partagés entre les quatre petits frères.

Madame Castagny savait cela, en partie, et elle
estimait beaucoup Henri. Elle trouvait que c'était
un brave petit cœur d'endurer tant de misère, et
de ne jamais se plaindre, et d'être toujours gai.
Elle l'attirait chez elle le plus possible, et, bien
qu'elle-même ne fût pas riche, elle trouvait moyen
de soulager un peu son dénûment. Pour ne pas le
voir aller tête nue au soleil, elle lui avait donné
un chapeau de paille à son mari ; une autre fois de
la chaussure, puis encore du linge et des effets
que la mère Drieu avait, tant bien que mal, cousus
à la taille du garçon.

Le Routeux était comme un trait d'union entre
Henri et Georges, entre l'enfant pauvre et le fils
du riche fermier ; .celui-là supportant gaiment
son indigence, celui-ci s'efforçant de la soulager avec une discrétion et une ingéniosité dignes
d'éloges. Dans l'après-midi, chaque fois qu'il était
sûr de rencontrer son camarade, le jeune Valienne
arrivait au Routeux porteur d'un énorme pain et,
tantôt d'un panier de fruits, tantôt d'une livre de
beurre ou d'un fromage. « La tante est de mauvaise
humeur, je viens faire la collation avec vous, mes
enfants », disait-il. Naturellement, les provisions
n'étaient jamais épuisées. « Tiens, Henri, prends

cela pour Louise et les petits frères, si la tante voit
que je fais des restes, j'aurai une scène. » Et
comme madame Castagny lui reprochait d'apporter une motte de beurre ou un fromage entiers.
« Eh ! madame, répondait-il, si je les entamais, la
tante s'en apercevrait, tandis qu'elle ne peut pas
compter chaque jour ses mottes et ses fromages.
Au reste, ajoutait-il, pour aller au-devant d'une
observation probable de la malade, je ne fais rien
en cachette ; papa le sait, il m'approuve, si j'ai l'air
de dissimuler, c'est pour éviter des discussions. »

Les jeunes gens avaient tenu leur promesse de
mettre le jardin en état : Henri surtout travaillait
avec un entrain et une ardeur infatigables ; il aurait beaucoup aimé être jardinier ; c'est pourquoi
Georges, que la bêche et le râteau n'attiraient pas
tant que cela, lui laissait la plus grosse part de la
besogne, pendant qu'il s'occupait à autre chose.
Avec des stores de coutil apportés de Paris, il avait
fait une espèce de tente où madame Castagny se
trouvait fort à l'aise : la tête à l'ombre, ses pauvres
jambes demi-mortes en plein soleil. C'était encore
lui qui avait raccommodé une palissade à moitié
tombée, réparé la maison des lapins, corsolidé les
bancs du jardin : scier, clouer, cogner, c'était là
son affaire.

Madame Castagny s'égayait un peu à entendre
les trois enfants bavarder, discuter gravement sur

les améliorations et les embellissements à faire au Routeux. Elle se réjouissait aussi de voir que sa Drichette reprenait des couleurs 'et de la gaîté ; et tout bas, elle bénissait les deux braves garçons qui étaient venus faire, dans leur vie monotone, une si heureuse diversion.

— Tiens, dit un jour Henri à qui rien n'échappait, Léon Villain est revenu, on dirait... sa porte est ouverte... Mais oui... voilà Marie et sa petite fille.

— Tiens, c'est vrai ; bonjour Marie, cria Georges à pleins poumons.

Une jeune femme parut sur le seuil d'une petite maison, de l'autre côté du chemin, juste en face du Routeux. Elle tenait dans ses bras un beau poupon de huit à dix mois, rose, potelé, superbe.

— C'est-y vous, monsieur Georges, dit-elle d'une voix très douce et un peu timide, et comment que ça va ? Mais v'là Henri aussi, ma foi ; c'est donc cela que j'entendais rire si fort.

Il faut croire que la réputation de Henri était bien établie, puisqu'on trouvait tout naturel d'entendre rire là où il se trouvait.

— Et où étiez-vous donc partis depuis si longtemps ? reprit le collégien, je ne vous ai pas vus de toutes les vacances.

— Pensez, je crois bien, j'avons été trois mois à Gonneville. Léon remplaçait son père qu'est jardinier au château et qu'était resté *demeuré* par les douleurs. A c't'heure, il est mieux et nous v'là revenus, Dieu merci... Oh ! c'est pas qu'on était malheureux, bien au contraire... c'est du si bon monde que madame et mademoiselle... pas brin fières, d'ailleurs. Seulement, v'là, quand on a sa maison, son ouvrage, on est impatient d'être dehors... Ça a mis Léon bien en retard pour ses pratiques; enfin on se rattrapera, faut espérer; il est déjà parti en journée chez madame Hébert.

Les garçons s'étaient approchés de la haie pour faire la conversation avec Marie, Drichette était restée dans le fond du jardin près de sa mère.

— Maman, dit-elle, à voix basse, j'ai tant envie d'aller voir ce bébé qui est gentil comme un bijou; tu veux bien... dis?

— Va, ma chérie, si cela te fait tant de plais... n'y vois pas d'inconvénient.

Mais Henri s'était emparé du poupon qu'il tenait à son cou, aussi adroitement qu'une nourrice aurait pu le faire...

— Tenez, disait-il en faisant mille singeries pour faire rire la petite, voilà Gaguite, la petite Gaguite, mademoiselle Marguerite Villain, la plus grosse fille de Manneville. Non, mais, ajouta-t-il sérieusement en s'approchant de madame Castagny, regardez-moi ces jambes, ces bras : elle a des petits bracelets tant elle est potelée. Je crois qu'elle est belle pour huit mois... Tiens, Georges, prends-là un peu pour voir comme elle est lourde.

— Non, non, protestait le collégien, tu sais bien que j'aime beaucoup les enfants mais que je n'ose pas leur toucher, j'ai toujours peur qu'ils ne se cassent... tenez la voilà qui bouge... ah mon Dieu ! mais elle va tomber... Marie... Drichette... reprenez-la, je vous en prie.

Georges était très malheureux, Henri riait. Drichette s'empara de la petite fille qui continuait à sourire pour faire voir comme elle avait bon caractère.

Marie était entrée dans le jardin et causait maintenant avec madame Castagny qui l'interrogeait sur la fillette. « Combien avait-elle de dents ? Se tenait-elle déjà sur ses jambes ? Commençait-elle à manger de la soupe ? » et les mille questions que les mères s'adressent entre elles. La jeune femme sépondait avec d'autant plus d'empressement que sa fille était très avancée pour son âge; elle était toute fière d'entendre les réflexions élogieuses de la malade.

—Drichette, dit Henri tout à coup, Marie est très gentille et très complaisante; si tu avais quelquefois besoin d'elle pour t'aider, elle te rendrait service bien volontiers, n'est-ce pas Marie?

—Pour ça, je crois bien, avec grand plaisir, mademoiselle, Modeste Brière, qui est venue nous voir à

Gonneville, nous a parlé de vous, elle nous a bien dit que les dames étaient tout à fait bonnes... et bien savantes.

Madame Castagny et sa fille étaient un peu gênées du sans-façon de Henri, leur offrant les services d'une personne qu'elles n'avaient encore jamais vue.

— Merci, beaucoup, dit la malade en souriant gracieusement à la jeune femme, j'espère n'avoir pas besoin de vous déranger, vous devez avoir assez à faire avec votre bébé.

— Faudrait pas épargner, madame, ce serait de bien bon cœur... pour laver un paquet de linge... ou Léon pour donner un coup de bêche au jardin... on ne sait pas... j'sommes tout à votre service.

— J'accepte alors, puisque vous êtes si aimable, mais c'est à une condition : quand vous aurez à faire ou que votre fillette vous fatiguera, vous nous l'amènerez, nous vous la garderons, nous nous rendrons mutuellement service en vraies voisines. Drichette sera enchantée, elle qui aime tant les bébés.

Drichette sautait de joie.

— Oui, oui, c'est cela, dit-elle, et je lui apprendrai à parler, à dire *papa*, *maman*. C'est ennuyeux que mon nom soit si difficile à prononcer *Drichette* ; mon vrai nom aussi est très difficile *Andrée*. Ah ! je sais ce que je ferai : je l'habituerai à l'appeler sa

tante... vous voulez bien, n'est-ce pas Marie?...
tata, cela ira tout seul.

On se quitta les meilleurs amis de la terre ;
et pendant que Marie disait à Léon : « Modeste
nous avait bien dit que c'était du bon monde, les
Parisiens du Routeux » ; Madame Castagny faisait
la réflexion : « Quelle gentille petite femme ; je
crois en vérité qu'il n'y a que de braves gens à
Manneville ! »

V

UN TRISTE VOYAGE

On est au commencement de septembre et la gare Saint-Lazare, toujours si pleine de monde, paraît ce jour-là plus encombrée encore qu'à l'ordinaire. Les voyageurs vont, viennent, se coudoient, se bousculent sans se soucier beaucoup les uns des autres. Les chasseurs, très nombreux, circulent, leurs chiens en laisse, le fusil engainé sur l'épaule. Des hommes d'équipe passent et repassent lourdement chargés de malles, de caisses, de colis de toute sorte. Les guichets s'ouvrent et se referment les uns après les autres. C'est une allée et venue perpétuelle, un flot de monde inépuisable : ce qui se déverse sur la voie par les escaliers intérieurs est aussitôt remplacé par les nouveaux arrivants qu'engouffrent les nombreuses portes de la rue d'Amsterdam et de la place du Havre. De temps en temps, du haut des degrés qui conduisent aux salles d'attente des grandes lignes, un employé crie à pleine voix : « Les voyageurs pour le Havre… ! » ou bien : « En voiture pour Dieppe !… » ou encore : « Cherbourg et la ligne ! … » Et les retardataires pressent leurs adieux : on s'embrasse, on se serre la main, chacun de ceux qui restent veut donner le dernier baiser à celui qui s'en va Et ceux dont le train part font place à d'autres qui s'en iront à leur tour, et c'est ainsi pendant des heures et des heures, pendant tout le jour, on pourrait dire.

Il était deux heures et demie, quand arriva dans la salle des Pas-Perdus une jeune femme à l'air très distingué, mais si triste, si triste que cela faisait peine à voir. D'une main, elle portait une légère valise en maroquin ; de l'autre, elle tenait une petite fille de cinq à six ans, jolie, mais tranquille et silencieuse, comme si la tristesse de sa mère avait déteint sur elle. Derrière, venait une bonne tenant dans ses bras un bébé de quelques mois à peine, enveloppé dans une longue pelisse.

Dès son entrée, la jeune femme regarda l'horloge.

— Nous avons encore cinquante-cinq minutes, dit-elle ; asseyez-vous là, Victorine, et gardez Suzanne près de vous ; ne circulez pas, il y a trop de courants d'air.

Puis elle releva le voile qui couvrait le visage du poupon.

— Qu'il est pâle ! dit-elle douloureusement ; est-ce qu'il va être malade ?

— Il a pris du mauvais lait depuis ce matin, répondit la servante avec une respectueuse sympathie : madame a eu une trop grosse émotion.

La jeune femme ne répondit pas, mais deux larmes brillèrent entre ses cils et coulèrent lentement sur ses joues. Puis, voulant être prête à l'ouverture du guichet, elle songea à préparer son argent. Mais, à peine eut-elle ouvert sa bourse, qu'une expression de surprise inquiète se répandit sur sa figure.

— Mon Dieu !... gémit-elle.

Victorine regardait sa maîtresse avec une muette interrogation.

— Le billet que je croyais avoir pris... je... je ne l'ai pas.

— Madame ne l'aurait pas mis dans son porte-cartes, des fois ?

— Je n'ai pas de porte-cartes.

— Hélas, madame ! comment faire ?... il faut retourner à la maison, si on a le temps.

— Non, nous n'avons plus le temps... D'ailleurs, ce serait inutile ; si je n'ai pas le billet, c'est que, dans ma hâte, je l'ai laissé dans l'enveloppe où il était, et cette enveloppe, je l'ai jetée au feu...

— C'est-il un malheur! s'exclama la servante
qui paraissait beaucoup aimer sa maîtresse et lui
être toute dévouée.

Les lèvres de la jeune femme murmuraient avec
angoisse :

— Retourner à la maison !... non !... non !...
tout plutôt que cela !...

Victorine reprit au bout d'un moment :

— Si Madame n'a pas assez d'argent, pourtant.

La voyageuse compta sa monnaie :

— Vingt-deux francs dix centimes, fit-elle, je
n'ai pas de quoi payer ma place et celle de Suzanne,
même en troisièmes.

La sueur perlait sur son visage; elle s'assit acca-
blée, faisant un héroïque effort d'imagination pour
trouver un moyen de sortir de là. Vingt projets se
présentèrent à son esprit, ils furent tous repoussés
comme demandant trop de temps.

— Je veux partir à trois heures vingt-cinq, ré-
pétait-elle avec un entêtement désespéré.

Pourtant, après quelques minutes de réflexion,
il lui vint sans doute une idée pratique, car elle
dit à Victorine et à la fillette qui la regardaient
avec anxiété :

— Nous partirons quand même.

Puis elle expliqua que, ne pouvant prendre les
billets jusqu'à Honfleur, elle s'arrêterait à Lisieux,

et, que là, elle louerait une voiture qui les mène-
rait à Pennedepie et que son père solderait.

— Tiens, c'est vrai, voilà qui est bien imaginé,
dit la bonne, heureuse de voir les choses s'arranger.

Au fond, la jeune femme n'était pas aussi satisfaite qu'elle essayait de le paraître : elle allait être
forcée de voyager en troisièmes, et si, pour elle,
elle ne craignait pas la fatigue, elle s'effrayait à la
pensée que ses enfants pourraient prendre froid.
Néanmoins, elle ne balança pas un instant : il n'y
avait que ce moyen-là de partir, et elle voulait partir à tout prix.

Elle était tellement absorbée dans ses réflexions
qu'elle n'avait pas vu s'arrêter devant elle, deux
personnes, un monsieur et une dame.

— Bonjour, madame Javelin, dit le monsieur
d'un ton cordial.

La jeune femme releva la tête avec une vive
surprise ; elle s'attendait si peu à rencontrer des
personnes de sa connaissance en ce moment.

— Vous partez en voyage ? demanda-t-elle aux
nouveaux venus, après leur avoir serré la main.

— Non, répondit la dame, nous sommes venus
conduire mon frère qui s'en va au Havre. Et vous ?
vous allez en Normandie, probablement.

— Oui, chez mon père, pour passer quelque
temps.

— Vous avez raison, le changement d'air fait grand bien aux enfants... Voyons ce petit Guy !... Je le trouve tout pâlot..., est-ce qu'il est malade?

— Malade... non; mais un peu souffrant, fatigué par la dentition. C'est justement pour cela que....

— Et vous faites bien; l'air de la campagne le remettra. Au revoir, chère madame et bon voyage...!

Avant de prendre congé de ses amis, madame Javelin eut un instant la pensée de leur emprunter l'argent qui lui manquait pour son voyage, mais elle fut retenue par un sentiment de pudeur ou de timidité et les laissa s'en aller sans rien dire.

— Madame Javelin a quelque chose, dit la dame à son mari quand ils furent un peu éloignés. As-tu remarqué quel air singulier elle avait?

— Non..., ma foi non!... Quel air avait-elle? Vous autres femmes, vous voyez toujours des choses qui n'existent pas, sinon dans votre imagination.

— Bien, mon ami, tu m'en donneras des nouvelles. Ecoute bien ce que je te dis : elle tâche de ne laisser rien paraître parce qu'elle est fière et qu'elle mourrait plutôt que de se plaindre, mais, pour moi, elle est sous le coup d'une catastrophe, soit à craindre, soit arrivée déjà.

— Ah bah! laisse-moi tranquille avec tes visions.

Viens faire un tour de boulevard, cela dissipera tes idées lugubres.

Ils descendirent la rue du Havre, traversèrent le boulevard Haussmann, et en tournant le coin de la rue Auber, se trouvèrent face à face avec un ami.

— Vous savez ce qui vient d'arriver à Javelin ? leur dit celui-ci, après un instant de conversation. Cette nuit, il a joué au cercle comme à son habitude ; et, non seulement il a tout perdu, mais encore il reste avec une grosse dette qu'il ne peut pas payer. Un camarade lui a prêté deux cents francs et il est parti, on ne sait où ; laissant là, femme, enfants, ménage et tout le tremblement.

La dame jeta à son mari un regard, non pas triomphant, elle s'affligeait beaucoup de ce qui arrivait à son amie ; mais un regard qui voulait dire clairement : « Me croiras-tu une autre fois ? »

Le guichet venait de s'ouvrir, madame Javelin s'en approcha en tremblant, honteuse d'une détresse à laquelle elle n'était pas accoutumée et pensant que chacun devinait son embarras :

— Combien, deux troisièmes pour Lisieux ? une place entière et une demi-place, demanda-t-elle à l'employé quand son tour fut venu.

— Dix-neuf francs quarante, répondit celui-ci en tendant les billets à la voyageuse sans seulement la regarder.

Il restait à la jeune femme deux francs soixante-dix. L'idée de se mettre en route avec si peu d'argent l'effrayait. S'il allait arriver quelque chose!... quoi ? elle ne savait pas..., mais, malgré elle, elle avait peur.

Quand on arriva à Lisieux, il faisait tout à fait nuit. Suzanne dormait profondément; il fallut la réveiller pour descendre. Guy, que le chemin de fer avait de temps en temps engourdi, mais qui, en réalité, n'avait pas reposé, était nerveux, grognon; il paraissait malade et refusait obstinément de prendre le sein.

Madame Javelin se fit conduire dans un petit hôtel près de la gare où elle passa la nuit à promener par la chambre son enfant que la fièvre brûlait. Un instant, elle eut l'idée d'envoyer une dépêche à son père, elle fut arrêtée par la certitude qu'il ne la recevrait pas : elle s'était aperçue que tout ce qui venait d'elle était intercepté; depuis leur brouille il n'avait pas donné signe de vie et elle savait très bien que si son père avait lu ses lettres, il aurait répondu. Et puis quand même... le temps d'expédier cette dépêche et qu'elle parvienne à Pennedepie, que son père se mette en route et qu'il fasse le voyage... tout cela était trop long. Mieux valait aller vers lui. Après tout, le plus fort était fait, et en approchant du but elle reprenait courage.

Sa chambre payée ainsi qu'une tasse de lait chaud qu'elle avait fait boire à Suzanne, il ne lui resta que quelques sous. Elle demanda l'adresse d'un loueur de voitures. Justement, il y en avait un là tout près; c'est-à-dire que c'était un loueur sans être un loueur, mais il avait tout de même des voitures à louer.

Avec ces vagues renseignements, la jeune femme se dirigea vers l'endroit indiqué et se trouva en face d'une sorte d'auberge, assez bien tenue d'ailleurs, sur la façade de laquelle on lisait en grosses lettres :

AU BON GITE. — MARLET, LOGEUR.

et au-dessous, en lettres plus petites :

Ecuries et remises.— Omnibus à tous les trains.
Voitures à volonté. — Location d'ânes.

Madame Javelin entra sous une voûte qui précédait la cour, et s'adressant à une espèce de rustre occupé à faire reluire des souliers d'une dimension invraisemblable :

— Monsieur Marlet, s'il vous plaît, demanda-t-elle d'une voix timide.

— Tenez, le vlà dans la cour qui cause avec le marchand de beurre. Monsieur Marlet!... cria-t-il d'une voix qui fit sursauter Guy dans les bras de sa mère; monsieur Marlet!... vlà quéqu'un qui vous demande.

Le père Marlet, en tricot brun, les mains dans les poches, avança traînant ses sabots.

— Et, qu'est-ce qu'il y a pour votre service, ma petite dame? demanda-t-il de son air le plus aimable.

— Monsieur, pouvez-vous me faire conduire à Honfleur? ou du moins à Pennedepie, à une demi-lieue de Honfleur?

— A Honfleur! ha! ha! ha!

— A la villa des Marguerites, chez le général Charlemaine, ajouta-t-elle pour inspirer plus de confiance.

— Mais, très bien, très bien, ma petite dame. Et quel genre de voiture qui vous faut?

— Une voiture fermée, bien entendu, et aussi confortable que possible. Nous sommes fatigués d'un assez long voyage, et mes enfants sont un peu souffrants.

— Ça, oui; ils ont une fichue mine. C'est pas pour dire, mais ils ont de vraies têtes de parisiens; c'est pas comme ceux d'ici.

Et le vilain homme se mit à rire bruyamment comme s'il avait dit quelque chose de bien spirituel. Madame Javelin se sentit profondément blessée et affligée; Suzanne se serra contre sa mère, toute prête à pleurer. Il fallait avoir vraiment hâte d'arriver pour ne pas tourner les talons à ce grossier personnage.

— Comme ça, ma petite dame, vous voulez la calèche..., et deux chevaux naturellement... Il y a une bonne trotte d'ici Honfleur... C'est cinquante francs, vous savez ?

— Bien, monsieur.

— La nourriture des chevaux et du cocher en plus, bien entendu.

— Parfaitement, monsieur ; j'accepte, répondit la jeune femme qui commençait à s'impatienter. Faites atteler le plus vite possible, je vous prie.

— Doucement, doucement, ma petite dame. Et les arrhes ?

— Les arrhes ? demanda madame Javelin surprise.

— Dame oui les arrhes ! vingt francs d'arrhes, comme de juste. Je ne peux pas sortir ma voiture et deux chevaux sans garantie. Et si une fois arrivée, il vous prend fantaisie de ne plus payer, où que j'irai chercher mon argent, moi après ?

— Oh, monsieur ! soyez sans crainte ; mon père est fort riche, et vous serez amplement dédommagé de votre peine.

— Ta, ta, ta, voilà bien des beaux discours, mais ça ne suffit pas. Je suis bon garçon ; vous êtes bien gentille, mais... je suis pour le solide. Et puis, quand même, qu'est-ce que ça peut vous faire ? payer avant, payer après, faut-il pas toujours payer ?

— Monsieur, dit la jeune femme essayant d'émouvoir le loueur, je m'adresse à vous en toute confiance ; je suis, momentanément gênée d'argent ; mes enfants sont malades, j'ai grand'hâte d'arriver chez mon père ; n'ayez nulle inquiétude, il vous payera sans marchander le prix convenu... cent francs même si vous voulez.

— Eh bien, en vlà de l'aplomb, reprit le père Marlet en se croisant les bras et en criant très fort : Venir louer des calèches à deux chevaux quand on n'a pas le sou, c'est bien un toupet de Parisien ça ! Et vous croyez que je vas me laisser prendre à votre air mielleux... ! Non, non, ma belle ; allez en trouver de plus bêtes que moi.

Madame Javelin fut atterrée. Les paroles et le ton du père Marlet, si blessants qu'ils fussent la touchaient moins que son refus. Allait-elle errer par cette ville qu'elle ne connaissait pas, pour se heurter à de nouveaux affronts ? Encore une fois, elle voyait le but s'éloigner d'elle. Et son pauvre petit Guy lui paraissait si malade ! il n'avait plus la force de crier ; et, après avoir brûlé de fièvre toute la nuit, il était maintenant glacé. « Arrivera-t-il vivant ? se demandait-elle avec angoisse. »

Elle s'engagea sous la voûte, la tête basse, le cœur serré, regrettant amèrement d'être ainsi partie sans réflexion. Comme elle allait passer le seuil, elle sentit qu'on lui touchait le bras.

—Madame, dit une voix rude mais sympathique, madame, si c'était un effet de vot'bonté, j'aurais deux mots à vous dire.

La jeune femme leva les yeux et reconnut le paysan qui préparait sa voiture pendant qu'elle était en marché avec le père Marlet.

— J'ai entendu que vous alliez à Honfleur, je n'y vas point, moi ; seulement je vas à Beuzeville acheter du beurre, et Beuzeville est plus près de Honfleur que Lisieux. Si vous vouliez, je vous porterais jusqu'à Beuzeville sans compter que c'est an'*hui* le marché et qu'on pourrait peut-être trouver une occasion pour vous *porter montée* un bout de chemin. Ces paures éfants, tout de même ça fait *deu* (1) de les quitter sur la route.

Madame Javelin voulut remercier, mais un flot de larmes lui monta aux yeux et ce fut à peine si le paysan l'entendit murmurer :

— Je veux bien ; merci, oh merci !

Tous trois prirent place dans la carriole. La pluie commençait à tomber fine, serrée, pénétrante. Le marchand de beurre attacha solidement la bâche verte tendue sur les cerceaux, puis offrant sa limousine à la jeune femme.

(1) **Peine.**

— T'nez, madame, mettez ça sur vot'petit, la pluie qui tombe n'est point chaude... Hou... ou.... la Blanche ; qui que t'as donc que tu ne tiens point en place ? Tu vois bien que la tite dame est pressée, toi *malaine*... Et ben, en route, ma grosse, et mène-nous bon train.

La Blanche ne se fit pas prier ; elle partit d'un bon trot et la pauvre mère reprit courage. Elle se pencha vers Suzanne que la fatigue autant que le froid, rendait toute grelottante. : Ce soir, ma chérie, lui dit-elle pour l'encourager, nous serons chez grand'père. »

Quand on arriva à Beuzeville, le petit bourg regorgeait de monde : le marché était très animé , malgré la pluie qui n'avait pas cessé depuis le matin. Le brave homme remis à sa carriole au *Soldat-Laboureur* et aida les voyageuses à descendre.

— Attendez un brin, dit-il, je vas faire un tour de marché, pour voir si je ne rencontrerais point quéqu'un de Honfleur...

As-tu vu d's'Honfleurais ? toi Soumillon, demanda-t-il à l'aubergiste qui fumait tranquillement sa pipe sur le pas de la porte, pendant que tout le monde s'agitait fébrilement dans l'intérieur de l'hôtel.

— Non, ma foi non ; pas seulement un.

— Ça ne serait tout de même pas de chance,

reprit le paysan qui partit dans la direction du marché.

Il revint au bout d'un instant, la figure déconfite.

— Il n'y a personne... personne, d'ailleurs... Quand je dis personne... il y a ben Vinot, parbleu ; mais vlà, Vinot n'est point ben *secondum*. Quand il est à jeun, ça va... mais quand il a un petit coup de trop... brrrouste...! le vlà parti... et je te claille, et je te claille..., le fouet n'arrête point. Je ne voudrais pas qu'il vous chavirit ; ça lui est déjà arrivé plus de quatre fois.

— Est-ce bien loin d'ici Honfleur ? demanda madame Javelin qui se sentait plus courageuse à mesure qu'elle approchait du but.

— Dam, c'est loin et c'est point loin. C'est point loin avec un bon cheval et c'est loin à pied.

— On ne peut pas faire la route à pied ?

— On ne peut point... ça dépend. Moi, pardi, je n'en serais point gêné, mais vous, ma paure tite dame...! avec votre poulot sur le bras... et c'te petiote-là donc !... Faut point y penser. Si je n'avais point rendez-vous avec un homme de Livarot pour du fromage... ; mais v'là... j'ai rendez-vous avec un homme de Livarot pour du fromage!

— Merci, dit la jeune femme en tendant la main au paysan, vous êtes un brave homme. Dites-moi votre nom, je vous prie, pour que je puisse vous remercier plus convenablement un jour ?

— Colombel, madame, pour vous servir ; le père
Colombel, comme on dit, marchand de beurres et de
fromages à Corneilles. Mais c'est ben de l'honneur
que vous me faites, madame ; n'y a point pour
dire merci.

— Allons, ma Suzanne, en route. Du courage !
et à la grâce de Dieu !

Elles étaient déjà loin que le bonhomme restait
bouche béante à les suivre des yeux ; stupéfait de
voir cette femme et cette enfant, d'apparence si
délicate, entreprendre une étape qui eût effrayé
une paysanne.

VI

A PROPOS DE PILULES

Le temps, humide et pluvieux depuis une semaine déjà, rendait madame Castagny très souffrante ; elle ne le disait pas, mais Drichette voyait bien qu'elle ne dormait plus, qu'elle ne mangeait plus et que sa figure était redevenue triste.

— Maman, dit-elle un matin, tu ne te plains pas parce que tu es courageuse, mais je devine que tes douleurs t'ont reprise ; je vais aller à Honfleur chez le pharmacien lui demander de ces pilules qui t'ont déjà fait du bien une fois.

— Aller à Honfleur, à pied, ma pauvre petite, mais regarde le temps qu'il fait.

Depuis le matin, la pluie tombait sans discontinuer, une de ces grosses pluies lourdes, écrasantes qui semblent ne devoir jamais s'arrêter.

— Je sais bien qu'il pleut, maman, mais je me

7

chausserai et je m'habillerai en conséquence. Et puis, si nous devons habiter désormais la campagne, il faut bien que je m'habitue à n'avoir pas peur d'une averse.

— C'est vrai, ma fille, mais je serais trop inquiète de te savoir seule sur la route.

— Oh ! mais, je ne serai pas seule ; je demanderai à Henri de m'accompagner.

Madame Castagny ne paraissait pas bien disposée à laisser partir Drichette.

— Et moi, ma chérie, je resterai seule pendant ce temps-là.

— Non, non, mère, j'y ai bien pensé, je vais prier Georges de venir te tenir compagnie.

— Ma petite fille, je sais bien que Georges et Henri sont de braves garçons, bien serviables, mais il ne faut pas abuser de leur complaisance.

— Abuser !... oh maman, tu ne les connais pas, je suis sûre, au contraire, qu'ils sont enchantés de nous rendre service.

— Allons, Drichette, tu as réponse à tout. Va à Honfleur, ma mignonne ; mais je ne serai pas tranquille tout le temps que tu seras absente.

La petite fille sortit en courant et grimpa le *raidillon* qui menait à la route, avec autant d'agilité que les petits paysans.

En arrivant à la maisonnette des Drieu, elle aperçut Henri qui faisait l'office de bonne d'enfant un marmot sur les bras, un à la main, deux autres sur les talons, il se promenait gravement sous la pluie: « Les enfants, disait-il, voulaient voir les lapins. »

— Henri, dit la fillette, tout essoufflée, peux-tu venir avec moi à Honfleur, chercher des pilules pour maman qui souffre de ses rhumatismes.

— Tout de suite? demanda Henri avec inquiétude.

— Non, Henri, pas maintenant, j'ai à faire à la maison ; mais aussitôt déjeuner, vers une heure, si tu peux.

— Oui, Drichette, très bien, je serai prêt. J'avais peur que ce ne fût pour ce matin, je n'aurais pas pu. Le père et la mère sont en journée et il faut que je garde les enfants pendant que Louise est à laver du linge ; mais elle va bientôt rentrer, j'espère.

— Merci, Henri, tu es un bon garçon ; je me sauve ; à tout à l'heure.

Elle embrassa tous les marmots l'un après l'autre, les trouva très gentils, toujours bien débarbouillés et de bonne humeur. Comme elle refermait la barrière, elle se trouva face à face avec Georges.

— Tiens Georges, fit-elle surprise, te voilà par ici.

— Dame, tu y es bien toi.

Le collégien avait les sourcils un peu rappro-
chés, oh ! pas beaucoup, mais Drichette, qui était
clairvoyante le vit aussitôt.

— Je t'ai aperçue comme tu traversais la route,
je t'ai appelée pour te dire bonjour ; mais tu étais
trop pressée, sans doute, tu ne m'as ni vu, ni entendu, reprit le jeune garçon sans se dérider.

Drichette regarda son camarade avec attention.

— Il ne t'es arrivé rien de fâcheux, Georges, que
tu as l'air tout peiné ?

— Non rien, merci Drichette. »

Les deux enfants marchaient côte à côte, la
fillette, gentille et affectueuse comme toujours, le
garçon, tête baissée, les mains dans ses poches, ne
répondant que par monosyllabes à ce que lui disait
sa petite amie.

Tout à coup, prenant son parti.

— Drichette, dit-il, pourquoi ne viens-tu jamais
chez nous, puisque tu vas bien chez les Drieu ?

La fillette se doutait bien qu'il y avait un peu de
jalousie là-dessous.

— D'abord, je ne vais guère chez les Drieu,
répondit-elle, tu sais bien que je ne sors pas beaucoup du Routeux ; ensuite, puisque tu veux le
savoir, je ne vais pas chez toi, parce que je vois
bien que je ne plais pas à ta tante.

— Oh ! tante Norine, tout le monde lui déplaît

d'abord, même moi; il n'y a que mes cousines Cornélie et Aspasie qui soient à son goût. Mais elle n'est pas chez elle aux Marronniers, tu sais ; c'est papa qui est le maître et papa t'aime beaucoup.

— D'ailleurs, reprit la petite fille sans répondre directement, j'allais justement chez toi pour te prier de bien vouloir tenir compagnie à maman pendant que je vais aller à Honfleur faire une commission chez le pharmacien ; maman souffre beaucoup en ce moment, l'humidité lui fait du mal.

— Mais Drichette, tu ne vas pas aller toute seule en ville ? demanda le jeune garçon soupçonneux.

— Henri vient avec moi.

Le pli reparut entre les sourcils de Georges.

— Tu vois bien que tu aimes mieux Henri.

La fillette s'arrêta toute sérieuse, et, regardant son ami bien en face.

— C'est très mal, Georges, ce que tu dis là ; de vous deux c'est à toi que je témoigne le plus d'amitié . J'irais à Honfleur avec n'importe qui et je ne veux confier maman qu'à toi seul ; ainsi tu vois.

Ces paroles, le ton avec lequel elles étaient prononcées remirent du baume au cœur du collégien ; encore une fois son front s'éclairait. Il y avait

7.

aussi une autre raison au choix de Drichette : « Si je pars avec Georges et que je laisse Henri près de maman, le pauvre garçon pourra croire que je ne vais pas avec lui parce qu'il est mal habillé », s'était dit la jeune fille avec une touchante délicatesse.

— Alors, c'est entendu, n'est-ce pas, tu viendras passer l'après-midi avec mère ?

— Oui, Drichette, oui certainement, tu sais bien que je suis toujours content de te faire plaisir.

— Nous voici arrivés, au revoir mon Georges ; embrasse-moi, veux-tu ? »

Je crois bien qu'il voulait, il aimait tant sa petite amie ; il se pencha vers Drichette qui le regardait avec des yeux câlins et mit un baiser sur chacune de ses joues fraîches.

— Et ne fais plus tes vilains yeux, Georges, je t'en prie, je n'aime pas cela du tout : d'abord cela me fait de la peine parce que j'ai peur de t'avoir fâché ; et puis... tu n'es pas si gentil... Là, vois-tu, comme cela tu souris, c'est très bien.

A une heure, Henri arriva au Routeux propre à faire plaisir, sa blouse bleue fraîchement repassée, ses gros souliers, sinon luisants, du moins conscencieusement décrottés, les cheveux bien peignés sous son vieux chapeau de paille.

— A la bonne heure, voilà un garçon soigné, dit

madame Castagny; tu as tout à fait bonne façon,
Henri, vois-tu, la propreté est encore la meilleure
parure.

Le jeune garçon rougit de plaisir ; pourtant il
prit le compliment avec modestie :

— Louise avait savonné ma blouse ce matin, dit-
il ; quand elle a su que je sortais avec Drichette, elle
l'a promptement fait sécher devant le feu pour lui
donner un coup de fer. Elle était un peu fâchée de
la voir si déteinte, mais comme elle dit : « A force
de laver... »

— Ne rougis pas de tes habits passés et raccom-
modés, mon enfant. Tu connais le proverbe :
« L'habit rapiécé fait honneur à la femme de celui
qui le porte. » Ta mère et ta sœur peuvent être
fières, car elles ont du mérite à vous tenir tous si
proprement... Allons, en route, voilà Drichette qui
t'attend ; veille bien sur elle, Henri, je te la
confie.

— Soyez tranquille, madame Castagny, j'ai mon
bâton ferré.

Tout le monde rit de la confiance que Henri
semblait avoir en son gourdin.

Voilà les deux enfants partis. Georges les a vus
s'éloigner le cœur un peu gros ; il aurait aimé faire
la route avec Drichette.

La pluie continue à tomber très fort, mais
Henri et sa compagne sont bien à l'abri, sous un

immense parapluie de coton rouge à bordure
fleurie trouvé au Routeux. Le jeune garçon,
qui connaît son Manneville sur le bout du doigt,
explique à Drichette que c'était le plus beau parapluie de la mère Lenoir, son *parapluie habillé* et
qu'elle ne le prenait que le dimanche pour aller à
la messe et aussi les jours de foire... bien entendu
quand il ne pleuvait pas. La petite fille s'égaye
beaucoup à l'idée de se servir d'un parapluie
comme parure. « Mais oui, mais oui, appuie Henri
très sérieux, c'est probablement la première fois
qu'il va à l'eau ; quand il pleut, on n'en prend jamais que des vieux. »

Pendant qu'ils attendaient chez le pharmacien
le temps s'était remis au beau ; la fillette était un
peu fatiguée et on revint lentement vers Manneville tout en babillant.

— Ecoute donc, dit tout à coup Drichette, il me
semble que j'entends un enfant qui pleure dans le
taillis.

Ils s'arrêtèrent tous les deux, prêtant l'oreille.
Au même instant une petite fille de cinq ou six ans,
bien mise, mais dont les vêtements étaient chif-
fonnés et salis sortit en courant du petit bois. Sa
figure était toute mouillée de larmes et, en l'es-
suyant, ses mains avaient laissé de grandes traces
noires.

— Oh ! je vous en prie, menez-nous chez grand-

père, cria-t-elle aux deux enfants stupéfaits, menez-
nous chez grand-père pour qu'il guérisse maman
et Guy?

Drichette était très émue, mais elle ne perdit pas
la tête.

— Où demeure ton grand-père, ma chérie...? et
ta maman où est-elle...? qui est-ce Guy?

— C'est mon petit frère, et maman est assise
parce qu'elle était fatiguée et grand-père demeure
en Normandie.

— Tout cela n'est pas bien clair, dit la jeune fille.

— Elle ne peut pas s'expliquer, reprit Henri,
elle est trop petite.

— Oui, mais elle paraît intelligente; seulement
il faut lui laisser le temps de se calmer. Voyons,
ma mignonne, comment s'appelle ta maman, où
habitez-vous ordinairement, et comment es-tu
seule sur la route?

— Tu lui en demandes trop à la fois, Drichette,
elle ne pourra pas encore te répondre.

Pourtant Drichette avait raison; l'enfant rassurée par la manière calme et affectueuse dont on
lui parlait, se mit à répondre clairement, donnant
avec précision les détails qui lui étaient demandés.

— Maman s'appelle madame Javelin et moi, je
suis Suzanne. Nous demeurons à Paris, mais nous
sommes parties pour voir grand-père; nous avons
pris le chemin de fer et le soir nous avons couché

dans la maison d'une dame. Et après il y a un vilain homme qui n'a pas voulu prêter une voiture à maman et un autre bonhomme très gentil qui nous a dit : « Montez dans la mienne », et son cheval s'appelle la Blanche. Et puis, nous avons marché longtemps, longtemps, et maman était si lasse qu'elle est entrée dans un bois pour s'asseoir. Mais elle est malade et Guy aussi... Venez voir, ajouta la petite en les entraînant.

Tous les trois entrèrent dans le taillis ; une jeune femme, tenant un bébé dans les bras était assise ou plutôt affaissée au pied d'un arbre. Elle était pâle, défaite, et ses yeux exprimaient la plus vive inquiétude.

— Vous êtes souffrante, madame ? demanda Drichette affectueusement; que pouvons-nous faire pour vous ?

— Mais, ce n'est rien, un peu de fatigue et de faiblesse, mais j'ai peur que mon pauvre petit ne soit bien malade.

La jeune fille jeta les yeux sur l'enfant : il était immobile, les yeux clos, la bouche entr'ouverte. On eût pu le croire mort si, de temps en temps un soupir n'eût soulevé sa poitrine; mais, c'était un souffle si léger, si léger...

— Il n'a rien pris depuis vingt-quatre heures, reprit la mère pour répondre à une muette interrogation de Drichette. Je le nourrissais, et puis, tout à coup, il n'a plus voulu de mon lait ; il est encore trop petit pour boire au verre... Mais vous êtes si jeune, vous ne pouvez guère comprendre cela... Il faudrait immédiatement une bonne nourrice, et c'est bien difficile... Pourtant, si vous connaissiez... vous paraissez être du pays et vous avez l'air si raisonnable... Oh ! mon Dieu ! ajouta-t-elle avec un cri d'angoisse, je donnerais tout à la femme qui sauverait mon fils.

Les enfants étaient tout remués.

— Madame, reprit la fillette, votre petite Suzanne nous a dit que vous vous rendiez chez son grand-père. Nous pourrions peut-être aller le prévenir si vous êtes trop faible pour marcher. Où demeure-t-il ?

— A Pennedepie, villa des Marguerites.

— C'est loin, Henri ?

— Oh oui ! c'est loin : il faut d'abord retourner à Honfleur et puis faire autant de chemin que pour aller à Manneville... Je crois, moi, que le mieux serait de porter bien vite le petit à Marie Villain, notre voisine, pour qu'elle le fasse téter, puisque c'est le manque de nourriture qui le rend malade ; et puis madame Castagny saurait bien dire ce qu'il faut faire pour le reste.

— C'est vrai, Henri, tu as une très bonne idée. Madame, vous pouvez lui confier votre bébé sans crainte, il a bien l'habitude des enfants ; il a des petits frères dont il s'occupe très souvent.

Le jeune garçon s'approcha de madame Javelin à qui il restait un peu d'hésitation, et avec une douceur et une délicatesse qu'on ne devait pas attendre d'un petit paysan :

— Soyez tranquille, dit-il d'une voix émue, je ferai bien attention à votre tout petit et je vous réponds qu'il ne lui arrivera rien.

Puis il. prit le bébé dans ses bras, avec tant d'adresse et de précaution, il baisa si gentiment son front pâle que la mère se sentit rassurée.

— Henri, dit la jeune fille, explique bien à maman ce qui s'est passé et demande-lui ce qu'il faut faire, je reste auprès de madame en t'attendant.

— Ne t'inquiète pas, Georges est au Routeux, c'est déjà une bonne affaire. M. Valienne ne refusera certainement pas de faire atteler une voiture pour venir vous chercher, et comme cela, on ne perdra pas de temps.

La mère suivait des yeux Henri qui s'éloignait rapidement et quand il eut disparu au tournant de la route : « Pourvu qu'il ne soit pas trop tard ! » murmura-t-elle avec angoisse.

VII

RENCONTRE IMPRÉVUE

Georges, tout contrarié qu'il était de n'avoir pas accompagné sa petite amie, avait passé une bonne après-midi. Madame Castagny lui avait beaucoup parlé de Drichette, de son enfance, de leur vie à Paris ; elle lui avait raconté des traits et des mots de sa fille quand elle était toute petite, lui disait combien elle avait toujours été bonne et aimante, adroite à tout ce qu'elle faisait ; et si la mère éprouvait du plaisir à faire l'éloge de la fillette, Georges n'en avait pas moins à l'écouter, renchérissant encore sur la bonne opinion qu'elle avait de son enfant. Il avait entretenu soigneusement le feu, avait préparé de la tisane à la malade, qui au bout de quelques heures s'était sentie mieux.

— Tu es bien gentil, mon cher Georges ; je raconterai à Drichette comme tu m'as bien soignée.

Pourtant depuis un instant déjà, elle était inquiète. « Ne trouves-tu pas qu'ils sont bien

longtemps ? » demandait-elle au jeune garçon.
Lui, ne disait rien pour ne pas augmenter le tourment de la mère, mais il trouvait aussi que Henri
et Drichette auraient dû être déjà rentrés.

— Les voilà, dit-il tout à coup, j'ai entendu
ouvrir la barrière. Et il courut à la porte au-devant
d'eux.

Restée dans le fauteuil près du feu, madame
Castagny l'entendit qui demandait à son ami
d'une voix altérée par l'émotion :

— Où est Drichette et qui est-ce petit ?

Henri était déjà dans la maison, la figure si bouleversée que madame Castagny crut aussitôt qu'un
malheur était arrivé. Il dut se reprendre en deux ou
trois fois pour faire son récit ; malgré les efforts qu'il
faisait pour paraître calme, l'inquiétude l'oppressait.

— Il va mourir, c'est sûr, dit-il en posant l'enfant sur les genoux de la malade. Sa mère qui me
l'a tant recommandé, si elle allait ne pas le retrouver vivant.

Sans perdre du temps en paroles inutiles,
madame Castagny avait déchaussé et deshabillé le
pauvre petit qui était mouillé et transi « Henri, dit-
elle, donne-moi la petite couverture qui est sur le
pied du lit de Drichette ; toi, Georges, atteins
une nappe dans l'armoire, sur la seconde tablette,
tout à fait devant ». En un tour de main, l'enfant
fut enveloppé de linge sec ; puis prenant alterna-

tivement chacun des deux petons dans ses mains
qu'elle exposait auparavant à la flamme, elle se
mit à réchauffer doucement, graduellement, le
bébé qui, au bout d'un instant, poussa un soupir
de bien-être et ouvrit les yeux.

Les garçons ne trouvaient pas un mot à dire,
stupéfaits de voir la malade, agir, avec tant
de calme et d'adresse, savoir si bien ce qu'il y
avait à faire et réussir si vite. Le petit fit entendre
une légère plainte.

— Si j'allais chercher Marie, dit Henri vivement,
la mère à dit qu'il mourait de faim.

— C'est cela, mon enfant, qu'elle se hâte ; sa
petite fille vient de s'endormir et elle est libre par
conséquent ; d'ailleurs Léon n'est pas en journée
à cause du mauvais temps, il pourra s'occuper de
Marguerite. Georges, crois-tu que ton père voudra
te confier la voiture et l'âne pour que vous alliez
toi et Henri, chercher cette pauvre dame et les
deux fillettes ?

Les garçons n'avaient pas pris le temps de
répondre ; ils couraient déjà chacun de son côté.
Moins de deux minutes après Marie entrait au
Routeux tout effarée ; elle n'avait rien compris à
ce qu'Henri lui avait dit, sinon qu'il fallait venir
bien vite, bien vite. En trois mots madame Castagny la mit au courant de la situation, la priant de
bien vouloir allaiter l'enfant.

— Je crois bien, répondit-elle ; de grand cœur ; pensez si cela fait *deu* de voir souffrir un éfant quand on a les siens qu'ont tout ce qui leur faut. Seigneur Jésus! il a-t-il pâti pour être si blanc et si maigre !

Elle présenta alors un sein gonflé de lait au petit affamé qui, après une seconde de défiance et d'hésitation le saisit avidemment et se mit à téter, avec un peu de fatigue et d'effort, il est vrai, mais aussi, avec une satisfaction visible.

— Il est sauvé, dit madame Castagny, il n'avait que faim, ce chéri ; un enfant malade ne se nourrirait pas comme cela. Maintenant, pour terminer la cure, ajouta-t-elle, nous allons l'emmailloter chaudement et tâcher qu'il fasse un bon somme. J'ai là de l'eau tiède ; pendant que je ferai sa petite toilette, ma bonne Marie, vous irez me chercher tout ce qui est nécessaire pour l'habiller de frais des pieds à la tête.

La jeune paysanne était aussi vite revenue que partie.

—Ah madame, dit-elle en rentrant, quel bonheur, tout de même d'avoir des éfants ben drus. Quand j'ai vu ma Marguerite, si grasse, si belle, si rouge dans son *ber* et que j'ai pensé à ce paure petit, le cœur m'a sauté de pitié, d'ailleurs... Tenez, vlà Georges Valienne qui dévale la charrière ; tout à l'heure, j'ai entendu la voiture sur la route....

Le jeune garçon arrivait tout en nage de s'être tant dépêché.

— Nous partons, madame, dit-il; papa vient avec moi; il dit que vous aurez peut-être besoin de Henri. Où est-ce au juste que vous avez rencontré la dame ?

— D'ici à gauche, un peu après l'avenue de Brotonne.

— Bon.

Georges courait déjà.

— Dites à la mère que son paure petit va bien, cria Marie, les mains encores chargées de langes, de petites chemises, de petites brassières.

— Ah! tant mieux! répondit le brave garçon, tout heureux d'avoir une bonne nouvelle à annoncer.

Au fond, il n'était pas fâché de jouer aussi son rôle dans l'affaire.

Pendant que madame Castagny nettoyait et habillait l'enfant, qui, à sa grande satisfaction, poussait de bons cris bien sonores, au lieu du petit gémissement plaintif qu'il avait en arrivant, Marie, suivant les indications de la malade, préparait l'ancienne chambre de la mère Lenoir, mettait des draps blancs au lit, disposait tout pour que la voyageuse fût installée le plus confortablement possible. Rien qu'à voir le linge du bébé, la manière dont il était arrangé, on devinait que la mère était une femme distinguée et la maîtresse de la maison désirait la recevoir le mieux possible. Henri allait chercher du lait, entretenait le feu, puisait de l'eau, aidait à tout le monde avec sa complaisance et sa bonne humeur ordinaires. Enfin, tout était prêt, le bébé dormait d'un sommeil paisible quand on entendit la voiture.

Georges sauta le premier à terre, reçut dans ses bras Drichette et la petite Suzanne ; puis M. Valienne aida la voyageuse à descendre.

Marie était sortie au-devant de la mère pour la tranquilliser.

— Il va bien, madame ; il vient de boire une bonne goutte et le voilà qui dort comme un *lérot*.

— C'est vous, la nourrice ? interrogea vivement l'étrangère.

— Oui, madame.

— Merci, oh merci !

Et ces deux femmes qui ne s'étaient jamais vues, la Parisienne élégante et la robuste paysanne, l'une poussée par la reconnaissance, l'autre par la pitié, s'embrassèrent de tout leur cœur comme de vieilles amies.

— Soyez la bienvenue, dit la maîtresse de la maison à l'étrangère quand elle entra au Routeux, et veuillez m'excuser : même quand je n'aurais pas sur les genoux votre cher mignon, mes mauvaises jambes m'interdiraient encore d'aller à votre rencontre.

La jeune femme s'était vivement approchée du côté de son enfant. Quand elle le vit si propre, si frais, si paisible.

— Madame, dit-elle d'une voix émue, jamais je ne pourrai vous remercier assez de ce que vous faites pour nous ; jamais non plus, je ne serai assez reconnaissante envers ces enfants qui nous ont secourus avec tant d'intelligence et de dévouement. Quand je pense que si je ne les avais pas rencontrés...

Elle ne put achever, les sanglots lui coupèrent la parole et ses larmes, en coulant abondamment, produisirent un effet salutaire sur ses pauvres nerfs si cruellement tendus depuis la veille.

— Vois-tu, maman, disait Drichette, comme j'ai bien fait d'insister pour aller chercher des pilules à Honfleur.

— D'autant mieux, ma chérie, que tout cela m'a tellement secouée que je ne me sens presque plus de mes rhumatismes. Ainsi tout le monde y a gagné. Et maintenant, ajouta-t-elle en s'adressant à madame Javelin, si nos voyageuses veulent bien m'en croire, elles boiront une tasse de lait chaud et se mettront au lit. Quant au bébé, Marie et moi, nous en faisons notre affaire, n'est-ce pas, ma bonne Marie ?

— Pour ça, Madame peut ben dormir tranquille, je ne vas point le quitter, ce paure Jésus... Léon n'est-il pas là? il s'occupera ben de la petite.

Madame Javelin, exténuée de fatigue, rassurée sur le sort de son Guy, se retira dans la chambre qu'on avait préparée pour elle. Quant à Suzanne, elle déclara qu'elle n'avait pas sommeil, mais qu'elle voudrait bien manger une tartine. Drichette s'en occupait comme une petite maman, la débarbouillant, arrangeant ses cheveux, déchaussant ses pauvres petits pieds meurtris par la marche, l'installant confortablement dans un grand fauteuil près du feu et l'enfant aimait déjà tant sa nouvelle amie que, avant de s'endormir, elle lui dit à l'oreille en lui serrant la main bien fort :

— Tu viendras avec nous chez grand'père, n'est-ce pas ?

VIII

EN AMBASSADE

Le lendemain, madame Javelin était levée de bonne heure, inquiète de savoir comment son bébé avait passé la nuit. Marie l'apportait déjà tout habillé dans les effets de sa fille, propre à faire plaisir, la figure souriante et reposée.

— Il a dormi toute la nuit, dit la jeune paysanne triomphante ; et ce matin, il s'est éveillé en riant.

— Il est sauvé, dit la mère avec effusion, oh ! comme je vous remercie.

Les garçons étaient venus au Routeux dès le matin pour prendre des nouvelles des voyageurs et, comme il faisait un temps superbe, Drichette les avait entraînés dans le jardin, devinant bien que les deux femmes avaient des confidences à se faire.

En effet, madame Javelin avait grand'hâte de

se trouver seule avec son aimable hôtesse pour la mettre, du moins en partie, au courant de sa situation.

— Je ne voudrais point passer pour une aventurière, avait-elle dit en commençant.

Et elle avait raconté qu'elle était la fille du général Charlemaine ; que son père avait tout fait pour empêcher son mariage avec M. Javelin et qu'elle s'était obstinée ; que son mari, un joueur acharné, avait tout perdu et que, l'avant-veille, un chasseur du cercle lui avait apporté une lettre lui annonçant...

— Au fait, ajouta la jeune femme, la voici cette lettre, lisez-la, elle vous éclairera sur ma situation mieux que je ne saurais le faire moi-même.

Madame Castagny lut :

« Ma chère Marthe, vous allez me maudire : » non seulement, j'ai tout perdu, mais encore j'ai » fait des dettes que je ne puis payer. Des deux » partis qu'il me reste à prendre : me brûler la » cervelle ou m'en aller au loin pour tenter fortune, c'est le second que je choisis parce qu'il » n'ôte pas toute espérance de vous revoir un jour. » Ne faites aucune démarche pour m'arrêter, ce » serait inutile ; quand vous lirez ces lignes, je » serai déjà en route. Je vous envoie cent francs,

» c'est tout ce dont je puis disposer ; partez chez
» votre père, il ne vous repoussera pas. ·

» Adieu, chère Marthe, je reviendrai quand je
» pourrai me présenter devant vous sans honte ;
» Dieu veuille que ce soit bientôt! N'apprenez pas
» aux enfants à me mépriser : si je suis coupable,
» je suis plus malheureux encore.

» PAUL JAVELIN. »

— Mais ce billet de cent francs, dit madame Cas˜
tagny en rendant la lettre, était il me semble,
plus que suffisant pour payer votre voyage jusqu'à
Honfleur ?

— Et oui ; mais je ne l'avais pas. Dans mon trouble,
dans ma hâte, je l'ai laissé dans l'enveloppe qui le
contenait et que j'ai brûlée avec d'autres papiers.
Il me restait en tout une vingtaine de francs et c'est
avec cette faible somme que je suis venue jusqu'à
Lisieux.

Madame Javelin raconta ensuite comment le
père Marlet avait refusé de lui louer une voiture et
comment le brave marchand de beurre lui avait
offert deux places dans sa carriole; comment,
depuis Beuzeville, elle avait marché, horriblement
inquiète de voir son enfant si mal; comment la
la fatigue et la faiblesse (il y avait tant d'heures
qu'elle n'avait mangé !) l'avaient contrainte à s'ar-

rêter et comme Henri et Drichette les avaient secourus.

— Peut-être, fit observer madame Castagny, eût-il été préférable d'attendre et de chercher à vous procurer un peu d'argent par un emprunt, une vente... de bijoux, peut-être...

— Je sais... oui... oui... mais je n'avais alors qu'une idée : fuir cette maison où il ne devait plus rentrer. D'ailleurs, je n'ai pas douté un seul instant de la possibilité de me faire conduire en voiture à Pennedepie... Ah! si j'avais pu prévoir ce qui s'est passé !

— Et la pensée ne vous est pas venue d'envoyer une dépêche à votre père pour lui confier votre embarras ?

— Il ne l'aurait pas reçue. Je ne vous ai pas dit que mon père est veuf depuis longtemps; n'entendant rien aux affaires, il a pris chez lui, pour administrer sa maison, des parents éloignés, le mari et la femme qui avaient très peu de ressources; et ces gens ont si bien su le circonvenir qu'ils sont les maîtres réels chez lui. Si la fatale passion de mon mari a soulevé entre lui et mon père quelques difficultés, ces difficultés ont été si adroitement exploitées par les Hardy qu'il en est résulté une brouille définitive. Dieu sait pourtant si mon père est bon et indulgent ! Dans des moments d'embarras, je lui ai écrit des lettres pressantes auxquelles il n'a pas répondu; je suis sûre qu'elles ont été interceptées et qu'il ne les a pas lues ; ma dépêche eût subi le même sort.

Entraînée par les confidences de sa nouvelle amie, madame Castagny parla alors de ses soucis à elle et de son inquiétude pour l'avenir. Elle allait mieux, certainement, mais elle se sentait si peu forte, si peu courageuse, et leurs ressources s'épuisaient. Sans doute, les toiles de son mari représentaient une certaine somme; le tout était de pouvoir vendre. Mais à qui confier cette mission? Son frère, un artiste de talent, était en Egypte avec sa mère. Et quant à ses amis parisiens, il n'y fallait pas compter; elle devait être oubliée, depuis deux ans qu'elle n'avait donné signe de vie.

La fille du général était pensive.

— Mon père a des amis dans la presse, dit-elle après un moment de silence; s'il peut vous être utile, croyez qu'il se mettra entièrement à votre disposition. Il sera trop heureux d'acquitter en partie la dette de reconnaissance que j'ai contractée envers vous.

— Ne me parlez pas de reconnaissance, si vous ne voulez pas que je me fâche. Dites-moi un peu, qui, à ma place, n'aurait pas agi comme je l'ai fait. Songez plutôt au moyen de rejoindre votre père. Je devine qu'il vous en coûte de vous présenter chez lui, comme cela, tout d'un coup; à cause de ce couple fâcheux dont vous m'avez parlé. Pourquoi ne lui écrivez-vous pas pour le prier de venir vous chercher ici ?

— Ecrire ! mais les Hardy se saisiront de la lettre et mon père ne la lira même pas.

— Et bien, rien de plus simple ; on la fera porter par quelqu'un de sûr qui ne la remettra qu'au général lui-même,

— Les Hardy feront tout leur possible pour empêcher le porteur d'arriver jusqu'à mon père.

— Oh les terribles gens! Mais je connais un garçon, moi, duquel ils ne viendront pas facilement à bout : c'est notre ami Henri ; il n'est pas Normand pour rien, et bien malin celui qui l'attrapera. Voulez-vous que je le fasse venir?

Voyant un sourire approbatif sur les lèvres de madame Javelin, la malade agita une sonnette qui était toujours à sa portée. Drichette parut sur le seuil.

— Envoie-nous Henri, ma mignonne !

Le jeune Drieu était fort occupé avec Suzanne pour laquelle il avait inventé un jeu bien amusant. Il remplissait d'eau un pot à fleurs en ayant soin de boucher le trou avec son doigt et quand le pot était plein, il le donnait à la petite fille qui s'en servait pour arroser le *jardin de Drichette*.

— Drichette sera bien contente, disait-elle à son compagnon ; les fleurs aussi seront contentes de boire ; elles avaient bien soif.

— Mais, tu n'arroses que les pissenlits.

— Parce que les pissenlits ont encore plus soif ;
regarde comme ils ont encore plus soif !

. Georges et Drichette étaient assis sur un vieux
tronc d'arbre, qui servait de banc, et faisaient la
conversation d'un air très sérieux.

— Henri, dit madame Castagny, quand le jeune
garçon fut entré, te sens-tu capable de faire une
commission très difficile.

— Dites toujours, madame, on verra bien.

— Allons, tu ne veux pas t'engager à la légère, tu
es un jeune homme prudent. Il s'agit de porter une
lettre à Pennedepie...

— Oh ! si ce n'est que cela.

— Attends un peu, ce n'est pas fini. Il ne faudra
remettre cette lettre qu'au destinataire lui-même ;
et quelqu'un fera son possible pour t'empêcher de
le voir et cherchera à te prendre la lettre.

— Nous verrons bien... Et comment est-il le
monsieur à qui il faut que je donne la lettre ?

— C'est un général, dit madame Javelin, qui a
tout à fait la tournure militaire ; il a cinquante-cinq
ans, les cheveux blancs, l'air très bon ; il porte des
lunettes et est officier de la Légion d'honneur.

— Et celui qui voudra me la prendre ?

— Il est du même âge, à peu près ; très grand,
très maigre, très jaune.

— Il ne doit pas être bien joli. Soyez tranquille, madame, le bon monsieur à lunettes aura son billet ; quant au grand sec.... »

Le jeune garçon acheva sa phrase par un geste plus expressif que distingué ; et sortit immédiatement avec l'air affairé de quelqu'un qui a une communication importante à faire.

Il rentra au bout de cinq minutes paraissant extrêment satisfait.

— Si cela ne vous fait rien, madame, d'écrire le mot ce soir ; cela vaudrait mieux, parce que Georges viendra avec moi ; il aura la petite voiture et le *bourri* et nous partirons demain matin à six heures pour être plus tôt revenus.

Henri avait grande hâte d'exercer son métier d'ambassadeur.

Le lendemain à neuf heures, l'équipage mannevillais, conduit par le jeune Valienne s'arrêtait à la porte de la Villa des Marguerites.

Ding ! ding ! ding !

La cloche retentit avec un bruit d'enfer : Henri n'y avait pas été de main-morte. Un gros père, exerçant les multiples fonctions de jardinier et de concierge, arriva en courant, ou tout au moins en essayant de courir.

— Ah ben, en v'là un carillon ! qu'est-ce qui vous prend donc ? j'ai cru que le feu était à la grille ; vous pourriez bien sonner un peu moins fort.

— Dam, c'est que c'est pressé et important, répondit Henri; nous voudrions parler à monsieur Charlemaine *lui-même*.

— Lui-même, c'est encore à voir ; je ne sais seulement pas si monsieur est levé ; il a la grippe. Enfin, entrez tout de même, parbleu ; vous ne mangerez pas le jardin. Seulement, attachez solidement votre âne, parce que les gamins du pays pourraient bien nous l'emmener au diable.

Les deux garçons entrèrent alors dans un jardin admirablement tenu, entrecoupé de pelouses bien vertes et de superbes massifs qui firent ouvrir l'œil à Henri.

— Hein ! les belles fleurs, Georges, regarde.

Mais Georges n'était pas amateur d'horticulture ; il était tombé en arrêt devant une voiture que le cocher était en train de laver : c'était un joli panier à quatre places, élégant et confortable, comme le jeune garçon en avait toujours rêvé. Et tandis que Henri pensait :

« Si j'étais riche, j'aurais de belle fleurs comme cela plein des jardins et des jardins !

Georges se disait.

— Quand je n'irai plus au collège, que je resterai tout le temps à Manneville, j'aurai une voiture pareille pour promener Drichette et sa mère.

Le jardinier-concierge gravit les marches du perron devant les enfants, et, à part lui, l'ambassadeur Drieu fit la réflexion que si c'était là le grand sec·

dont on lui avait parlé il avait joliment engraissé.

— Jules, dit-il à un valet de chambre en tablier blanc, que le bruit de la sonnette avait attiré et qui se tenait à l'entrée du vestibule, savez-vous si monsieur est levé.

Le domestique tourna la tête sans bouger de place.

— Victoire, cria-t-il à son tour, savez-vous si monsieur est levé ?

Les garçons commençaient à craindre que Victoire elle-même ne s'informât à une quatrième personne si monsieur était levé, mais ladite Victoire apparut sous la forme d'une grosse cuisinière qui, une rôtie dans une main, un couteau dans l'autre, paraissait occupée à beurrer des tartines.

— Oui, Jules, monsieur est levé, à preuve qu'il vient de sonner pour son déjeuner.

— Eh bien en le lui montant, reprit le concierge, demandez-lui donc s'il peut recevoir deux jeunes gens qui veulent lui parler à lui-même et qui disent que c'est urgent.

— Pour sûr que c'est urgent... et pressé ! appuya Henri.

— De la part de qui venez-vous, s'il vous plaît ? demanda la cuisinière.

— De la part de madame Javelin.

Victoire faillit laisser tomber son couteau et sa rôtie.

— Seigneur Jésus! qu'est-ce que vous me dites, mes chers garçons ?... De la part de mam-zelle Marthe ; en êtes-vous bien sûrs? Montez mes pauvres amis, montez vite... Elle n'est pas malade au moins, ajouta-t-elle en se retournant, brusque-ment frappée d'inquiétude.

— Non, elle va très bien ; ses enfants aussi.

— Eux aussi!... eux aussi!... Ces pauvres petits canards!... En voilà des nouvelles! je ne m'étonne pas que ma bougie ait craché hier toute la soirée ; c'était ça, parbleu, c'était ça.

On était arrivé à la porte de la chambre. Victoire frappa trois coups qu'il eût été difficile de qualifier de discrets.

Le général vint lui-même ouvrir la porte.

— Qu'est-ce qui se passe donc, ma bonne Victoire, que vous tapez si fort : poum ! poum ! poum !

— Il a de quoi, allez monsieur. Pensez que voilà deux garçons qui vous apportent un mot de mam-zelle Marthe.

— Ah! mon Dieu ! donnez, donnez vite.

Le vieux monsieur venait sans doute de sortir du lit, car il était vêtu d'une robe de chambre à grands ramages et coiffé d'un bonnet de coton.

— Etes-vous bien monsieur Charlemaine? de-manda Henri avec défiance.

— Mais certainement, certainement...

— C'est que madame Javelin m'a recommandé

de ne donner la lettre qu'à un monsieur décoré, avec des lunettes, et dam...

— Je viens de me lever, mon ami; je n'ai pas encore eu le temps de prendre ma décoration mais voici mon veston avec ma rosette d'officier et quant à mes lunettes je m'en servirai pour lire le billet que vous m'apportez.

Le général faisait tous ses efforts pour paraître calme, mais, à voir ses mains agitées d'un mouvement fébrile, on devinait son impatience. Henri remit la lettre avec un reste d'hésitation et une sorte de regret que tout se fût passé si bien : il s'était promis beaucoup de plaisir à berner le grand sec. Georges n'en revenait pas de l'audace de son camarade; jamais, pour lui, il n'aurait osé suspecter un personnage qui lui paraissait si respectable, et si distingué, en dépit de sa robe de chambre à ramages et de son bonnet de coton.

Le vieux monsieur lisait la lettre avec une émotion visible ; la cuisinière était restée présente avec l'affectueuse familiarité des anciens serviteurs dévoués.

— Victoire, dit-il d'une voix étouffée, après avoir terminé sa lecture, madame Javelin nous arrive avec ses deux enfants; elle m'attend près d'ici, dans la propriété d'une de ses amies...

Le pauvre général tremblait si fort qu'il dut s'asseoir.

— Dites à Joseph d'atteler tout de suite le panier... ah mon Dieu, le panier ! mais les enfants, le bébé surtout, n'auront peut-être pas chaud dans une voiture découverte.

— Oui, et monsieur qui est grippé, encore.

— Comment faire ?

— C'est bien simple ; en passant à Honfleur, monsieur prendra un landau chez le carrossier qui a notre coupé en réparation.

— C'est vrai, Victoire, vous avez toujours de bonnes idées, vous.

— Oh ! monsieur est comme tous les hommes ; ils ne savent jamais se débrouiller.

— Vous nous préparerez pour ce soir un bon dîner, n'est-ce pas, léger, mais succulent, avec des chatteries pour la petite.

— Soyez tranquille, j'ai déjà mon menu dans la tête.

— Où est Adèle ?

— Elle est allée à la ferme chercher de la crème, des œufs et un poulet.

— C'était pour lui dire de disposer une chambre, avec un lit d'enfant et un berceau... Avons-nous tout ce qu'il faut ?

— Mais oui, mais oui, il y a tout ce qu'il faut ; mamzelle Marthe n'a-t-elle pas été élevée aux Marguerites ; toutes ses affaires y sont restées ; le berceàu, les lits, la. layette, les petites chaises, jusqu'aux joujoux. Je sais bien où tout est moi, puisque j'ai été sa nourrice.

Cela fut dit pour l'édification de Georges et Henri qui assistaient au débat sans mot dire.

— Et puis, tenez monsieur, ajouta Victoire, voulez-vous que je vous dise ? vous feriez mieux de vous dépêcher de partir que de me faire tous ces discours-là. Soyez tranquille, tout sera prêt quand vous rentrerez, allez.

La cuisinière déclara alors que la nouvelle lui avait cassé les jambes, mais il faut croire que ses jambes se raccommodèrent assez vite, car elle descendit en toute hâte en poussant des Seigneur! Jésus! Marie! accompagnés de soupirs capables de faire éclater son corsage.

M. Charlemaine la rappela quand elle était au milieu de l'escalier.

— Victoire, et ces braves garçons! ils doivent avoir faim, depuis le temps qu'ils sont en voiture; servez-leur un bon déjeuner.

Les jeunes gens voulurent protester, mais la cuisinière avait bien trop envie d'en savoir plus long pour les laisser aller. Et puis leur estomac de quinze ans criait famine. Dix minutes après, ils étaient attablés dans la salle à manger devant des œufs à la coque, un jambonneau, une grosse brioche, des poires et une bouteille de madère.

Quand ils eurent bien satisfait la curiosité de Victoire, autant du moins que cela fut possible, eux aussi se mirent à l'interroger.

— Madame, demanda Henri, si toutefois ma question n'est pas indiscrète, je serais bien aise de savoir où est le grand maigre ?

— Le grand maigre ? quel grand maigre donc, mon garçon ? Dieu merci, il n'y a personne de maigre aux Marguerites; tout le monde y a bonne mine, et je crois bien, grâce à la cuisinière, soit dit sans me vanter.

Georges alors lui répéta la recommandation de madame Javelin.

— Ah ! mais c'est de Hardy qu'elle a voulu parler. M. Hardy, comme il fallait dire; pour sûr qu'il était sec ce grand flandrin, la cuisine ne lui profitait guère et pourtant Dieu sait s'il en avait une *avaloure!*... Mais il est parti : monsieur a mis toute la famille à la porte, il y a trois ou quatre mois; leur garçon n'avait-il pas emprunté deux mille francs au général sans l'avertir. Je dis deux mille... c'est peut-être plus seulement; mais toujours est-il que la dernière fois, c'est Jules, le valet de chambre, qui l'a pincé avec deux billets de mille francs qu'il mettait tranquillement dans sa poche. Et puis, voulez-vous que je vous dise, il y avait longtemps que monsieur en avait assez et il a été bien aise de l'occasion qui s'est présentée de leur dire *au revoir*. Avec cela qu'ils ne coûtaient pas cher à la maison, malgré leur air d'avoir tant d'ordre. Le premier mois après leur départ, quand le général a eu fait ses comptes : « Victoire, qu'il me dit, comment que ça se fait qu'il me reste tant d'argent ? » Il ne lui en restait jamais trop, allez, le temps qu'ils étaient là. Et pour l'ouvrage qu'ils faisaient à eux trois ! Il fallait voir madame Hardy, marcher avec un air... Avez-vous quelquefois vu un grand trois-mâts entrer dans le port toutes voiles déployées ? Et bien, voilà madame Hardy. Ah ! elle avait le talent de m'agacer, celle-là ! Et pas seulement moi !... Quand elle entrait dans ma cuisine pour me faire des observations ou fouiller partout comme elle en avait l'habitude, j'avais toujours envie de la coiffer avec une casserole.

Le jardinier interrompit la conversation en venant prévenir nos amis qu'un tas de gamins étaient grimpés dans leur voiture et y faisaient les cents coups.

— Ah ! la mauvaise graine ! s'écria Victoire, arrosez-les donc, Duclos... Ils sont encore plus méchants ici qu'à Paris, et ce n'est pas peu dire... Sauvez-vous, mes pauvres garçons, ils seraient capables de mettre votre carriole en pièces.

Georges et Henri couraient déjà dans le jardin

pour protéger leur équipage, quand la cuisinière rouvrit la porte :.

—Et administrez-leur une bonne volée de coups de fouet! leur cria-t-elle du seuil.

IX

A LA FERME

Il y avait longtemps que M. Charlemaine était à Manneville quand les garçons arrivèrent; ils avaient laissé Marquis trotter à son aise : le vieil âne n'était plus bien agile, la côte était longue et rude, et puis, à vrai dire, ils n'étaient pas pressés; le bon déjeuner de Victoire les avait suffisamment lestés. Néanmoins sitôt descendus de voiture, ils dévorèrent à belles dents une omelette et une tranche de gigot qu'on avait préparées pour eux aux Marronniers,

La tante Norine était partie à Beuzeville où sa nièce Aspasie devait faire la quête au profit du *Fourneau économique*. Le fermier était aux champs où les labours devaient commencer le lendemain ; les domestiques, comme tous les dimanches, faisaient leur partie de boules au petit café du village;

sauf Céline, la première servante, restée en cas de besoin, la ferme était déserte.

— Viens-tu au Routeux, dit Henri qui n'aimait pas la solitude, il faut bien aller rendre compte de notre mission.

— Ah ! voilà les ambassadeurs, fit madame Castagny quand ils entrèrent à la maison.

Le général avait sa petite-fille sur ses genoux et caressait doucement ses boucles blondes. Guy dormait dans les bras de sa mère qui avait beaucoup pleuré mais dont le visage était redevenu calme. Drichette allait et venait sans bruit, remettant en ordre ce qui avait été dérangé pour le repas de midi.

Les jeunes gens furent bien reçus et bien remerciés. M. Charlemaine fit rire tout le monde en racontant comment il avait été obligé d'arborer ses lunettes et sa croix pour que Henri voulût bien lui remettre sa missive. Quand Drichette eut fini son petit ménage, elle proposa aux enfants d'aller faire un tour. Suzanne, qui commençait à s'ennuyer d'être si longtemps sans remuer, accepta volontiers. « Allons aux champs retrouver le père, dit Georges. » Et les voilà en route, tous les quatre, allant par les chemins, le long des pièces de terre et des prairies que les travailleurs avaient désertées pour un jour. Suzanne ouvrait de grands yeux, elle n'avait guère quitté Paris, du moins depuis

qu'elle était en âge d'observer et tout l'étonnait.
Elle faisait des questions et des réflexions si drôles
que les garçons riaient comme des fous.

— J'aime beaucoup une belle campagne, grande,
grande comme celle-là, disait-elle ; la campagne
de Paris n'est pas pareille, n'est-ce pas Drichette?

— Il y a donc une campagne à Paris ? demanda
Henri étonné.

— Bien sûr : il y a Passy, Maisons-Laffitte,
Ville-d'Avray, Saint-Mandé, et encore bien d'autres. Seulement, il y a plus de personnes, plus de
maisons et moins de bêtes ; Manneville est bien
plus beau ; je serai contente si grand'père demeurait dans un pays pareil à celui-ci.

— Mais Pennedepie est beaucoup mieux, dit
Georges, on voit la mer. Et puis la villa des Marguerites est une magnifique propriété.

— Et, ajouta Henri, il y a des fleurs ; oh ! mais
des fleurs ! tant, et si jolies !

— Tant mieux, j'aime beaucoup les fleurs ;
maman aussi les aime. A Paris, nous en avions
sur notre balcon, mais elles ne poussaient pas
bien, parce qu'il faisait trop chaud et qu'elles
étaient grillées, Je demanderai à grand-père de me
donner un petit jardin pour moi toute seule et un
arrosoir, c'est très amusant d'arroser. A Paris, on
ne peut pas beaucoup, parce que l'eau tombe sur
les passants, et cela les mouille et ils ne sont pas

contents; les sergents de ville non plus ne sont pas contents, et ils vous mettraient très bien en prison. Un jour, j'ai fait tomber un plumeau, par la fenêtre, sur une dame, et elle disait avec son poing, comme cela; « Vous allez voir, vilaine petite fille ». Moi, j'avais peur, allez.

Georges l'écoutait jaser avec ravissement : il trouvait qu'elle parlait si bien, si gentiment ! Chez Drichette, c'était cela également qui l'avait frappé ; Georges était très sensible à cette musique de la voix.

— J'aimerais habiter Paris, rien que pour entendre parler les petites filles, disait-il.

Drichette riait; elle, cela l'amusait beaucoup d'entendre parler les paysans.

Arrivés aux labours, les enfants eurent une déconvenue; Monsieur Valienne était parti à la mairie; on était venu le chercher pour une signature.

— Retournons à la ferme, alors, dit Georges, nous demanderons à Céline de nous donner de la crème fraîche pour goûter.

— Oh ! oui, Georges, beaucoup, beaucoup, s'écria Suzanne, tu diras à ta bonne de me donner une très grosse tartine.

La petite s'arrêta court et devint toute rouge.

— Non, c'est-à-dire, pas une très grosse, une un peu grosse seulement. Maman serait fâchée de

savoir que j'ai été gourmande ; mais, ajouta-t-elle
en manière d'excuse, c'est si bon la crème !

Tout en causant, on était arrivé à la ferme. Drichette avait déclaré qu'il était trop tôt pour goûter et
ses jugements étant sans appel, on alla faire un tour
en attendant l'heure. Le jeune Valienne faisait les
honneurs de l'habitation avec beaucoup de bonne
grâce ; on visita d'abord la *charretterie* ou étaient
rangés en bon ordre l'immense charrette à foin,
le grand banneau aux pommes, la longue voiture
où l'on chargeait les grosses barriques de cidre, et la
carriole et le cabriolet ; ah mon Dieu, y en avait-il
donc ! On passa ensuite à l'écurie où cinq beaux
chevaux, gras, le poil luisant, mangeaient tranquillement en gens sûrs de n'être pas dérangés.
Georges, ne voulut pas que les petites filles entras-
sent de peur des coups de pied. Drichette grimpa
sur une grosse pierre pour voir par-dessus la porte
basse et Henri souleva Suzanne dans ses bras.
Georges expliquait : « Les trois là-bas, au fond,
sont des chevaux de travail : ils s'appellent Grison,
la Belle et Manette ; on les attelle aux grosses
voitures que vous avez vues sous la charretterie ;
ils traînent aussi la charrue et la herse ; c'est Grison et Nanette qui laboureront demain. Après, c'est
Fifille que papa prend avec son dog-cart ou son
cabriolet ; à côté d'elle, c'est Faraud, un petit cheval que papa élève pour moi ; il est encore trop

jeune et surtout trop vif pour que je le monte,
mais cet hiver, Herbeau, du château de Brotonne,
l'habituera à la selle et, à Pâques, il m'apprendra à
me tenir à cheval ; je serai très content parce que
j'aime beaucoup les chevaux. Fifille est la mère de
Faraud. Ces deux places vides sont à la Bisque qui
a porté tante Norine à Beuzeville et à Marquis
qu'on laisse toute la journée dehors et qu'on ne
rentre que le soir.

On admira encore les colliers des chevaux, couverts de grandes peaux de mouton teintes en bleu,
et les licols, les guides, les hanarchements de toutes sortes, pendus aux murs en bon ordre et d'une
extrême propreté. Louis tenait très bien son écurie.

Puis on passa à l'étable, inhabitée pour le moment, les vaches étant encore à l'herbe. Suzanne
aurait voulu savoir tous leurs noms, mais Georges
ne se rappelait pas très bien : il y avait la Rousse,
Blanchette, Brunette, Noiraude, la Duchesse, mais
les deux autres étaient nouvelles et il ne savait pas
comment elles s'appelaient.

Drichette trouvait que la Duchesse était un très
joli nom.

Suzanne ne tenait pas du tout à visiter les porcs ;
elle disait que c'était de très vilaines bêtes, très
méchantes et qui avaient toujours l'air en colère.

— Entendez-vous comme elles disent : *gron,
gron.*

Et l'enfant remuait si drôlement la tête pour imiter les cochons que les trois grands se mirent à rire. Pourtant, elle consentit à visiter une famille de tout petits qui avaient à peine huit jours et elle changea tout à fait d'opinion.

—Oh! Drichette qu'ils sont jolis! regarde leur petite queue tortillée, et leur gentille petite figure. Elle aurait voulu en prendre un dans ses bras pour le promener ; Georges et Henri eurent beaucoup de peine à lui faire comprendre que les cochons, en dépit de leur gentille petite figure, ont le caractère assez mal fait. Heureusement Suzanne n'était pas entêtée : « Allons voir les poules, dit-elle, pour se consoler, et puis après nous irons manger de la bonne crème ».

Et la visite continua jusqu'à l'heure du goûter auqu. les quatre enfants firent honneur.

X

UN GROS SACRIFICE

Au Routeux, pendant l'absence des enfants, on avait sérieusement discuté sur le parti qu'il convenait de prendre au sujet de Guy. Madame Castagny et le général s'accordaient à déclarer que le plus sage était de le laisser à Marie dont le lait lui convenait, puisqu'en peu de temps, il avait si fort changé à son avantage ; la mère sentait bien qu'ils avaient raison et cette pensée la désolait. Certes, si elle n'avait écouté que son sentiment, elle ne se serait jamais séparée de ce tout petit qui dormait sur ses genoux, calme et confiant, sans se douter que sa petite existence dépendait, du moins quant au présent, de ce qui se décidait à l'heure actuelle.

Son père et son amie accumulaient les raisons encourageantes sans parvenir à la convaincre complètement. Marie n'était-elle pas une nourrice saine et vigoureuse ?... et propre, soigneuse, dévouée, toute prête à entourer de tendres soins l'enfant qui lui serait confié...; le grand air serait si favorable au poupon qui avait besoin de se développer et de se fortifier...; au point de vue de la salubrité, rien à dire encore, puisque les gens du pays ne se souvenaient pas d'y avoir vu régner aucune épidémie...; d'ailleurs, il n'y avait qu'à regarder tous les marmots, sans exception : roses, fermes, solides à faire plaisir, malgré leur barbouillage permanent et leurs cheveux embroussaillés... Puis, et cela était concluant, il n'y avait pas le choix... Madame Javelin ne convenait-elle pas elle-même qu'il était indispensable qu'elle retournât à Paris avec son père pour régler d'une manière définitive sa situation et celle de ses enfants; que faire du bébé pendant ce voyage, si bref qu'il soit !... et, en admettant qu'elle ramenât une nourrice, était-il sûr qu'elle conviendrait?... Guy n'était pas assez fort pour supporter ces perpétuels changements.

— Hélas! soupira la mère, il n'en a que trop enduré, le pauvre chéri !...

Et elle aussi, à son tour, fit valoir ses raisons. Comme tous les esprits naturellement inquiets et que de longues angoisses ont rendus plus craintifs encore, elle s'attachait à ne voir que les côtés peu rassurants de la question.

Certainement, son père et sa mère étaient dans

le vrai, du moins en ce qui concernait les autres enfants, mais là n'était pas le cas de son bébé, un pauvre petit dont l'existence si courte encore avait été traversée de tant de souffrances déjà... n'était-elle pas coupable d'abandonner en des mains étrangères une nature si délicate... et puis, à la campagne, les enfants sont peu surveillés : l'eau, les voitures, les bêtes, tout l'effrayait par avance... Sans doute les petits ainsi livrés à eux-mêmes étaient plus forts, plus robustes, mais il arrivait bien encore quelquefois des accidents; et, n'y eût-il qu'un enfant sur mille, victime d'une trop grande liberté, elle tremblerait toujours que Guy ne fût ce millième... et enfin, il lui en coûtait énormément de le laisser si loin d'elle, sachant surtout combien les paysans sont négligents à écrire.

Le général objecta que les Marguerites étaient à peine à deux heures de Manneville, qu'il était facile de venir toutes les semaines, plutôt deux fois qu'une ; que tard dans la saison on quitterait la campagne et que tôt on y reviendrait, que d'ailleurs rien n'empêchait de faire le voyage dans le courant de l'hiver. Madame Castagny promit d'écrire tous les deux jours et de signaler les moindres circonstances de la vie du bébé.

La mère vaincue alors, mais non résignée, ne dit plus rien; ses yeux baissés sur l'enfant toujours

endormi, laissaient couler de grosses larmes, qui
tombaient une à une, lourdes, amères, sur la robe
blanche du petit. Pourtant, ce fut elle-même qui
proposa à Marie de le garder quand la jeune
paysanne vint au Routeux voir si le nourrisson
était réveillé.

Bien entendu, depuis qu'ils avaient chez eux le
petit Parisien, comme ils disaient, Léon et sa
femme n'avaient pas été sans se demander si on
le leur laisserait définitivement, mais Marie, en
épouse soumise, ne voulut point prendre sur elle
de répondre et courut bien vite chercher son
mari.

— Je ne sais pas au juste ce qu'on paie une
nourrice, dit le général à sa fille, mais ne crains
pas d'être généreuse, Marthe ; elle a l'air d'une si
bonne femme.

Il faut croire que le jardinier n'était pas loin et
que l'explication ne fut pas longue à faire, car il
revint au bout de fort peu de temps suivi de sa
femme. Ce brave Villain n'aurait pas été un paysan
et un paysan normand encore, s'il n'avait un peu
ergoté la question avant de répondre affirmative-
ment.

— Ben sûr, c'était des éléments, deux poulots
comme cela à élever, et il n'avait pas voulu que
Marie prît de nourrisson quand elle avait eu sa
petite...; mais v'là, on était déjà tout plein attaché

à ce paure éfant, et on était quasiment glorieux
de le voir si bien revenir... et puis quoi?... le petit
avait six mois, il était déjà ben ébauché, la petite
se tenait debout devant une chaise et dormait
toutes ses nuits ; il n'y avait plus tant de mal à
avoir...

Bref, comme d'honnêtes gens qu'ils étaient, ils
ne cherchèrent pas à faire valoir leurs services
outre mesure. En s'entendant proposer soixante-
quinze francs par mois, ils se confondirent en té-
moignages de joie et de gratitude. Ils avaient
compté sur la moitié. Et quand Marie ramena Guy
chez elle, après que sa mère l'eut couvert de baisers et de larmes :

— Va, mon cher petit, dit-elle en l'embrassant,
t'apporte le bien-être cheux nous, mais je te rendrons cela en amitié.

Puis, séance tenante, il fut décidé que le général et sa fille partiraient le lendemain même à
Paris, afin de faire cesser au plus vite la situation
fausse, indécise dans laquelle le départ de monsieur Javelin avait mis sa femme et ses enfants. La
proposition que fit Drichette de garder Suzanne
jusqu'au retour de sa mère fut acceptée de grand
cœur, l'enfant s'ennuierait moins à Manneville
qu'aux Marguerites qu'elle connaissait à peine.

La petite pleura un peu à l'idée de quitter sa
maman, mais Henri promit qu'il lui ferait une jolie

musique dans une tige de sureau ; Georges dit qu'il l'emmènerait tous les jours à la ferme pour voir les bêtes.

— Et aussi pour manger de la bonne crème, dit Suzanne dont les larmes se séchèrent.

Le général avait cru qu'une semaine était amplement suffisante pour tout régler et il s'était trouvé que quinze jours étaient déjà écoulés sans qu'on fût guère plus avancé qu'au premier. Monsieur Charlemaine avait multiplié les pas et les démarches, avait usé de toutes les influences sur lesquelles il pouvait compter, mis la police sur pied même, pour retrouver la piste de son gendre, tout avait été inutile, il avait fallu s'en tenir au billet laconique dans lequel celui-ci annonçait son départ.

Enfin, lasse, découragée, madame Javelin avait d'elle-même donné le signal du retour : « Revenons vers les enfants, puisque nous n'avons plus rien à espérer. » Le père l'avait suivie docilement et, un beau matin, ils étaient arrivés à Manneville sans prévenir personne.

Mon Dieu, avec quel battement de cœur, la mère gravit les trois marches qui conduisaient chez la nourrice. Comment allait-elle retrouver son Guy ? Drichette lui avait bien écrit que tout allait pour le mieux, mais malgré cela, elle était haletante d'im-

patience en soulevant la *clenche;* puis, la porte ouverte, elle poussa un cri de joie.

C'était son enfant, ce beau tout petit que Marie
tenait sur ses genoux devant un feu clair ! Etait-ce
possible qu'en quinze jours, il eût si fort changé !
Etait-il gentil, les joues rondes, les yeux brillants,
la chair ferme ! Elle ne pouvait se lasser de le voir,
de l'embrasser, ne trouvant pas de mots pour remercier la jeune paysanne.

La grosse Marguerite, assise dans son berceau
où elle grignotait une croûte de pain, commençait
à s'impatienter ; les exclamations de bonheur de
madame Javelin ne l'intéressaient que médiocre-
ment et il lui semblait que son tour était venu depuis longtemps.

— Attendez, Marie, vous allez prendre votre petite fille et me donner mon chéri ; je n'ai pas encore
désappris à l'habiller.

Et, tout heureuse, la mère se mit à chausser les
petons roses, à passer les jupons, la petite robe, à
attacher la bavette, à mettre le bonnet du bébé.

Marie était fière de son nourrisson.

— C'est vrai, pourtant qu'il en a fait depuis qu'il
est ici, dit-elle. Il n'y a pas à dire, il semble qu'on
le voit pousser... Et *brin* méchant qu'il est ; quand
il a tout ce qu'il lui faut, on ne l'entend point...
Pardi, c'est point qu'il était mal portant, mais vlà !
il avait pâti. Allez, marchez, ma chère dame, il ne

manquera jamais de rien cheux nous : je négligerions plutôt la nôtre si j'en avions un à négliger.

— Je sais, Marie, je sais. Vous êtes une bonne et brave femme. Mais, soyez tranquille, le bien que vous faites à Guy ne sera pas perdu pour vous, et je ferai tout ce qu'il me sera possible de faire pour reconnaître l'immense service que vous m'avez rendu.

— Oh ! je ne dis pas ça pour çà, ma chère dame ; je suis déjà assez contente de voir que le petit profite si bien.

— Oui, mais moi, je serai heureuse de vous témoigner ma reconnaissance autrement que par des paroles... Allons, Marie, reprenez votre poupon ; j'ai tout d'abord été au plus petit et au plus faible, mais j'ai grande hâte aussi d'embrasser ma Suzanne.

— Ah ! vous ne l'avez point encore vue votre petite fille !... c'est vrai qu'il est ben matin *itout*... c'est vous qu'allez la trouver changée... écoutez, elle a une mine qui flambe ; et puis toujours contente, toujours en train de rire... Et des si gentilles raisons qu'elle vous dit... elle a un esprit ! elle a un esprit tout comme mamzelle Drichette, d'ailleurs. Ah ! c'est tout de même deux gentilles petites demoiselles. C'est point pour dire, mais les éfants de Paris ont de d'autres avisées que ceux que cheux nous !

Madame Javelin allait remettre le poupon à Marie quand le général entra les bras encombrés de cartons et de paquets.

— Sapristi, nourrice, s'écria-t-il, d'une voix qui fit lever la tête aux deux marmots, vous avez un chemin qui n'est pas trop commode à descendre avec toutes ces pierres qui roulent sous les pieds, et si étroit que le cocher n'a pas osé engager le landau.

Puis jetant un regard autour de lui :

— Ah ! çà comment diable vous y prenez-vous, ma brave femme ; il est à peine huit heures et voilà votre ménage fait, la maison rangée, les mioches nettoyés et habillés. Hein, Marthe ! à Paris, c'est à peine si on a les yeux ouverts à cette heure-ci... et je parle des personnes matinales.

Marie était toute rouge du compliment.

— C'est point comme à la campagne, dit-elle, d'une voix un peu timide, bêtes et gens, le monde sont *heuribles*. Et puis, le soir avant de me coucher, je regarde que tout soit en ordre, qu'il n'y ait rien à traîner, c'est toujours autant de fait pour le lendemain. Faut dire aussi que Léon me donne un coup de main avant que de partir à sa journée et c'est comme çà que l'ouvrage se trouve faite si matin.

Madame Javelin s'occupait à couper des ficelles, à défaire des paquets, à découvrir des cartons.

— Tenez, nourrice, dit-elle, voici un trousseau complet pour Guy : linge, chaussures, vêtements... et maintenant voici une toilette d'hiver pour Marguerite : la robe, la douillette et la capeline tricotée.

Marie faisait des exclamations de joie.

— Tout çà pour ma petite ! c'est-il possible, ma chère dame, c'est trop beau, voyez-vous, c'est trop beau. Tu seras t'y glorieuse, ma paure tite poule ! t'auras quasiment l'air d'une demoiselle de la ville. Et moi qui ne vous dit point merci, madame ; excusez-moi, je suis si contente.

Madame Javelin était elle-même bien heureuse du bonheur de la brave femme.

Au Routeux on avait vu les voyageurs entrer chez les Villain, et Drichette les attendait sur le seuil de la porte. Suzanne, vêtue d'une ancienne robe de chambre à son amie, était assise devant une soupe au lait qu'elle mangeait avec un appétit que sa mère ne lui avait jamais vu. Elle aussi avait bonne mine et paraissait de belle humeur.

La jeune femme avait des larmes aux yeux en remerciant madame Castagny.

— Quoi que je puisse faire, disait-elle, jamais, jamais, je ne pourrai reconnaître...

— C'est bon, c'est bon, croyez-vous que je ne sois pas assez payée (en admettant d'ailleurs que j'aie fait autre chose que ce que je devais faire) par

DRICHETTE   127

l'acquisition d'une véritable amie... C'est si rare et si précieux les vrais amis, ajouta-t-elle avec un soupir, en songeant combien on l'avait abandonnée dans sa détresse.

Drichette habillait Suzanne ; elle avait le cœur gros à l'idée de la séparation.

— Tu vas partir, ma chérie, et puis tu nous oublieras ; tu auras tant de distractions chez ton grand-père, nous penserons bien à toi, nous ; va tu nous manqueras bien.

— Ne sois pas chagrine, ma Drichette, je viendrai te voir très souvent pour que tu ne t'ennuies pas. Et quand nous serons à Paris, je t'enverrai des belles choses ; et aussi pour ta maman qui a toujours froid aux pieds, une grande chancelière très grande, avec des peaux de bêtes dedans et de l'eau chaude. N'est-ce pas qu'elle sera contente ta maman ?

Il se trouva que madame Javelin avait devancé le désir de Suzanne, puisque dans les paquets que le cocher du général venait d'apporter au Routeux, se trouvait une chancelière confortable, tout juste semblable à celle que décrivait la petite fille « avec des peaux de bête dedans et de l'eau chaude », et de plus des chaussures fourrées, des châles de tricot épais et moelleux, tout ce qui pouvait, en un mot, permettre à la malade de lutter contre le froid de cet hiver passé à la campagne. Puis des ballots de laine pour le crochet et le tricot qui devaient occuper les longues veillées. Drichette n'avait pas été oubliée; outre les colifichets de toute sorte qui plaisent tant aux fillettes, si raisonnables et si sérieuses qu'elles soient, la jeune femme avait apporté des livres, des albums, de la musique, des cahiers de dessin.

— Vous nous comblez, disait madame Castagny,

— Bah ! répondait son amie, heureuse de voir qu'elle avait réussi dans son entreprise délicate, cela ne vaut pas un merci: on ne trouve rien à la campagne: cela vous évitera l'ennui d'écrire à Paris, pour demander toutes ces choses qui vous seront utiles cet hiver.

Le général se frottait les mains : il était ravi; jamais il ne se montrait de si bonne humeur que lorsqu'il avait des cadeaux à faire ; il donnait pour le plaisir de donner et de voir les gens satisfaits.

— A présent, dit-il aux fillettes, vous allez aller chercher vos deux amis, il ne faut pas que Suzanne parte sans leur dire adieu.

Les petites sortirent en courant.

— Madame, ajouta alors M. Charlemaine, ces deux braves garçons se sont montrés pleins de dévouement pour ma fille et mes petits-enfants et je désire reconnaître, autant que possible, le service qu'ils nous ont rendu. L'un est, je crois, fils d'un fermier aisé et j'ai pensé qu'un fusil de chasse lui ferait plaisir; pour l'autre, qui paraît d'une famille besoigneuse, si vous pensez qu'une somme d'argent....

Le général tira de sa poche un billet de cent francs.

— Certes, les Drieu sont loin d'être riches et de plus ils ont une nombreuse famille; mais si ce billet entre chez eux, le père fainéantera et se grisera jusqu'à ce qu'il n'en reste pas un sou, et la femme et les enfants n'en seront pas plus riches.

— Mais, dit madame Javelin, en vous confiant cet argent, peut-être serait-il possible de le leur faire parvenir par petites sommes, sans que le père en soit averti.

— Ou mieux encore de le convertir en vêtements chauds, et au besoin même en nourriture ; je serai plus sûre que les cent francs du général seront bien employés.

— Et ajouta vivement la jeune femme, si besoin en était, ne manquez pas de vous adresser à nous, chère amie. Je serais désolée que Henri manquât de la moindre des choses, je n'oublierai jamais comme il a emporté mon pauvre petit Guy tout doucement et comme il a baisé son front avec tendresse. Je suis sûre que cet enfant est rempli de cœur.

— Mais enfin, dit M. Charlemaine, qui n'aimait pas les désœuvrés, ce garçon est d'âge à travail-

ler, il me semble. Comment se fait-il qu'il soit à
charge à sa famille ?

— Mon Dieu, général, il n'est pas encore bien
âgé, c'est tout juste s'il a treize ans ; mais vous avez
raison, il est assez fort pour se rendre utile, à la
campagne surtout, et croyez bien que ce n'est pas
la bonne volonté qui lui manque ; seulement son
père a des idées à lui et ne veut pas le voir placé
chez les autres, il tient à lui apprendre son métier;
quand il travaille, le gamin lui sert d'aide, mais
c'est si rare, si rare, que le pauvre garçon, court
grand risque de ne savoir jamais rien faire.

— Bon, j'admets que son père ait de la répu-
gnance à le voir valet de ferme, je comprends cela
jusqu'à un certain point, bien qu'à la campagne
les domestiques puissent parfaitement être consi-
dérés comme des ouvriers ; mais que ne lui fait-il
apprendre un autre état, ce vieil ivrogne, puisqu'il
est incapable de le diriger. Madame, si l'enfant a
un goût prononcé pour telle ou telle chose et que
nous puissions faciliter son apprentissage.....

— Ah ! je crois bien qu'il a un goût prononcé,
général, surtout depuis qu'il est allé chez vous, il
adore les fleurs et voudrait être jardinier. Léon
Villain ne demande pas mieux que de le prendre
avec lui; cet Henri trouve moyen de se faire aimer
de tout le monde; seulement, à l'entrée de l'hiver,
le moment est mal choisi pour débuter dans la car-

rière du jardinage. Le mieux serait je crois que l'enfant allât assidûment à l'école jusqu'au mois de mars, et qu'à cette époque il commençât à travailler.

La rentrée des enfants ne permit pas de s'étendre davantage sur ce sujet. M. Charlemaine tendit à Georges le fusil dans sa gaine de cuir fauve; le jeune garçon suffoquait presque de joie.

— Oh! merci, monsieur le général, justement papa m'a promis de m'emmener chasser avec lui au congé du jour de l'an, mais il ne m'aurait jamais donné une si belle arme.

— Ne va pas à la chasse, Georges, dit Suzanne d'un ton sentencieux, c'est très méchant de tuer les petits oiseaux et les pauvres lapins, n'est-ce pas Drichette que c'est vilain de tuer des pauvres petites bêtes qui ne vous font pas de mal.

Henri ouvrait de grands yeux et admirait le fusil sans arrière-pensée, sans que sa figure trahît la moindre velléité d'envie ou de désappointement. « C'est sans doute pour remercier M. Valienne d'avoir prêté sa voiture et son cheval » se disait-il. Madame Castagny fut touchée de son bon caractère.

— Viens ici, mon enfant, tu vois ce billet, il est à toi ; ce sera pour vous vêtir et vous chausser cet hiver.

— Oh, madame ! je remercie bien les gens qui

sont si bons pour nous. Moi je n'ai besoin de rien, le cordonnier vient de raccommoder mes souliers et j'ai un tricot de l'année dernière, ma sœur a dit qu'il irait encore en faisant des reprises aux coudes; mais je suis bien content de penser que les petits frères auront des bas chauds et des galoches. Si vous voulez bien aussi acheter un bon châle de laine à Louise qui tousse toujours quand il fait froid.

— Mais toi, Henri, n'y a-t-il rien que tu désires. Je te le répète, mon garçon, cet argent est à toi, et si quelque chose te tentait.

— Oh! j'aimerais bien un couteau, comme j'en ai vu chez M. Blondet à Honfleur, avec trois lames, une petite scie et une serpette. Seulement ajouta l'enfant avec hésitation, c'est peut-être un peu cher.

— Du tout, du tout, ce n'est pas trop cher, s'écria le général, ravi de la charmante humeur du petit paysan; tu auras un couteau comme tu le désires et c'est moi qui te le donnerai, je vais écrire à mon armurier, et tu pourras te vanter d'avoir le plus beau couteau du pays.

La série des surprises n'était pas épuisée puisque madame Javelin, au moment de quitter ses amis, dit à Drichette qui était venue les conduire jusqu'à la route :

— Ma chérie, il vous arrivera un de ces jours une petite vache suisse, ainsi qu'un coq et deux poules d'une très belle race : toutes ces bêtes viennent du Jardin d'Acclimatation et un gardien les amènera. Puisque vous avez là un petit pré et un poulailler très bien établi, autant en profiter.

La jeune fille n'eut pas le temps de remercier ses généreux amis ; sur l'ordre du général le cocher fouetta les chevaux qui partirent au grand trot.

XI

CRITIQUE ET EXPERT

Un matin, quelques jours après le départ de madame Javelin, Drichette et sa mère furent bien surprises de voir s'arrêter devant leur porte une voiture de louage venant de Honfleur, et plus surprises encore d'entendre le cocher demander à Marie qui traversait le chemin : « C'est bien ici le Routeux, n'est-ce pas ? »

— Qui cela peut-il bien être ? pensa madame Castagny.

La fillette était sortie au devant des visiteurs ; ils étaient deux : l'un tout jeune encore, mis avec une correction et un bon goût irréprochables, l'air très sympathique, la tournure distinguée ; l'autre déjà âgé, vêtu d'une espèce de redingote verdâtre qui lui battait les talons ; coiffé d'un chapeau de feutre à larges bords, un véritable sombrero, le cou entortillé dans une cravate de soie noire qui n'en finissait plus, les pieds dans des souliers si plats et si vastes que c'était à ne pas le croire ; bref, en le voyant ainsi habillé une réflexion venait tout naturellement à l'esprit : « Où diable ce bonhomme a-t-il pu trouver tout cela ? » Le fait est qu'on aurait cherché longtemps avant de rencontrer pareils vêtements et semblables chaussures dans une boutique.

— Madame Castagny ? s'il vous plaît, mademoiselle, demanda le premier voyageur avec une aisance et une politesse exquises.

— C'est ici, monsieur, répondit la petite fille, si vous voulez bien entrer... Voici ma mère, ajouta-t-elle gentiment en ouvrant la porte toute grande pour laisser passer ces messieurs.

Le vieux bonhomme avait gardé son chapeau sur sa tête et n'avait pas desserré les dents, ce qui fit faire intérieurement à Drichette la réflexion qu'il n'était pas trop poli.

— Madame, dit le jeune homme parfaitement à son aise, permettez-moi de me présenter moi-même : Roger Guettry, critique d'art à l'*Époque* ; et voici mon ami Wagner marchand de tableaux et expert très apprécié à l'hôtel des ventes. Nous sommes envoyés par le général Charlemaine...

—Foui, foui, gronda le vieux bonhomme dans sa cravate.

Drichette le regardait avec des yeux un peu effarés.

— Mesdames, ajouta le journaliste, mon ami n'est pas allemand le moins du monde, il est d'origine suisse... de Schaffouse, n'est-ce pas Wagner? il ne faut pas vous effaroucher de son barbare langage; depuis la guerre on est devenu soupçonneux à ce sujet.

— Foui, foui.

— Maintenant que la présentation est faite aussi régulièrement que les circonstances le permettent, nous allons, s'il vous plaît madame, aborder, le sujet de notre visite. Le général Charlemaine, qui est des vieux amis de mon père, m'a envoyé ici pour voir ce qu'il y a à faire au sujet d'une certaine quantité de tableaux, paysages pour la plupart signés du nom de monsieur votre mari, et dont vous désirez vous défaire. C'est bien cela, n'est-ce pas, madame ?

—Parfaitement, monsieur et permettez-moi tout d'abord de vous remercier d'avoir bien voulu vous charger d'une affaire que ma mauvaise santé...

— Oh ! madame, je vous en prie, ne me remerciez pas ; c'est moi tout au contraire qui vous dois de la reconnaissance. Vous êtes la cause que je viens de faire la plus délicieuse promenade...

— Hon, hon, hon, grommela le vieux bon-homme.

— Oui, oui, père Wagner, c'est entendu nous sommes venus ici pour traiter une affaire « Times is money » comme disent les Anglais. Donc, madame, d'après les communications de M. Charlemaine j'avais pensé à une exposition à l'hôtel Drouot ou dans tout autre local, approprié à cet usage et c'est dans ce sens que j'en avais parlé à mon ami, dont l'expérience pouvait nous être d'un grand secours ; Wagner m'a alors manifesté le désir de voir ces toiles avant leur arrivée à Paris, afin de faire un choix et d'acheter ferme une partie de la collection.

— Foui, foui, et si matame, il permettrait, che fais exhaminer ; nous n'afons pas te temps à perdre, si nous concluons l'affaire.

— Mais, certainement, monsieur.

Le marchand remplaça alors par une solide paire de lunettes le pince-nez qu'il portait habituellement, et commença son inspection qu'il poursuivit lentement, consciencieusement, prenant des notes sur un vieux carnet, demandant des renseignements sur tel et tel tableau, dérangeant et mettant sous un jour favorable ceux qui étaient mal éclairés.

Pendant ce temps, le jeune critique, qui lui aussi,

jetait un coup d'œil d'amateur sur les toiles, donnait conseil à madame Castagny.

— S'il vous offre un prix raisonnable du tout, je vous engage fort à accepter, dit-il : les résultats d'une vente artistique sont si hasardeux... et puis il y a des frais...

La veuve du peintre était de cet avis ; quitte à vendre moins cher, elle était décidée à en finir d'une seule fois afin de savoir sur quoi elle pouvait compter à l'avenir. « Il y a là une cinquantaine de tableaux, pensait-elle, s'il m'en offre, dix à quinze mille francs, je dirai oui tout de suite. Avec cette somme et la petite maison que nous habitons nous serons presque riches à la campagne » Puis il lui vint des larmes à la pensée que tout ce qui lui restait de son mari s'en irait à la fois ; il lui semblait que ce serait pour elle une nouvelle séparation. Pourtant, il n'y avait pas à hésiter quand l'avenir de Drichette était en jeu.

Le père Wagner ayant terminé son *exhamen*, comme il disait, ôta ses lunettes, les remit dans son étui, puis ayant soigneusement essuyé les verres de son lorgnon, il le replaça sur son nez, ne disant mot et paraissant se livrer à un calcul mental.

— Che fois, dit-il après un instant de silence, tes tapleaux te fleirs et te natires mortes signées Cheanne Castagny — Herbelot, et che fois tes paysages signés M. Castagny... qu'est-ce que c'est ?... qu'est-ce que c'est ?...

— Monsieur, tout ce qui est signé M. Castagny... Marcel Castagny, est de mon mari ; les natures mortes sont de moi et ne doivent pas être comprises dans la vente.

— Ah !... c'est pien ce que che pensais. Chai ei tans le temps plisiérs toiles signées Cheanne Herpelot ; c'était fotre nom te temoiselle sans toute.

— Oui, monsieur, et comme j'avais déjà exposé sous mon nom de jeune fille, je n'ai pas cru devoir l'abandonner complètement en me mariant.

— Ben, che comprends ; t'ailleurs, nous allons recausser te cela plis tard,... Pour les tapleaux, foilà : il y a trente-quatre qui me confiennent ; choffre ein chiffre rond te vingt mille francs payés comptant... C'est inutile te marchanter, che tonne pas un sou te plis. Réflechissez pendant que che fais fimer eine pipe tans le chartin.

— Le bonhomme sortit en poussant un *hon hon* retentissant.

— C'est plus que je n'espérais, dit madame Castagny au journaliste ; j'accepte sans hésiter.

— Je crois que vous aurez raison, madame, Si les toiles étaient vendues une à une à leur valeur réelle, le chiffre serait évidemment plus élevé, mais étant donné qu'il prend le tout en bloc, ses propositions me paraissent fort acceptables. D'ailleurs, si je vous l'ai amené, c'est que je le sais rond en affaires et d'une honnêteté relative. Le père Wagner n'est pas en réalité marchand, c'est-à-dire qu'il n'a pas de boutique à son nom : les tableaux qu'il achète, et il en achète beaucoup, il les place chez dix, quinze marchands qui les vendent pour son propre compte avec une assez belle remise. De plus, tous les véritables amateurs de peinture le connaissent, et il est le pourvoyeur de bien des galeries parisiennes.

Tout en parlant, Roger regardait attentivement un grand panneau qui occupait le fond de la pièce; c'était, sur une table de cuisine, un amoncellement de légumes, de fruits, de volailles, de poisson dont le désordre voulu annonçait une grande science d'arrangement. Dans un coin, on voyait écrit : « Retour du marché. »

— C'était le tableau que j'avais préparé pour le dernier salon, dit la jeune femme, mais la mort de mon mari, ma propre maladie m'ont empêchés de l'exposer.

— C'est fâcheux, madame, il aurait été, je crois, fort remarqué. C'est en ce genre, une des meilleures choses que j'aie vues, et je serais bien étonné que le père Wagner ne l'ait pas apprécié à sa valeur. Ce vieux-là est doué du flair le plus sûr, le plus subtil... Bon, quand on parle du diable, on en voit les cornes.

Le marchand avait fini sa pipe, il rentra en demandant simplement :

— C'est foui ou non ?

— Oui, monsieur Wagner, c'est entendu.

— A la ponne heire; che n'aime pas les marchandaches, c'est ti temps te perti, afec moi sirtout. Che tonne tout te suite le prix que che veix tonner; che n'achoute chamais ein sou en plus, chamais, chamais... Et maintenant, chai ein acte tout préparé, si fous foulez me tonner une plume et te l'encre, nous allons terminer tout te suite.

L'expert tira alors de son portefeuille un papier timbré, en partie couvert d'écriture, remplit deux ou trois blancs, et le tendit à madame Castagny.

— Si fous foulez prendre connaissance... Lissez aussi, Monsieur Rocher, lissez; che crains pas qu'on épliche mes écrits. Che cherche à gagner te l'archent, ça che m'en cache pas, mais aussi chaime les choses qui sont toutes troites. Che me laisse pas attraper, mais chattrape pas les autres.

Tout le monde signa. Madame Castagny et Wagner comme vendeur et acheteur, M. Guettry comme témoin. Le marchand étala sur la table vingt billets de mille francs.

— Foyez si le compte y est... J'aurai pien encore quelques petits frais : t'apord l'empallache et le transport; puis tes toiles à maroufler, tes panneaux qui ont choué et qu'il faut remettre en état. Naturellement che veux pas fous faire entrer dans ces tépenses-là, parce que chai qu'une parole... mais...

— Mais ? interrogea madame Castagny.

— Faites attention, madame, dit le journaliste en riant, je connais Wagner, il est en train de vous tirer une formidable carrotte, comme nous disons, nous autres gens mal élevés.

— Dites toujours, monsieur Wagner, reprit la jeune femme qui semblait deviner.

— Che tementerai, pour moi-même, un tout petit pout t'étude que chai remarqué... Foilà! ce petit sous pois...

— Mais prenez ce sous bois, s'il vous fait plaisir, je suis trop heureuse de vous l'offrir, dit gaiment madame Castagny, que la conclusion de l'affaire avait délivrée d'un lourd souci.

— Che fous remercie peaucoup, matame, il me fait crand plaisir. Soyez tranquille, il ne sera pas en mauvaise compagnie ; moi aussi, chai ma petite collection et che me flatte que c'est pas la plus maufaise parmi celles que che connais.

— Oui, mais personne ne la voit, votre collection, vieux cachotier, interrompit Roger toujours en riant.

— Non, non, mon fils, non... si une fois je la montre à un de fous, après che ne suis plus maître chez moi. Che vous entends : « Allons tonc foir la collection te Fagner! » Et c'est tes visites et tes questions : **Et où que fous afez troufé cela ? Et compien que fous l'afez payé ? et foulez-fous me le fentre ?... Ah pien, merci, chaime trop être tranquille tans ma maison...**

— Oui, et puis, vous ne voulez pas la faire voir, quoi... Sapristi, elle doit être curieuse votre collection pour que vous la cachiez si bien.

— **Allez touchours, allez touchours, monsieur Rocher, qu'est-ce que cela peut pien fous faire ?...** Maintenant, ajouta l'expert pour changer la conversation, **matame Cheanne Castagny-Herpelot, si fous n'afez pas te correspontant à Paris, et que fous foulez m'atresser vos toiles... tenez, foilà ma carte... Fagner, rie te Profence, tix-vite ; chachète le tout : natures mortes et fleurs, s'entend ; pour le reste, chai pas pu apprécier... Fous foutrez pien fous fier à moi pour le prix ; soyez tranquille, che fous folerai pas plus qu'un autre, puisqu'il est confenu que tous les marchands te tapleaux sont tes foleurs.**

Madame Castagny accepta volontiers ; elle n'avait pas de marchand attitré ; elle vendait tantôt à droite, tantôt à gauche, un peu au hasard ; une notable partie de ses tableaux étaient vendus en Amérique où elle avait une assez grande réputation.

— **Ce crand panneau tu fond... che le prentrais pien, c'est...**

— Quand je vous le disais, s'écria M. Guettry,
rien ne lui échappe à ce diable d'homme.

— Chen tonnerai quinze cents francs.

— C'est bien, il est à vous, monsieur Wagner...
Je ne me suis jamais expliquée comment on a toujours payé mes toiles plus cher que celles de mon
mari, dont le talent était certes bien supérieur au
mien.

— Ah foilà, ses tapleaux étaient t'une fente
assez tifficile. Il peignait pien, très pien même,
c'était consciencieux, fini, tout ce que fous foutrez,
mais c'était un peu aride ; et le pourchois aime
pien les paysages où on fait tes petites pêtes et des
ponshommes. Che tis pas que le pourchois a raison,
mais che tis qu'il est comme ça.

— Ma foi, après tout, dit Roger d'un ton conciliant, il a droit de choisir puisque c'est lui qui
paye.

— Et vous, monsieur Guettry, demanda gracieusement la jeune femme, ne voulez-vous rien
emporter d'ici ?

— Madame, ce sera avec beaucoup de plaisir et
de reconnaissance ; je suis comme Wagner, moi
aussi, j'ai ma petite collection ; seulement je les
fais voir à mes amis.

Pendant que Roger faisait son choix, le marchand se mit à retourner les tableaux qu'il avait
achetés, les marqua à l'envers avec un crayon

rouge et déclara qu'il reviendrait le lendemain avec un emballeur. Puis on se sépara, tout le monde content, ce qui est assez rare dans un marché.

XII

L'HIVER AU ROUTEUX

On était dans le petit jardin du Routeux : le mois d'octobre avait été si beau, si doux cette année-là, que la malade avait pu presque chaque jour passer quelques heures dehors, confortablement installée dans son grand fauteuil. Dès que l'aisance, une aisance relative tout au moins, était entrée à la maison, madame Castagny s'était hâtée de faire à sa fille une vie plus douce, plus en rapport avec la manière dont elle avait été élevée. C'était un perpétuel crève-cœur pour elle, de voir la pauvre Drichette exécuter avec tant de bonne volonté des travaux grossiers, fatigants et absolument au-dessus de ses forces. Elle avait résolu de prendre une petite servante pour faire le gros du ménage, soigner la vache et la basse-cour, et, tout naturellement, elle avait songé à Louise.

— Et comme ça, madame, qu'est-ce qu'il y a pour votre service ? demanda la mère Drieu d'un ton peu agréable.

— Je voulais, ma bonne mère Drieu, répondit la jeune femme d'une voix douce et insinuante, vous demander de me céder Louise.

— Vous céder Louise ! et pourquoi faire ?

— Pour nous aider à faire le ménage ; ma fille est trop jeune et trop faible pour tout faire ; et comme Louise est très douce, très convenable, j'aimerais à la voir ici de préférence à toute autre.

— Vous voulez qu'elle entre en condition chez vous, à ce que je vois.

— Parfaitement, mère Drieu, mais vous pensez bien qu'elle ne sera pas ici considérée comme une servante ordinaire ; elle sera bien plutôt l'enfant de la maison.

— Tu, tu, tout cela est bel et bon, mais je ne suis pas disposée à la laisser partir moi. Et qui qui gardera la maison, tandis que je serai en journée ? qui qui fera la soupe ? qui qui lavera et raccommodera le linge puisque je suis toujours dehors ? Non, non, ma chère dame, la petite m'économisera chez nous plus qu'elle ne gagnera chez les autres.

— Voyons, mère Drieu, raisonnons un peu, dit tranquillement madame Castagny qui tenait à son idée ; combien gagnez-vous quand vous travaillez dehors ?

— Vingt sous, et nourrie ; c'est à regarder cela.

— Bon, je donnerai à Louise quinze francs par mois pour commencer ; elle sera libre de vous donner tout son argent, puisque, ici, elle n'aura rien à dépenser. Vous estimez bien qu'elle vous coûte cinquante centimes par jour : nourriture, blanchissage et entretien compris. Voilà donc vos vingt sous retrouvés, et vous avez l'avantage de rester chez vous, de surveiller votre maison, de vous occuper de vos enfants ; sans compter que rien ne vous empêchera de faire de temps en temps une corvée si cela ne vous dérange pas. De plus... écoutez bien... de plus, je m'engage à donner des vêtements et des chaussures d'hiver à vos quatre petits.

— Ah çà, vous y tenez donc ben à c't'éfant...? Doit y avoir quelque chose là-dessous, dit la bonne femme avec une certaine méfiance.

— Il y a que, Henri ayant rendu service à madame Javelin...

— Ah oui ! ces gens de Paris qu'on ne savait pas trop qui que c'était et qui ont donné un si beau fusil au garçon à monsieur Valienne.

— Je sais bien, moi, qu'ils sont parfaitement respectables... et reconnaissants. S'ils ont donné un fusil à Georges, ils m'ont laissé pour Henri un billet de cent francs..

— Et pourquoi que vous ne lui donnez pas ce billet puisque c'est à lui ?

— Ah ! attendez, mère Drieu : le général pose certaines conditions. Vous savez bien que si l'argent parait seulement chez vous, votre mari ne quittera pas le cabaret tant qu'il y aura encore un sou.

— Ça, c'est vrai et je n'en serons pas plus riches, répondit la paysanne devenue songeuse.

— Voyons, ma brave femme, laissez-moi faire, insista madame Castagny qui la voyait ébranlée ; restez chez vous et confiez-moi vos deux enfants. Louise n'est pas assez robuste pour faire le travail d'une ferme, elle sera très bien ici. Quant à Henri, je veillerai à ce qu'il aille régulièrement à l'école ; je le ferai travailler un peu moi-même pour qu'il rattrape le temps perdu, et, au printemps prochain il commencera son apprentissage de jardinier avec Léon.

— Vous vous chargez du gars, itout ?

— Mais certainement ; et je m'engage, comme pour Louise, à le nourrir, à le vêtir, à le loger... Il y a là-haut deux petites mansardes qui feront très bien leur affaire.

— Vous m'en direz tant ! c'est une autre affaire à c't'heure. Deux bouches de moins, ça compte ! Faudra que j'en cause au père Drieu.

— Ils ne vous coûteront plus rien, appuya madame Castagny pour frapper un grand coup.

13.

— De c'te manière-là, pardi… Ecoutez, si le père
Drieu ne veut point, je lui ferai entendre raison.
Quand qui faut vous envoyer l's'éfants ?

— Quant vous voudrez.

Inutile de dire que Louise et Henri furent ravis
d'entrer au Routeux. Louise était si courageuse, si
pleine de bonne volonté qu'elle ne laissait rien à
faire à Drichette. Henri rendait autant de services
qu'il le pouvait : allait chercher l'eau, cassait le bois,
faisait les commissions, nettoyait le jardin. L'insti-
tuteur était content de lui ; il pensait qu'au printemps, l'enfant pourrait quitter l'école sans inconvénient.

Drichette avait repris ses études ; chaque jour, elle
travaillait quelques heures, et sa mère constatait
avec peine qu'elle était bien en retard pour ses onze
ans. Ses leçons avaient été négligées depuis quelques
mois et madame Castagny se sentait si peu apte à les
continuer ! Tout instruite qu'elle était, elle n'avait
pas l'habitude de l'enseignement ; heureusement
Drichette était intelligente et attentive, l'application de l'élève suppléa au manque d'expérience du
professeur. La bibliothèque du Routeux était amplement fournie de livres à la fois sérieux et intéressants, c'est là surtout que l'enfant s'instruisit.
Guidée par sa mère, qui commentait ses lectures et
les complétait par des explications appropriées

à son âge, elle acquit, malgré le manque de méthode, une assez grande somme de connaissances.

Jamais, même dans ses plus mauvais jours, elle
n'avait complètement abandonné son piano ; elle
aimait par-dessus tout la musique, pour laquelle
elle avait de grandes dispositions. Sous ce rapport
madame Castagny ne pouvait guère lui donner de
conseils : son goût à elle l'avait poussée vers la
peinture, elle avait négligé les autres arts d'agrément, de sorte que Drichette, très bien douée
d'abord et qui, depuis son enfance avait suivi d'excellents cours, était presque plus forte qu'elle.
« Travaille, quand même, disait la mère, fais des
gammes, des exercices ; cela entretiendra toujours la souplesse de tes doigts ; plus tard, si tu
peux reprendre des leçons sérieuses, nous v⁻ ᵉ⁰ ˢ
pour le reste ». La docile petite fille se mit ᵈ ᵛ,ᵉ à
étudier régulièrement, consciencieusement, si
bien que, loin de perdre ce qu'elle avait déjà acquis,
elle fit des progrès marqués

Henri partageait jusqu'à un certain point les
études de sa compagne : le soir pendant que
madame Castagny travaillait à l'aiguille, ils lisaient
alternativement les chapitres de l'histoire de
France, ou étudiaient la géographie dans les beaux
atlas apportés de Paris. Tout cela faisait bailler et
dormir la pauvre Louise qui avait « la tête un brin
dure » comme elle disait. Ah ! par exemple, quand

on lisait dans les grands livres dorés, c'était une autre affaire, elle n'avait pas sommeil alors, non ! Elle aurait passé sa nuit à entendre ces belles histoires qui, alternativement, la faisaient rire aux éclats ou pleurer à chaudes larmes, la naïve qu'elle était. Mais vouliez-vous qu'elle aille s'intéresser à ces gens morts depuis si longtemps et qui avaient des noms si drôles, car elle ne pouvait pas revenir de la pensée qu'il avait pu exister un empereur s'appelant « Commode ». Elle avait cru d'abord que Drichette et Henri voulaient se moquer d'elle, mais la preuve une fois faite, elle s'était écriée avec conviction : « Seigneur, mon Dieu, j'aurais t'y du chagrin de m'appeler « armoire » ou « horloge ».

Pour ce qui était de la géographie, c'était pis encore : non, non, jamais on ne lui ferait accroire qu'il était possible de reconnaître quelque chose à ces tas de petites lignes, de petits points, de petites lettres qui représentaient censé des pays. D'ailleurs, à quoi cela pouvait-il servir ? elle connaissait la route pour Beuzeville, Pont-Audemer et Honfleur; voulez-vous me dire si cela n'était pas suffisant, puisque même les plus grosses fermières de la commune ne fréquentaient jamais d'autres marchés. Et si on voulait aller tout à fait loin, le chemin de fer ne vous y menait-il pas tout droit. Fallait tout de même avoir de drôles d'idées pour s'embrouiller la cervelle de toutes ces machines-là.

Pourtant, madame Castagny avait tenu à ce qu'elle se perfectionnât dans les choses les plus élémentaires, et, malgré sa *tête dure*, Louise ne s'était pas montrée trop rebelle à l'instruction ; elle avait appris à lire clairement, à écrire d'une manière sinon élégante, au moins fort lisible, à mettre l'orthographe presque correctement, et à calculer assez bien pour tenir elle-même ses petits comptes. Puis le printemps était arrivé, lè travail du dehors était devenu plus pressant, et, au grand soulagement de la fillette, ses études en étaient restées là.

La malade, dont la santé s'était sensiblement améliorée, bien qu'elle ne marchât toujours pas, avait peint tout l'hiver et Henri s'était fait son pourvoyeur assidu de modèles. Quand le petit jardin du Routeux avait vu flétrir ses dernières fleurs, il était allé chercher au loin des plantes, des herbes, des branches de feuillages, qu'il arrangeait avec beaucoup de goût. Il avait une manière à lui et tout à fait originale de disposer les choses; madame Castagny s'en étonnait quelquefois : « Tu es né artiste », lui disait-elle. Puis un jour, elle satisfit le plus ardent désir du jeune garçon en lui mettant un crayon dans les mains : « Voyons comment tu t'en tireras ! » Il s'en tira si bien, fit de si rapides progrès que le professeur en fut émerveillé et qu'il dépassa très promptement Drichette qui, pourtant, avait toujours tant soi peu dessiné.

Le petit Guy poussait comme un chou; il se portait à merveille et faisait ses dents sans s'en apercevoir. Bien souvent Marie, qui avait fort à faire avec ses deux marmots, les amenait au Routeux que leur présence animait et égayait. Madame Javelin parlait de reprendre son bébé en avril, dès son arrivée aux Marguerites et la pauvre nourrice se désolait à l'avance : « On ne devrait pas tant s'attacher aux enfants des autres, disait-elle ; on a trop de peine quand ils vous quittent. »

L'hiver s'écoula donc paisiblement, et, n'était la plaie toujours saignante qu'elle avait au cœur, madame Castagny aurait pu se croire heureuse. Elle se réjouissait surtout d'avoir rencontré pour sa fille des camarades si honnêtes et si bons dans Henri et Louise. Elle les considérait un peu comme ses enfants et faisait tout son possible pour les rendre gentils et bien élevés. Avec Henri, cela marchait tout seul : petit à petit, sans même s'en apercevoir, il perfectionnait son langage, prenait des manières réservées, s'affinait en un mot. Et, grâce à ses qualités naturelles, à une grande souplesse de caractère, à un don d'observation très marqué, il devenait, dans toute l'acception du terme, ce qu'il est convenu d'appeler un charmant garçon. Au rebours de certains enfants qui ne retiennent que le mauvais côté de ce qu'ils voient, lui, saisissait immédiatement le bien qu'il y avait à imiter.

Pour Louise, la chose était plus difficile : sans doute c'était une bonne petite fille, pleine d'égards et de prévenances pour ceux qui l'entouraient, mais on avait du mal à la débarrasser de son jargon que Henri, d'ailleurs élevé avec elle, n'avait jamais parlé. Puis, à table, elle se tenait comme du temps où elle mangeait un morceau sous le pouce dans la maison au père Drieu. Pourtant comme elle n'était pas naturellement commune, et qu'elle écoutait docilement les conseils qu'on lui donnait, madame Castagny ne désespérait pas d'arriver un jour à la former.

Quand Georges vint à Manneville, au congé de Noël, il fut surpris de les trouver si bien installés au Routeux. Il savait que madame Castagny les avait pris chez elle, mais il ne comptait pas les voir faisant pour ainsi dire partie de la famille et il en fut un peu chagrin. Lui, si bon, si généreux, si peu enclin à l'envie, se montrait un tantinet jaloux de l'affection des gens qu'il aimait. Et il aimait tant Drichette !

— Elle va m'oublier, pensait-il ; elle aimera mieux Henri que moi. Mais patience, dans deux ans, je reviendrai à Manneville pour toujours ; je n'ai pas besoin d'être avocat, moi. J'aurai une petite voiture très basse et commode pour madame Castagny et Drichette, je les emmènerai promener tous les jours et, pendant ce temps-là, Henri ira bêcher ses jardins.

XIII

UNE IDÉE DE SUZANNE

Il est sept heures du matin, on est au mois de mai, le soleil brille de tout son éclat. La route qui mène à Honfleur est très animée : c'est samedi, jour de marché, et les fermières se hâtent pour avoir les meilleures places. Les unes vont, commodément assises dans leur carriole, toute pleine de mannes de légumes, de paniers d'œufs, de lapins, de volailles, de fromages ; les autres, moins fortunées, cheminent près de leur *bourri*, chargé à rendre l'âme, qu'elles excitent continuellement de la voix ou de la trique :

— Hue donc, Jaricot ! hue donc, *fainiant...*, à quelle heure que j'allons arriver, dis, si tu ne vas point plus vite ?

Les hommes, eux, conduisent les lourdes voitures, celles qui transportent les grains, le bois, le foin, les futailles de cidre et toutes les grosses denrées.

Et c'est joli comme tout, dans la campagne gaie, ce défilé d'équipages si différents, mais soignés et pimpants pour la plupart : les charrettes et les carrioles, solides, en bon état : les chevaux robustes, le poil luisant, agitant sans cesse leurs grelots sonores.

On est joyeux de voir le soleil briller ; on s'interpelle en passant :

— Hé, Louis ! v'là-t-il un riche temps, dis ?

— Ah oui ! mon gars ; ça va rudement faire pousser l's'orges.

— Et le blé ! il en a-t-il fait, dis, depuis tant seulement huit jours que j'avons de la douceur. Tout de même, j'aime mieux le soleil que la *plie*.

— Faut de la *plie* itout, mon gars.

— En faut, bon ; seulement, m'est avis qu'il n'en faut point trop.

— Faut ce qui faut, entends-tu ben.

— Oui, mais trop ; c'est trop itout.

Les femmes aussi échangent leurs réflexions :

— Tiens, c'est vous la Dennetote ? Je croyais vous avoir vue passer, il y a un petit moment.

— Hé, oui ! ma mère Fromond, mais il a fallu que je retourne cheux nous : j'avais-t-il pas oublié m'n'argent ! L'*cueilleux* d'*couteume* (1) n'm'aurait point fait crédit, ce vieux voleux.

(1) Employé de la ville chargé de percevoir le prix des places au marché.

— N'est point voleux qui réclame son dû, répond sentencieusement la mère Fromond qui claque son fouet et file au grand trot.

Sur la route, on voit encore quelques piétons, des gens qui, n'ayant rien à vendre, vont à la ville pour faire des emplettes. Ceux-là cherchent à se caser où ils peuvent :

— Hé, Dieuzy ! vous avez t-il une place pour moi, dites ?

— Tout de même, la mère Gibon ; montez, j'allons nous tasser un brin.

Et houp ! houp ! la mère Gibon escalade le haut marchepied sans souci de montrer ses jambes aux passants qui, d'ailleurs, ne s'arrêtent pas à les regarder.

Aux Marronniers, on est en pleine activité : bêtes et gens, tout s'agite, remue, babille chacun à sa façon. Les poules caquètent en fouillant consciencieusement la terre ; les coqs vont, viennent d'un air affairé et poussent de temps à autre un *cocorico* retentissant ; les pigeons roucoulent paresseusement ; les vaches paissent l'herbe qu'elles rumineront tantôt à l'ombre des pommiers quand le soleil dardera trop fort. Sur le seuil, voici Julia qui récure énergiquement les grands seaux qu'elle vient de rapporter tout pleins d'un lait écumant et savoureux ; Louis nettoie son écurie en chantant à pleine

voix ; Céline aide la tante à charger la carriole à
laquelle depuis longtemps déjà est attelée la
Bisque. On est en retard et la vieille fille n'est pas
de bonne humeur.

A la barrière, apparaît Louise Drieu, chargée de
plusieurs paniers, qui semblent peser bon poids.

— Et, qu'est-ce qu'il te faut à toi, la Louise,
demande mamz'elle Norine, d'un ton hargneux.

— Je viens apporter mes affaires pour le marché, si vous avez un peu de place, répond tranquillement la fillette.

— Tu viens..., et tu crois que je vas mettre
tout ça dans la voiture... Non, mais regarde donc
comme j'y cours... Je vas peut-être bien faire cre-
ver la jument à force de la charger, hein, dis ?...
Faudrait-il point porter aussi mademoiselle ?

— Oh |moi, je peux bien aller à pied, répond
timidement Louise ; c'est seulement les marchan-
dises, parce qu'aujourd'hui j'ai des œufs et de la salade à Marie Villain et aussi deux poulets, et cela
fait lourd.

— Et tu m'apportes tout cela dans la carriole !
sans demander quasiment permission encore : et
bien, tu ne manques pas de toupet, dis donc ! Tâche
de filer... et vite... Allons, Céline, tourne la Bisque et fais-lui sortir la barrière, tandis que j'entre
mettre mon caraco et mon bonnet.

Quand mam'zelle Norine fut partie, Georges qui

était sous la charretterie et avait tout entendu, s'avança précipitamment vers les deux jeunes filles.

— Vite, Céline, dit-il en riant, aide Louise à charger ses choses, pendant que la tante n'y est pas.

— Oh ben, maître Georges, vous allez nous faire une belle histoire, répondit Céline d'un ton peu rassuré.

— Va donc, va donc, elle ne s'en apercevra qu'à Honfleur... et puis, quand même elle le verrait, elle ne prendra pas la peine de redescendre tout cela.

— Je n'en répondrais point ; quand il s'agit de rendre un mauvais service, elle est toujours prête, murmura la servante qui, pourtant, fit ce que Georges lui commandait.

Elle mettait le dernier panier dans la voiture quand la vieille fille reparut, habillée, prête à partir.

— Eh ben, Céline, c'est comme cela que tu as fait ce que je t'ai dit ; voilà la voiture à la même place, cria-t-elle de loin ; et toi, la Louise, faut-il aller chercher une trique pour te mettre dehors ?

— Sapristi, cela ne va pas marcher tout seul, se dit Georges, qui mit les mains dans ses poches en sifflant d'un air innocent. La pauvre Louise ne savait quelle contenance prendre ; Céline était partagée entre la joie de mettre la vieille fille en colère et la peur de recevoir des sottises.

La tante ne fut pas plutôt montée dans la voiture qu'elle aperçut le corps du délit.

— Çà, s'écria-t-elle en fureur, c'est plus fort que de peigner un ours; profiter de ce que je suis partie pour me fourrer sa marchandise de force dans la carriole...

— C'est moi qui le lui ai dit, répondit tranquillement Georges, sans faire un pas, ni exécuter un mouvement.

— T'es le maître ici, faut croire... Et ben voilà le cas que je fais de tes ordres... Allons houp! tiens les poulets... tiens la salade... et gare ton beurre, la fille, si tu ne veux pas qu'il suive le même chemin.

La tante était tellement surexcitée qu'elle jetait pêle-mêle, par-dessus le bord, tout ce qui lui tombait sous la main. Il fallut que Céline l'arrêtât.

— Eh, mamzelle Norine, faites attention, c'est à nous ces bottes de poireaux... et les carottes aussi... Bon, voilà que vous avez le pied dans le fromage.... et ce pot de creme qui coule dans la voiture.... En voilà un gachis! C'est pas pour dire, mais on aurait eu encore plus de bénéfice à porter les choses de Louise que de faire tant de tapage.... Avec cela qu'on n'était déjà pas trop en avance!

— Toi, Céline, clos ton bec, tu n'as rien à dire, entends-tu. Tout cela, c'est la faute à cette grande bête que voilà... Non, mais, une Drieu! une pau-

vrarde ! une chercheuse de pain... ! qu'on a vu
traîner la guenille par les chemins...! et qui allait
avec une savate et un sabot !

La vieille fille suffoquait littéralement. Louise était
atterrée ; elle avait sorti de la voiture tout ce qu'elle
y avait mis et l'avait rangé par terre autour d'elle.
Elle réfléchissait au moyen de transporter tout cela
à Honfleur, et n'écoutait qu'à moitié les discours
de la tante. Les dernières injures lui firent lever la
tête : elle avait été atteinte dans son orgueil de ménagère.

— Dites donc, mamzelle Norine, c'est pas vrai
ce que vous dites-là. Nous sommes pauvres, oui...
mais nous n'avons jamais cherché notre pain, et
personne ne nous a vu traîner la guenille.

Et vaincue par tant d'émotions la pauvre fille
éclata en sanglots.

— Ne pleure pas Louise, dit Georges avec douceur ; je vais faire atteler Marquis et tu iras à la
ville toute seule... Et tous les samedis l'âne et la
voiture seront à ta disposition ; plus souvent même,
si tu en as besoin.

Sans se soucier des airs menaçants de la tante,
il s'éloigna pour faire ce qu'il avait dit. L'âne, une
fois attelé, les paniers bien rangés dans la petite carriole, il tendit les rênes à Louise.

— Allons, ma fille, en route. Marquis est bien
reposé, il a eu son avoine, il va te mener bon

train et tu n'arriveras pas trop tard à Honfleur.

Puis, dit-il, comme s'il s'agissait d'une affaire urgente :

— Il faut que j'aille raconter à Drichette ce qui s'est passé ; je suis sûre qu'elle est en peine de savoir comment Louise s'est tirée d'affaire.

Georges trouvait toujours des raisons pour aller au Routeux.

C'était maintenant un beau garçon de dix-huit ans, grand, robuste, bien découplé. Il avait gardé un air très doux, un peu timide même ; et cependant, il n'y avait pas besoin de le regarder bien attentivement pour lire au fond de ses yeux bleu-foncé, beaucoup d'énergie et de résolution. Il venait d'être reçu bachelier et devait rester à la ferme jusqu'au mois d'octobre, époque à laquelle il allait être obligé de partir pour faire son volontariat.

En arrivant au bas de la charrière, il vit une belle voiture arrêtée à la porte de madame Castagny. Avant qu'il ait eu le temps de se demander à qui elle pouvait bien appartenir, il s'entendit interpeller par une voix joyeuse :

— Ah, voilà Georges ! bonjour, Georges ! Guy, viens dire bonjour à Georges.

— Comment, c'est toi, Suzanne, dit-il à la jolie petite fille qui accourait au-devant de lui. Comme tu es grande ! je ne t'aurais pas reconnue.

Et, pendant quelques instants, on n'entendit résonner que des baisers, car Drichette étant venue se joindre au groupe, prit sa part aux embrassades. Elle s'était emparée de Guy qu'elle tenait dans ses bras, ne se lassant pas de l'admirer.

— Est-il beau! est-il fort! répétait la jeune fille. Dire que je l'ai vu si petit! que je l'ai tant promené! tant bercé, et que le voilà presque un petit homme.

— Oh! tu sais, Drichette, maintenant, on m'habille au rayon des garçonnets, plus du tout au rayon des bébés, du tout, du tout. Tiens, regarde, c'est écrit dans mon chapeau : rayon des garçonnets.

— Tu sais donc lire, mon Guy! Alors, tu es vraiment un garçonnet. Et ta petite sœur est une fillette.

— Mais j'ai neuf ans, dit Suzanne avec un grand sérieux; neuf ans et quinze jours, même.

— Il ne faut pas oublier les quinze jours, reprit Georges, c'est très important.

— Je sais bien, Georges, et je ne les oublie pas non plus; quinze jours, c'est deux semaines, la moitié d'un mois. Et toi, Drichette, quel âge as-tu?

— Quatorze ans, ma chérie.

— Ah, mon Dieu! comme tu es vieille! Et Georges est encore plus vieux que toi.

— Mais oui, puisque j'ai dix-huit ans.

— Oh, c'est très âgé ; tu seras bientôt un vrai monsieur, n'est-ce pas ?... Mais tu as des moustaches ! elle sont toutes petites, mais je les vois très bien ; tu es tout à fait un monsieur, alors.

— Moi aussi, reprit Guy, quand je serai grand, j'aurai des moustaches, et une barbe, et je serai un général comme grand'-père.

— En attendant que tu sois un général, allons, allons bien vite voir Marie ; elle a vu la voiture et je suis sûre qu'elle grille d'embrasser son nourrisson. Vous allez voir mon filleul, comme il est beau, il s'appelle André ; c'est Georges qui est son parrain.

— Je sais, Drichette, tu nous l'as écrit cet hiver pendant que nous étions à Cannes ; je dirai à Marie qu'elle ait encore un autre baby et je lui demanderai d'être la marraine. Je l'appellerai Jacques. Je trouve que c'est un très joli nom.

Au Routeux, madame Castagny était en grande conférence avec madame Javelin et M. Charlemaine.

— Voici de quoi il s'agit, disait le général de sa voix un peu brève : Suzanne, qui fait de son grand-père tout ce qu'elle veut, ne s'est-elle pas imaginée d'avoir une serre aux Marguerites... mais une serre... ! un escadron y manœuvrerait à l'aise. Il paraît qu'on doit y apporter des dattiers, des palmiers, des... des... un tas d'arbres ayant des noms bizarres. Je ne sais pas au juste, c'est la petite qui commande; moi, je n'ai qu'à m'occuper du règlement des notes.

— C'est ta faute aussi, père, tu la gâtes trop.

— Et je ne m'en plains pas; si elle aime ainsi les fleurs, cette petite, on ne peut pas l'en priver... Mais, là n'est pas la question; mon jardinier, qui n'est plus tout jeune, prétend qu'il ne pourra pas suffire à ce surcroît de besogne, qu'il ne saura pas soigner ces machines extraordinaires, qu'il faut des connaissances spéciales... Bref, il me demande un aide et je ne trouve pas qu'il ait tort. Madame Javelin a pensé alors au jeune Drieu, votre protégé qui, paraît-il, est fort intelligent et très gentil garçon.

— Certes, dit en souriant madame Castagny qui dès le début du discours, en avait prévu la conclusion, Henri est en effet intelligent, adroit et plein de bonne volonté, mais je doute qu'il soit encore capable de diriger une serre, surtout une serre aussi importante que celle des Marguerites.

— Le marchand qui fournit les plantes, reprit madame Javelin, doit envoyer un bon ouvrier pour organiser tout cela; cet homme restera plusieurs jours et donnera à Henri les conseils nécessaires; d'ailleurs, Duclos lui prêtera l'expérience qui lui manque encore.

—Allons, je vois que mes objections sont d'avance réduites à néant. Il ne s'agit plus que d'avoir le consentement du principal intéressé... Tenez, le voici justement... Tu ne te doutes pas, mon enfant, que nous parlons de toi et qu'en ce moment s'agite une question d'où peut dépendre ton avenir.

Henri entrait tenant à la main son chapeau de paille, l'air de bonne humeur comme toujours, la figure animée, les yeux gais et vifs. Plus jeune que Georges de deux ans, il était aussi moins grand et moins développé, mais son col de chemise entr'ouvert, ses manches retroussées, laissaient voir un cou et des bras brunis par le soleil, bien musclés et d'apparence robuste.

— Eh bien, mon enfant, ajouta madame Castagny, quand le général eut fini de parler, que dis-tu de la proposition qui t'est faite?

Henri hésitait à répondre; sa figure mobile et sur laquelle se reflétait la moindre impression, laissait voir un sentiment mêlé de plaisir et de regret.

— Voyons, mon garçon, réponds oui ou non, que diable, dit le général, tu dois bien savoir si tu veux partir ou si tu préfères rester.

— Monsieur, répondit le jeune Drieu avec un accent de grande franchise, je serais très content de venir avec vous à Pennedepie parce que j'aime beaucoup Suzanne, madame Javelin et vous; parce que votre propriété me plaît, et que j'aime mieux cultiver vos belles plantes que de tailler des quenouilles et repiquer des choux, et aussi parce que je n'ai plus grand'chose à apprendre avec Léon Villain. Mais... j'aurai beaucoup de chagrin de quitter le Routeux et tous ceux qui l'habitent ; il m'en coûtera aussi de renoncer aux leçons de peinture que madame Castagny veut bien me donner.

— A la bonne heure, voilà qui est parler carrément, j'aime cela moi, saperlote ; je ne peux pas souffrir les gens qui vous bredouillent de raisons et gnieu... et gnieu... si... car... mais... ; cela m'impatiente voyez-vous. Donc pour en revenir à tes objections, nous disons : premièrement que rien ne t'empêchera de venir souvent à Manneville, il n'y a pas si loin et il ne manque pas de montures aux Marguerites, sans compter tes deux jambes qui doivent être solides. Secondement, pour ce qui est de tes peinturlurages, tu en feras tant que tu voudras à tes moments perdus, les dimanches, les fêtes, etc. Cela te va-t-il !

Le jeune garçon tourna la tête vers madame Castagny.

— Je ne voudrais m'engager à rien sans connaître votre avis, madame.

Sa voix tremblait, il avait les yeux pleins de larmes ; sa protectrice lui sut gré de son émotion.

— Tu es un brave enfant, dit-elle, soumis et reconnaissant. Je suis sûre que madame Javelin et le général n'auront pas à se plaindre de toi ; car je te conseille fort d'accepter leur proposition. Quant aux leçons que je te donne, tu peux t'en passer, au moins momentanément. Travaille seul autant que tu le pourras; tu m'apporteras tes études chaque fois que tu viendras à Manneville, et je continuerai à te donner des conseils. Maintenant il ne faut pas oublier que je n'ai sur toi aucun droit légal ; tes parents seuls peuvent t'autoriser à quitter le pays et tu ne dois prendre aucun engagement sans les consulter.

— Et où sont-ils tes parents ? demanda le général qui aimait voir marcher les choses rondement.

— Le pére est au château de Brotonne à faire un boran ; la mère est à la maison.

— C'est loin d'ici ?

— A cinq minutes seulement.

— Et bien, va leur parler ; je te donne.. voyons... vingt minutes... est-ce assez ?

— Ce n'est pas trop, mon général.

— Comment cela ? tu me dis que c'est à cinq minutes d'ici ?

— Oui, mais le temps d'aller, de revenir...

— Cela fait dix minutes.

— De s'expliquer...

— Bah ! il n'y a pas tant de choses à dire :
« Voulez-vous que je parte à Pennedepie chez le
général Charlemaine ? — Oui ou non. » Ça y est.
Allons, pars au trot et reviens de même.

Le brave officier, laissant seules les deux dames,
sortit pour voir ce que « devenait la jeunesse ».
Il trouva dans le jardin, Georges et Drichette, celle-
ci ayant sur ses bras le beau poupon de Marie. Les
enfants étaient restés chez la nourrice, Guy,
un torchon bien blanc sous le menton, un autre
sur les genoux, pour ne pas salir « ses beaux habits » se gorgeait de compote ; Suzanne, malgré
ses neuf ans, était également pourvue d'une formidable tartine. Drichette, les voyant si bien occupés, avait emporté son filleul pour laisser un peu
de loisir à la mère, et était revenu au Routeux
retrouver Georges. Henri, en passant, les avait mis
au courant de la situation, et c'était de cela qu'ils
s'entretenaient quand le général vint les rejoindre.

La jeune fille voulut faire à son hôte les honneurs du modeste domaine. La petite vache du
Jardin d'Acclimatation était accompagnée d'une
belle génisse, vendue d'avance à M. Valienne qui
avait trouvé l'espèce fort avantageuse, excellente
laitière et peu coûteuse à nourrir. Le coq et la
poule étaient devenus, comme dans l'Écriture « chefs
d'un grand peuple » car une vingtaine de volailles

au moins, picoraient au beau soleil. Les lapins aussi avaient prospéré : le clapier était grouillant de petites fourrures grises, noires, rousses, et au travers du grillage, un tas de nez roses venaient reconnaître le vent. Grâce à Henri, les arbres du verger étaient en magnifique état et le jardin agencé de main de maître.

Le général admira beaucoup le bel ordre de toutes choses.

— Vous voilà devenue une vraie fermière, Drichette, il vous en coûtera de quitter le Routeux que vous avez si bien ordonné.

Georges avait pâli, c'était sa crainte perpétuelle de voir son amie retourner à Paris. Dans ce sens, il s'était presque affligé de voir l'aisance rentrer à leur logis.

Sans en avoir l'air, Drichette avait saisi l'émotion pénible du jeune homme et en avait deviné la cause.

— Nous n'avons pas l'intention de quitter le Routeux, dit-elle ; du moins, tant que maman ne sera pas mieux portante.

— Je ne dis pas quitter tout à fait, bien sûr ; ce serait dommage, un si joli petit coin ! mais il arrivera bien un moment où vous retournerez à Paris... au moins l'hiver.

— Je ne crois pas, monsieur ; ici, maman n'est pas privée d'air, tandis qu'à Paris, impotente comme elle l'est, il lui serait bien difficile de sortir, même en voiture. Et puis, ajouta-t-elle pour panser la blessure de son ami, nous aimons Manneville où nous avons rencontré beaucoup de sympathies.

Henri revenait bride abattue ; il avait tout de suite rencontré son père et lui avait présenté sa requête.

— Qu'en dit madame Castagny ? avait demandé Drieu qui ne manquait pas de bon sens, quand il n'avait pas un « petit coup dans la tête » comme il disait.

— Elle est d'avis que j'accepte.

— Et bien accepte, mon garçon. M'est d'avis qu'il ne faut pas dire *non* quand elle dit a *oui*. Elle a plus d'idée que toi et moi.

Henri avait alors parlé d'aller consulter sa mère.

— Va donc faire ta réponse ; je lui en toucherai deux mots en allant manger la soupe à midi.

Quand le consentement du père Drieu fut connu, il y eut des larmes au Routeux : Drichette pleura, Louise sanglota, et le général, pour couper court aux scènes attendrissantes, déclara qu'on était très pressé : le capitaine Bonnard les attendait tous à déjeuner pour midi, et de Manneville à Grestain il y a bien une demi-heure de route.

Suzanne confia alors à ses amis qu'elle aimerait bien mieux rester avec eux que d'aller chez le ca-

pitaine Bonnard ; il était très agaçant, le capitaine
Bonnard, il parlait tout le temps de sa balle.

— Quelle balle donc ? demanda Georges.

— Une balle qu'il a reçue en Crimée et qui est
restée dans son épaule.,. ; du moins à ce qu'il dit,
car je crois bien qu'il se trompe ; elle sera sortie
sans qu'il s'en aperçoive, probablement.

— Mais non, mais non, répliqua le jeune homme ;
cela peut très bien se faire qu'elle soit restée dans
les chairs. Mon oncle Charles connaît parfaitement
le garde général de la forêt de Toucques qui a
reçu, dans le temps, un coup de fusil d'un bra-
connier et il a gardé la balle dans sa poitrine.
Même, il y a des moments où le pauvre homme
souffre beaucoup.

— Ah !... je ne croyais pas cela. Mais, au moins,
il pourrait bien ne pas être si agaçant avec sa
balle ; toujours il en cause : « Ah ! ah ! le temps
va se mettre au beau, je ne sens presque pas ma
balle ». ou bien : « Heu ! heu ! le temps va changer ; ma balle me gêne horriblement », ou encore
si on est dans son jardin : « Charlemaine ! attrape
donc cette branche ; je ne peux pas lever le bras à
cause de ma balle. » Grand-père ne dit rien parce
que grand-père est très gentil, mais il y a des gens
que cela ennuie, et une fois le major Heurtin a
dit : « Sapristi, Bonnard, que tu es assommant
avec ta balle ! » Alors le capitaine a été très en colère

15.

et a répondu : « Je voudrais pouvoir te la passer seulement pendant vingt quatre heures. » Ce n'était pas si gentil, n'est-ce pas ? Le pauvre major n'a pas besoin d'une balle dans l'épaule, il a bien assez de son asthme.

— Ecoute, Suzanne, reprit la compatissante Drichette, il faut être un peu indulgente pour ceux qui souffrent. Songe donc...

— Oh ! mais, je suis très indulgente. Quand je suis chez lui, je lui donne tout ce qu'il lui faut ; son journal, ses lunettes, tout et tout... Même quand je me promène avec lui dans son jardin et qu'il me dit : « Tiens, Suzette, encore un colimaçon dans les fraisiers ! » je prends le colimaçon et je l'écrase, quoique je trouve cela très dégoûtant. Seulement, je ne peux pas m'empêcher de dire qu'il est bien ennuyeux. Regarde ta maman, elle aussi elle souffre et pourtant, elle n'est jamais de mauvaise humeur.

— Oh maman ! maman ! répondit la jeune fille avec émotion, elle est si patiente et si bonne ! jamais elle ne se plaint. Elle a beau avoir du mal, elle pense toujours à celui des autres avant le sien.

Tout est entendu au sujet de Henri ; dans huit jours, il partira aux Marguerites. Bien que le trousseau du jeune garçon soit fort en ordre, Louise a déclaré qu'il lui faut bien une semaine pour tout mettre en état : faire une lessive exceptionnelle, visiter le linge et les effets, commander des souliers neufs...

— Allons, les enfants, faites vos adieux, le cocher dit qu'on n'a que juste le temps et que même, il sera obligé de pousser ses chevaux.

Clic ! clac ! la voiture s'ébranle. Elle ne va pas vite d'abord, car la montée est rude et le chemin mauvais ; on a le temps d'échanger les derniers adieux : « Au revoir, Suzanne ! au revoir Guy ! A bientôt, Drichette, Georges, Henri, Louise ! Bonne santé à madame Castagny ! » Les chevaux tournent... Les voilà sur la grande route, large, droite, unie... bientôt s'atténue et s'éteint leur galop sonore.

XIV

HENRI AUX MARGUERITES

— Sapristi Roger, où donc étais-tu passé, mon vieux ? voilà une heure que je te cherche... Viens-tu tirer un lapin dans le bois du Breuil ?... Degroux est passé avec son beau-frère et je leur ai dit que nous irions peut-être les rejoindre.

— Chasser avec le père Degroux !... jamais de la vie, par exemple. Je n'ai pas envie de recevoir du plomb dans les mollets... ou ailleurs. L'année dernière, il tue son chien ; cette année, il flanque un coup de fusil à une vache...

— C'est vrai, grand-père, interrompit Suzanne, il tire très mal, ce vieux bonhomme. Ne va pas avec lui, il pourrait t'arriver quelque accident.

— Mais non, mais non. Il a bien eu deux ou trois petites aventures parce qu'il est un peu myope, mais il n'y a aucun danger.

— Il y a toujours du danger avec les maladroits, dit madame Javelin. Je ne serai pas tranquille père, si tu chasses avec M. Degroux.

— Ah bon ! si tout le monde s'en mêle. Au fait, je ne leur ai pas promis plus que cela.

M. Charlemaine était de bonne composition ; il déboucla ses guêtres, rentra son fusil et se mit tranquillement à bourrer sa pipe.

Suzanne lui sauta au cou.

— Tu es si gentil, grand-père, quand tu es bien obéissant !

— Vous êtes même si gentil, général, dit Roger en imitant la voix flûtée de la petite fille, que je vais vous raconter ma découverte... Mais, d'abord, où est votre apprenti jardinier, ce gamin que vous avez ramené de Manneville ?

— Il est allé chercher de la mousse pour remporter à Paris, répondit Suzanne qui était toujours au courant des choses du jardinage.

— Bon ! il est loin, alors je peux parler de lui, tout à mon aise... Et bien je vous préviens que vous ne le garderez pas longtemps à votre service.

— Pourquoi cela ? demanda madame Javelin avec une nuance d'inquiétude.

— Parce qu'il n'est pas fait pour être jardinier. Ce garçon a un vrai tempérament d'artiste.

— Ah bah ! fit M. Charlemaine ébahi, ses barbouillages...

— Ses barbouillages, que j'examine avec intérêt depuis le déjeuner, sont d'excellentes études.
Certes il y a bien à dire encore, mais dès à présent
on y découvre un talent très-réel et très original.

— En es-tu bien sûr Roger ?

— Si sûr, mon général, que, avec votre consentement, je vais m'offrir la satisfaction de « l'inven-
ter ». Je l'emmène à Paris, et, s'il tient ce qu'il
promet, dans quelques années on parlera de lui,
vous pouvez m'en croire.

Madame Javelin ne disait mot ; elle paraissait réfléchir profondément.

— Roger, dit-elle au bout d'un instant, ce que
vous affirmez si fort aujourd'hui, madame Castagny
me l'a déjà dit à plusieurs reprises ; elle aussi croit
que Henri a de grandes dispositions pour la peinture. Seulement, elle hésitait à lui conseiller de
quitter la campagne ; c'est une si grande responsabilité que de changer du tout au tout l'avenir d'un
jeune homme.

— Ah ! il avait travaillé avec madame Castagny !
Je pensais bien aussi que, si bien doué qu'il fût,
il n'était pas arrivé seul au point où il en est.

— Henri, reprit madame Javelin, m'a rendu un
service que je n'oublierai jamais ; j'ai une dette de
reconnaissance à acquitter envers lui ; il est donc
tout naturel que j'aie songé à lui faciliter la tâche,
et c'est en partie pour cela que j'ai cherché à l'atti-

rer aux Marguerites. Si grands éloges que mon amie m'ait faits de son caractère, je désirerais l'étudier de près avant de l'admettre définitivement sous notre toit. Je dois avouer que l'épreuve lui a été favorable : depuis six mois qu'il est ici, il a chaque jour grandi dans mon estime. Laissez-nous l'emmener à Paris, Roger, et nous charger de son avenir. J'ai grande confiance en vous, certes ; mais vous êtes un jeune homme et l'expérience vous fait encore défaut, vous avez bien assez de vous à guider. Si mon père le permet, Henri sera mon fils aîné ; aussi bien, sans lui, peut-être n'aurais-je pas l'autre aujourd'hui.

Suzanne était bien émue, ses petites mains jointes se serraient convulsivement, de grosses larmes coulaient sur ses joues. La voix étranglée par le plaisir et la reconnaissance, elle ne put que murmurer : « Oh ! maman, maman, merci ! »

Elle aimait beaucoup Henri, son bon petit cœur lui retraçait toujours l'image du jeune garçon emportant Guy tout doucement dans ses bras et baisant ses pauvres joues glacées.

— Allons, dit la jeune femme, heureuse de voir les choses si bien arrangées pour son protégé, Dieu fasse qu'il tienne ce qu'on attend de lui !

— En tout cas, dit Roger, il ne sera jamais pris au dépourvu ; même en admettant que je m'exagère sa valeur, dès demain, il peut faire de la décoration et il

y gagnera très largement sa vie, plus facilement vingt
fois qu'à retourner la terre et à tailler des arbres.

— Il va être si content de venir avec nous, dit
Suzanne. Il mettait tous ses sous dans une boîte et
il disait : « Quand il y en aura assez, j'irai à Paris
pour apprendre à peindre. » Quel bonheur de penser
qu'il demeurera dans notre maison !

— Dis donc, Suzette, sais-tu ce qui serait très
bien, dit l'excellent général toujours heureux de
faire plaisir aux autres, ce serait de dire à Henri
qu'il vienne dîner avec nous ce soir. Il fera plus
ample connaissance avec Roger et, au dessert, on
lui annoncera la bonne nouvelle. C'est toi que je
charge de l'invitation.

La fillettte n'avait pas attendu la fin de la phrase ;
elle avait pris son élan vers le petit pavillon des
Duclos pour voir si Henri, par hasard, ne serait pas
déjà rentré.

Il y avait jour pour jour, six mois qu'un beau
matin Henri était arrivé aux Marguerites, l'œil encore humide des larmes d'adieu, la bouche entr'ouverte par un sourire de bienvenue.

Madame Javelin l'avait aussitôt présenté en
qualité d'aide, à Duclos, le jardinier, lequel avait
spontanément déclaré que « la mine du gamin lui
revenait. » Pour la mère Duclos, la chose avait été
plus dure à avaler. Bien que les frais occasionnés

par la présence de Henri, fussent plus que couverts par une large indemnité, elle avait bougonné à qui avait voulu l'entendre « que c'était tout de même des éléments qu'un garçon de seize ans à nourrir et à loger... qu'à son âge, on avait plus besoin de repos que de tracas... qu'il ne manquait pourtant pas de chambres en haut de la « grande maison » et que Victoire ne se serait guère aperçue de faire la cuisine pour une personne de plus... que les maîtres avaient toujours des idées pour procurer de l'embêtement au monde... et qu'enfin, il n'y avait rien à dire, n'est-ce pas ? » Et tout en convenant qu'il n'y avait rien à dire, la bonne femme continuait à en dire long.

Cependant, il arriva que petit à petit, elle changea d'opinion. Elle fut obligée de reconnaître que le très léger dérangement causé par son hôte, était largement compensé par les mille petits services qu'il lui rendait ; « Jamais, disait-elle, elle n'avait eu moins à faire. Puis, il n'y avait pas à dire, la maison était plus agréable depuis que le jeune homme y avait apporté sa gaité et sa perpétuelle bonne humeur. Quand la mère Duclos, qui n'était pas endurante, commençait « un crémus » à son mari, Henri s'arrangeait toujours de manière à faire diversion, et le bon homme lui coulait en-dessous un regard de reconnaissance, heureux qu'il était d'avoir évité une scène. Depuis sa pré-

sence aux Marguerites, il n'était pas arrivé trois
fois à la jardinière de pousser ses grandes exclamations, et de souhaiter à son époux que « l'arc-en-
ciel du Nord lui serve de cravate ! »

Les domestiques, tous braves gens d'ailleurs,
n'avaient pas été sans ressentir une pointe de jalousie en voyant combien leur nouveau collègue
était choyé par les maîtres. « Sans doute, disaient-ils
à l'office, on n'était pas assez grands seigneurs
pour être ses camarades ».

Puis, eux aussi, avaient été gagnés par l'humeur
ouverte et enjouée, la complaisance à toute épreuve
du jeune garçon. Victoire trouvait qu'il lui choisis-
sait bien mieux que le père Duclos les légumes et
les fruits; Adèle lui laissait le soin de garnir de
fleurs les vases, les corbeilles, les jardinières, et
« c'était toujours autant de fait ». Il rendait fré-
quemment à Jules, le valet de chambre, dont la
famille habitait Honfleur, le service de courir en
ville faire ses commissions.

Auguste, le cocher, avait été le plus difficile à
persuader; mais un jour qu'il devait être garçon
d'honneur à une noce du voisinage, le jeune homme
lui avait présenté au moment du départ un beau
bouquet blanc, un bouquet qu'on aurait payé cher
à Paris, tant il était composé avec goût et originalité.
« Tenez Auguste, avait-il dit avec son bon sourire
exempt de toute amertume, c'est pour votre demoi-

selle ; je me suis levé de bonne heure afin de pouvoir le soigner ». Le cocher était resté un moment
stupéfait, puis tendant à Henri sa main grande ouverte : « Eh bien, veux-tu que je te dise, mon garçon, tu vaux mieux que moi, mieux que les autres,
mieux que tout le monde... Non, vois-tu, ce que tu
as fait là, c'est très bien... c'est... enfin, je ne l'oublierai pas, tu peux en être sûr. » En effet, depuis
ce temps-là, celui qui aurait dit quelque chose de
travers sur le compte du petit jardinier aurait eu
maille à partir avec Auguste.

Quand la mère Duclos connut l'invitation
du général, elle tint à Henri ce discours de pure
forme normande : « Ecoute, petit, ça m'étonne,
et ça ne m'étonne point. Ça m'étonne parce que
c'est toujours drôle de voir des maîtres qui disent
aux domestiques de venir à leur table, et ça ne
m'étonne pas, parce que c'était bien facile de voir
que ceux de la « grande maison » te regardaient
autrement que les autres. »

Ce fut bien autre chose quand, au retour de Henri
que les Duclos avaient voulu attendre, on apprit la
nouvelle de son prochain départ. « Hein, mon
homme ; je ne te l'avais-t-y pas bien dit ce soir en
soupant : « Va, mon vieux, c'est pas longtemps qu'il
mangera notre soupe, à c't'heure ! » Quand j'ai vu
ce monsieur de tantôt qui écrit sur le journal, à ce

qu'on dit, regarder de si près les choses que t'as peinturées, qu'il s'en est mis sur le nez, des verres qu'on dirait des lunettes et qui ne sont point des lunettes : « Attends, attends, la mère Duclos, que je me suis dit, d'ici-t'a-peu, on va voir du nouveau ».

La bonne femme avait mis tout en l'air pour la toilette du garçon : elle avait culbuté l'armoire de fond en comble pour trouver la chemise la plus neuve, la plus blanche, la mieux repassée ; les effets avaient été examinés avec le soin le plus minutieux afin de s'assurer qu'un imperceptible accroc, une tache légère n'allaient pas les déshonorer ; les souliers avaient été cirés au point qu'ils reflétaient les objets environnants d'une façon aussi nette, que la glace la mieux polie. Enfin, après le dernier coup de peigne, après le dernier coup de brosse, la jardinière avait jeté un regard satisfait sur l'ensemble, et avait déclaré à Henri, qu'il avait l'air, mais là, tout à fait l'air d'un préfet. C'était dommage seulement, qu'il n'avait pas voulu mettre un peu de pommade, parce que, on avait beau dire, mais les cheveux bien lissés, c'était beaucoup mieux pour une cérémonie ; à moins... à moins qu'on ne se fasse friser par le perruquier. Henri, par condescendance avait vérifié au miroir, si réellement il manquait de pommade. Non, il ne trouvait pas ; ses cheveux, naturellement souples et brillants, étaient très bien comme cela. On ↄ l'air d'un noyé avec les cheveux trop plats : quand à la frisure au petit fer, il ne voulait pas en entendre parler, jamais il n'avait pu souffrir cela.

Six heures sonnaient quand Henri fit son entrée dans la salle de billard où le général et Roger, sous prétexte de gagner de l'appétit, se livraient à de superbes carambolages.

Le jeune garçon avait un peu compté sur la présence de Suzanne pour lui faciliter ses entrées ; mais la fillette qui, elle aussi, aurait voulu être la première à recevoir son ami, avait été emmenée par sa bonne pour refaire ses boucles, laver ses mains, en un mot rafraîchir sa toilette comme elle le faisait tous les jours avant le dîner, de sorte que le pauvre Henri dut se présenter tout seul, assez embarrassé de sa personne.

— Ah bien ! te voilà mon vieux, dit le général qui mettait tout de suite les gens à l'aise ; tiens, c'est l'ami Roger qui voulait faire connaissance avec toi ; il a vu tes... choses peintes et il trouve que c'est très bien... Mais au fait, mes enfants, causez donc un peu de cela tous les deux, pendant que je vais parcourir mon journal ; je l'ai depuis ce matin dans ma poche et je n'en ai pas encore lu un traître mot.

Madame Javelin n'était pas sans inquiétude sur la manière dont se passerait le dîner ; elle tremblait de voir Henri se tenir à table comme un paysan, oubliant que madame Castagny, depuis trois ans qu'elle était à Manneville, l'avait dressé aux bonnes manières. Ses craintes, fort heureusement, ne se réalisèrent pas ; le jeune homme eut, tout le temps, la tenue la plus correcte, parla avec discrétion, ne chercha nullement à franchir la distance qui le séparait des autres convives, exagérant même le respect et la considération qu'il avait pour eux. En un mot, il se conduisit avec tant de tact que, le dîner fini, quand on sortit au jardin pour respirer l'air frais du soir, M. Guettry ne put s'empêcher de dire au général et à sa fille : « Mais il est charmant, votre protégé ; je connais joliment des petits jeunes gens de bonne famille, qui ne savent pas se tenir comme lui. »

C'en était fait, Henri avait conquis la sympathie du journaliste, si bien que celui-ci, en garçon intelligent qu'il était, le traita dès lors comme un camarade, malgré sa cotte bleue et sa blouse de jardinier.

XV

LE COURS TINGAUD

— Grand-père, dit Suzanne un matin, si tu étais gentil, tu m'emmènerais faire un tour avant le déjeuner. Il fait froid, mais très beau et très sec; nous irions prendre Henri à la sortie de son cours. Allons, c'est entendu, n'est-ce pas? Cette petite petite promenade me donnera un peu d'appétit.

Le général regarda sa petite-fille, son teint frais, ses joues roses, ses yeux brillants, et faillit éclater de rire, à l'idée qu'on avait besoin d'un apéritif à dix ans, avec une si belle santé. Puis, reprenant brusquement son sérieux, il s'inclina devant Suzanne avec un respect exagéré :

— Puisque telle est votre volonté, mademoiselle, tel est mon devoir. Désirez-vous sortir à pied ou en voiture ?

— A pied, grand-père, à pied; ton cocher est

toujours des heures à atteler. Et puis, j'ai besoin de marcher, j'ai des fourmis dans les jambes. J'ai pris ma leçon d'allemand ce matin, et tu sais, les jours de madame Schnelbach !... brrr...

— Brrr..., répéta M. Charlemaine par sympathie. Alors dépêche-toi, Suzette, dans deux minutes je suis prêt, moi.

— Oh ! je serai prête avant toi, grand-père ; tu es encore en pantoufles.

Effectivement, le général achevait de passer ses gants fourrés quand l'enfant parut tout habillée dans un élégant manteau de peluche loutre, coiffée d'une petite toque pareille d'où s'échappaient ses belles boucles châtain-clair.

Un sourire d'orgueil éclaira la figure du vieillard. Si la petite fille était contente de sortir avec son grand-père qui exécutait sans protestation ses cent volontés, le grand-père, lui, était fier d'avoir à son bras une si jolie fillette.

— Allons, en route, mignonne, si nous ne voulons pas manquer Henri !

Ils prirent alors à droite le boulevard de Clichy, puis le boulevard des Batignolles, le boulevard de Courcelles et, au rond-point des Ternes, tournèrent l'avenue de Wagram où se trouvait le cours Tingaud.

Comme ils arrivaient à la porte, Henri sortait tout juste, les mains enfoncées dans ses poches, le collet de son pardessus remonté jusqu'aux oreilles. Il allait tête baissée, de sorte qu'il n'aperçut pas tout d'abord le général et Suzanne, qui venaient à lui. Il fallut que la petite fille le tirât par sa manche pour qu'il remarquât leur présence.

— Sapristi, mon garçon, dit M. Charlemaine, on croirait que tu vas traverser la mer Glaciale. Il ne fait pas bien chaud, c'est vrai, mais que diable ! à ton âge on doit pouvoir supporter l'air un peu vif.

— C'est vrai, général, dit le jeune homme, légèrement honteux, en rabattant vivement son col, mais ce cours est tellement chauffé, tellement ! que, dès qu'on sort, l'air vous suffoque littéralement.

Cela fut dit d'un ton chagrin qui n'était pas habituel à Henri. Puis, sans rien ajouter, il continua à marcher tout sérieux et la bouche close.

— Qu'est-ce qu'il y a donc, mon vieux, demanda M. Charlemaine au bout d'un instant ; d'ordinaire, tu es plus bavard. Est-ce que cela ne va pas, la peinture ?

— Si, si, général, cela va, répondit Henri toujours soucieux ; ou plutôt non, cela ne va pas très bien.

— Comment, cela ne va pas très bien ? Cela ne te dit plus de peindre alors ?... Cela ne m'étonnerait pas, d'ailleurs, car, du diable, si j'ai jamais compris le plaisir qu'on peut trouver à faire des petits arbres, des petites maisons, des bouquets, un tas de choses, quand il est si facile d'en avoir au naturel, si le désir vous en vient.

— Oh ! général, ce n'est pas cela, j'aime toujours la peinture et je fais tous mes efforts pour arriver ; mais j'ai peur que... les leçons de M. Tingaud ne soient... pas, peut-être, très bonnes.

— Ses leçons ne sont pas bonnes à ce... Mais s'il ne sait pas peindre lui-même, pourquoi se mêle-t-il d'apprendre aux autres ?

— Je ne dis pas qu'il ne sait pas peindre, bien loin de là ; ses tableaux sont très bien... d'un fini, d'un exact... C'est plutôt sa manière d'enseigner qui est mauvaise, et si différente de celle de madame Castagny ! Ainsi, pour vous donner un exemple : depuis trois semaines nous faisons un chaudron de cuivre et un tas de pommes de terre...

— Tiens, mais ça ne doit pas être laid, interrompit le général avec un grand sérieux, rapporte donc tes études, tu en donneras une à Victoire pour sa cuisine, elle sera enchantée.

Suzanne se mit à rire, mais Henri était trop préoccupé pour partager la gaieté de sa compagne.

— Je l'ai peint de toutes les manières, poursuivit-il du même ton fâché : droit, renversé, en dedans, en dehors, les pommes de terre en tas ou éparpillées ; et bien le maître est encore à me dire ce qu'il y a de défectueux dans mon travail. Il passe derrière moi, examine pendant un instant ce que j'ai fait et s'éloigne en murmurant : « Ce n'est pas cela, ce n'est pas cela. » Parbleu, je sais bien que ce n'est pas cela ; mais pourquoi n'est-ce pas cela ? et comment faut-il que je m'y prenne pour que ce soit cela ? D'autres fois, et c'est pis encore, il est pris d'un beau zèle et se met à me chicaner pour des riens, attachant une importance excessive à des vétilles, me faisant passer des heures sur un détail insignifiant. C'est au point que parfois j'en ai des crispations, je suis tenté de laisser là ma palette et de me sauver. Quant aux modèles on n'en prend aucun soin. Ainsi, il y a déjà quelque temps, nous avons eu le même bouquet pendant huit jours, et je vous prie de croire qu'en huit jours ce bouquet avait joliment changé ; des fleurs s'étaient ouvertes, d'autres s'étaient fanées, plusieurs avaient changé de couleur, le ton général n'était plus le même. Comment travailler dans des conditions semblables ? Je sens bien que, malgré toute ma bonne volonté, je ne ferai jamais de progrès.

Henri s'était emballé ; il allait, il allait... Il fallut que le général l'arrêtât.

— Eh bien ! mais c'est tout simple, mon garçon, il n'y faut pas retourner à ce cours, si tu ne le crois pas bon. C'est bien le diable si nous n'arri-

vons pas à trouver dans Paris, un professeur convenable. Seulement, voilà... qui est-ce qui nous
l'indiquera? J'ai bien dans mes connaissances deux
ou trois artistes décorés, médaillés et tout ce qui
s'en suit; mais ils fabriquent de grandes machines :
des batailles, des choses de la Bible, des Aurore,
des marchandes de poisson, est-ce que je sais moi
qui n'y connais rien? ou bien encore ils font des
portraits... En tout cas, ce n'est pas ton affaire, toi
qui n'aimes que les fleurs... Sapristi! à qui allons-
nous demander cela?

— Je pense, hasarda timidement Henri, que
M. Guettry devrait connaître...

— Tiens, c'est vrai, tu as une bonne idée, toi.
Rentrons vite déjeuner nous filerons à l'*Époque*
aussitôt après.

— Moi aussi, n'est-ce pas grand-père?

— Je veux bien, moi, fillette, mais maman vou-
dra-t-elle? Et tes leçons?

— Oh! je travaillerai en rentrant, avant le dîner;
j'aurai bien le temps, va. J'ai besoin de prendre
l'air aujourd'hui, tu penses... les jours de madame
Schnelbach !

Grand-père voulait toujours ce qui faisait plaisir
à sa petite-fille.

— Victoire, dit-il à son cordon bleu, quand on
fut rentré, voilà un garçon qui vient de peindre des
choses remarquables, spécialement destinées aux

cuisines. C'est très distingué comme composition ;
il vous en rapportera un exemplaire, n'est-ce pas,
Henri ? »

Henri et Suzanne se mirent à rire de bon cœur,
le jeune homme avait retrouvé sa bonne humeur
depuis qu'il était sûr de ne plus retourner au cours
Tingaud. Ils laissèrent à peine au général le temps
de prendre son café et de fumer sa pipe, tant ils
étaient pressés de partir. Maman fit un peu de difficultés pour donner congé à sa fille ; elle trouvait
que Suzanne en prenait bien à son aise avec les
leçons, et grand-père, qui l'aidait dans ses tenta-
tives d'émancipation, fut grondé aussi par la même
occasion.

Guy aurait bien voulu sortir avec Henri ; il aimait beaucoup le jeune homme qui lui dessinait
des tas de choses avec une patience admirable. On
eut beaucoup de mal à persuader le petit garçon ;
maman promit de l'emmener voir Guignol aux
Champs-Elysées ; et grand-père dit qu'il lui rap-
porterait un beau tambour ; le général était un
pourvoyeur zélé de jouets bruyants au grand désespoir d'Adèle qui prétendait toujours avoir « la
cervelle transpercée ».

A l'*Époque*, on rencontra le critique qui sortait du bureau de la rédaction. En deux mots,
M. Charlemaine le mit au courant de la situation.

—Là, qu'est-ce que je vous avais dit, quand vous

m'avez parlé du cours Tingaud pour Drieu. Ah !
vous avez eu la main heureuse, général, vous pouvez vous en vanter.

— Voilà, on avait tellement épouvanté ma fille
sur les horreurs des cours de peinture, qu'elle a
pris peur, et ma foi quand son amie madame Ex-
melier, lui a indiqué celui de l'avenue de Wagram,
comme très convenable, elle a accepté tout de
suite.

— Oh ! je ne doute pas qu'il ne soit absolument
convenable... pour les petites demoiselles qui
n'apprennent la peinture que pour faire du genre ;
mais jamais Tingaud ne formera un peintre sérieux,
et tous ceux qui valent quelque chose font comme
Drieu : ils le fuient au bout de trois mois...
Voyons, vous voulez que je vous indique un
professeur un peu huppé, si j'ose me servir d'une
pareille expression devant mademoiselle Suzanne.
Il y a bien Rougeron, qui dans le temps a eu un
atelier et a formé d'excellents élèves, mais je crois
que depuis quelques années, il a renoncé au pro-
fessorat : il a de la fortune, vend ses tableaux très
cher, et vit comme un ours je ne sais même pas
au juste où. Si vous voulez m'attendre une minute,
je vais chercher son adresse dans le livret du
salon.

M. Guettry laissa le général et les enfants dans
le petit salon où il les avait fait entrer.

— Voilà, dit-il en revenant, 17 rue de Caulain-court, tout en haut de la butte Montmartre. Nous pouvons toujours tenter une démarche de ce côté. Vous avez une place pour moi dans votre voiture ?

— Mais certainement, dit Henri, avec vivacité, je monterai près du cocher et M. Guettry prendra ma place.

—Boutonne ton pardessus jusqu'en haut pour ne pas avoir froid, recommanda Suzanne.

— Voilà une bonne petite amie pleine d'attention et de sollicitude. J'ai bien envie d'attendre pour me marier que tu sois grande, Suzanne ; je demanderai ta main au général, et je suis sûr...

— Mais monsieur Roger, je ne veux pas me marier avec vous du tout. Vous êtes beaucoup trop vieux !

— Pan ! attrape ! voilà comme les jeunes filles me traitent, moi. Ah ! je suis un être bien malheureux !

XVI

A L'ATELIER ROUGERON

Le cheval trottait bien, et, quoique du boulevard à la butte Montmartre, la distance soit assez considérable, on arriva promptement rue de Caulaincourt. M. Rougeron habitait là une petite maison à un seul étage, entourée d'un jardin relativement vaste, où, malgré la rigueur de la saison se voyaient encore quelques fleurs. Adossée à l'un des côtés de la maison, était une belle serre qui, autant qu'on en pouvait juger du dehors, paraissait remplie d'arbustes et de plantes vertes.

En arrivant près de la grille, la première impression que ressentait le visiteur était celle d'un ordre et d'une propreté outrés, si toutefois l'ordre et la propreté peuvent jamais être outrés.

Dans les allées, régulièrement sablées, on n'apercevait pas la moindre impureté, les massifs débarrassés des brindilles et des feuilles mortes

qui auraient pu les souiller, étaient ratissés avec
le plus grand soin; les marches du petit perron
étaient blanches comme de l'albâtre, les vitres,
garnies à la mode flamande de jolis stores en soie
blanche, étincelaient au soleil. On ne voyait pas
trace de poussière ni sur la façade tout en meu-
lière, ni sur les persiennes brunes, ni sur le rebord
des fenêtres; le toit en tuiles lui-même était
propre, c'était à croire que la maison était chaque
jour, lavée et brossée du haut en bas.

Au bruit de la sonnette, parut une servante
aussi propre, aussi nette que l'habitation, avec un
grand tablier et des bouts de manches d'une blan-
cheur éblouissante, les cheveux bien lisses sous
son bonnet de mousseline. Avant de traverser le
jardin, elle chaussa une paire de sabots dissimulés
sous les marches du perron.

— Monsieur Rougeron est-il chez lui? demanda
le général, quand elle eut ouvert la grille.

— Oui, monsieur, madame aussi est là.

— C'est à monsieur que nous avons affaire.

— Très bien, si ces messieurs et dame veulent
monter à l'atelier.

A l'intérieur, l'impression qu'on éprouvait du
dehors était plus marquée encore, s'il était possible : le dallage du vestibule, les peintures de l'escalier, tout était reluisant et annonçait les soins
les plus raffinés.

— On dirait une maison hollandaise,- remarqua
M. Guettry.

Henri marchait sur la pointe des pieds de peur
de rien salir ; quant au général, il y allait tout bonnement, ayant même négligé d'essuyer ses chaussures au *décrottoir-brossoir* très compliqué,
qu'on avait établi au haut du perron.

— Nous ne sommes par crottés, je suppose,
puisque nous sommes venus en voiture, répondit-
il à Suzanne qui lui en fit la remarque.

L'atelier était une vaste et belle pièce avec une
grande baie vitrée, donnant sur le derrière du
jardin, les murs était entièrement couverts d'études
et de tableaux. Le peintre, en veston de laine
blanche, coiffé d'un béret également blanc, termi-
nait une toile dont le modèle était placé devant lui :
c'était une bourriche remplie de jolies primevères
de Chine de toutes teintes, depuis le blanc pur,
jusqu'au rouge foncé en passant par les roses les
plus délicats. Henri jeta un coup d'œil sur l'étude
du maître et sa figure mobile et expressive trahit
aussitôt l'admiration qu'il éprouvait pour l'œuvre
qu'il avait sous les yeux. Il ne lui avait pas fallu un
long examen pour voir qu'il se trouvait en face
d'un grand artiste.

M. Charlemaine exposait sa requête le plus
clairement possible, mais ce n'était guère clair
encore ; il s'embrouillait dans les explications et

les termes du métier auxquels il ne comprenait rien. Pourtant, le peintre finit par saisir qu'on le priait de bien vouloir guider un jeune homme qui annonçait de grandes dispositions.

— Des élèves ! s'écria-t-il d'un ton bourru, je n'en veux plus d'élèves. J'en ai eu dans le temps quand j'étais rue Lepic, je sais ce que c'est. Ils donnent cinquante francs par mois et on a pour cent francs d'ennuis de toutes sortes, sans compter le temps perdu. Et je ne parle pas du gâchis, du désordre qu'ils vous font. Ça fume, ça secoue les cendres par terre, ça jette les bouts de cigarette à travers l'atelier, ça traîne des pieds crottés sur le parquet, ça rit, ça chante, ça crie, et par-dessus le marché, ça écoute vos conseils comme une chanson mal dite... Ah oui !... les élèves !... en voilà une engeance !... merci, je n'en veux plus.

Le général avait bien envie de prendre congé de cet artiste peu aimable, en lui demandant si lui, M. Rougeron, n'avait jamais été un élève ; mais Henri jetait des yeux à la fois ravis et désespérés sur les charmantes esquisses qu'il voyait de tous côtés. Sans qu'il puisse trop s'expliquer pourquoi, il lui semblait être là en pays de connaissance. Tout à coup il s'arrêta devant une grande nature morte représentant des fruits : raisin, poires, figues, arrangés avec art et peints avec un indiscutable talent ;

le jeune homme chercha la signature, et dans un coin, lut Jeanne Herbelot.

— Tiens, dit-il étonné, comme l'artiste finissait, sa tirade sur les élèves, un tableau de madame Castagny !

— Vous la connaissez donc ? demanda le peintre avec un intérêt subit.

— C'est elle qui m'a appris à peindre et qui m'a engagé à venir à Paris pour travailler.

— Et bien, jeune homme, vous pouvez vous vanter d'avoir bien débuté, alors. Mademoiselle Herbelot a été mon élève et je n'en ai jamais eu de meilleure. Je ne sais pas pourquoi elle a brusquement cessé d'exposer, ses tableaux étaient fort remarqués.

Henri donna alors des détails sur madame Castagny ; Roger parla de la vente qui avait été faite au père Wagner.

— Ah oui ! tiens c'est vrai, il me semble que Wagner m'a parlé de cela dans le temps. Wagner est un vieil ami, et un des rares hommes à Paris, qui connaissent sérieusement la peinture... Et pour en revenir à vous, artiste en herbe, vous n'avez jamais travaillé qu'avec mademoiselle Herbelot ?

Rougeron s'était humanisé.

— Non, monsieur, j'ai passé trois mois au cours Tingaud.

Le peintre eut un haut-le-corps.

— Le cours Tingaud! ne m'en ouvrez jamais la bouche si vous ne voulez pas me voir sauter au plafond. J'ai eu des élèves sortant du cours Tingaud, je n'en ai jamais pu rien faire. J'aurais mieux aimé avoir affaire à des gens qui, de leur vie, n'avaient tenu un pinceau... Mais comment se fait-il que mademoiselle Herbelot ne vous ait pas adressé à moi, puisque c'est d'après ses conseils que vous êtes venu à Paris... Au fait, je m'explique le pourquoi : je vis comme un ours depuis que j'habite la rue de Caulaincourt, et puis elle a toujours été d'une discrétion on pourrait dire... exagérée; elle a craint. . Et vous, jeune homme, qu'avez-vous fait au cours Tingaud ?

— Il peignait des chaudières, répondit le général qui n'était jamais silencieux bien longtemps.

— Un chaudron, grand-père, corrigea Suzanne.

— Des chaudrons, des chaudières, c'est toujours bien des ustensiles de ménage, de cuisine, de lessive, allons.

— Oh ! cela n'a aucune importance, interrompit l'artiste; il aurait tout aussi bien appris en peignant un plumeau, une poêle à frire ou une boîte à sardines; tout dépend de la manière d'enseigner, et précisément, celle de Tingaud est très mauvaise. Je ne sais diantre pas d'où lui vient la vogue dont il jouit...; enfin c'est la mode d'aller chez Tingaud...; on suit le cours Tingaud... on va aux jeudis de Tingaud...; Tingaud par-ci..., Tingaud par-là... C'est horripilant à la fin.

M. Rougeron parut soulagé quand il eut exhalé sa bile contre Tingaud. Il mit familièrement sa main sur l'épaule de Henri.

— Allons, jeune homme, c'est entendu, en votre qualité d'élève de mademoiselle Herbelot, je consens à m'occuper de vous. Vous viendrez, trois fois par semaine, travailler ici. Seulement, madame Rougeron est très soigneuse de son intérieur comme vous avez dû vous en apercevoir ; il faudra vous plier à ses habitudes, si exagérées qu'elles puissent vous paraître. Ainsi, vous aurez près de vous un cendrier, et vous veillerez à secouer votre cigarette dedans.

— Je ne fume pas, monsieur,

— C'est très bien. Vous consentirez à chausser des babouches avant de monter l'escalier.

— Parfaitement, monsieur, sans aucune difficulté.

— Allons, tout est pour le mieux. Au reste, vous ne serez pas venu ici dix fois que vous aurez subi, sans vous en douter, l'influence de la maîtresse de céans, et que, de vous-même, vous prendrez des précautions auxquelles vous ne songiez même pas auparavant. Ainsi, tel que vous me voyez, au commencement de mon ménage, je crachais par terre en fumant ma pipe, et je mettais mes pieds sur les chaises.

Tout étant convenu, les visiteurs n'avaient plus qu'à prendre congé de l'artiste.

— Gare à toi, Henri, dit le général en traversant le jardin, il n'a pas l'air trop commode ton nouveau maître ; et puis, tâche de ne rien salir parce que la mère Moucheron n'aime pas la poussière.

— Je suis sûr, dit Roger, qu'il se sont mis à frotter, cirer, brosser, nettoyer, essuyer, dès que nous avons eu les talons tournés... j'aime bien la propreté, mais à ce point là...!

Le jeune Drieu ne disait rien, il était sérieux, presque recueilli ; il avait hâte de se mettre au travail. Le peintre pouvait avoir tous les ridicules, tous les défauts qu'il voulait : c'était un grand artiste.

Oui, M. Rougeron était un grand artiste et et, de plus, un excellent professeur ; aussi les progrès que fit le jeune garçon furent-ils rapides.

Bien qu'il ne reçût que rarement un mot d'éloge ou d'encouragement, il sentait que son professeur était content et cela lui donnait du courage. Il travailla avec acharnement sans une minute de défaillance, écoutant les conseils avec docilité, les critiques sans révolte.

Quand vint le mois de mars, le maître lui demanda un jour à brûle-pourpoint :

— Qu'est-ce que vous comptez envoyer au salon?

— Plaît-il, monsieur ? dit Henri qui croyait avoir mal entendu.

— Je vous demande ce que vous enverrez au Salon, répéta l'artiste avec un grand calme apparent, mais jouissant intérieurement de la surprise de son élève.

— Mais... je ne... comptais pas...

— Vous ne comptiez pas envoyer! mais si, mais si, il faut toujours envoyer. Tout le monde... les jeunes pour se faire connaître, les vieux pour qu'on ne les oublie pas.

— Si j'avais pensé, j'aurais préparé...

— Préparé quoi? Ne préparez donc jamais rien, c'est généralement plus mauvais que le reste, surtout pour les débutants qui se préoccupent trop de l'effet à produire. C'est l'histoire des compositions, des concours, des examens qu'on ne réussit jamais aussi bien que les devoirs de chaque jour.

Le maître et l'élève firent ensemble un examen sérieux des travaux de tout l'hiver, et leur choix s'arrêta sur une jolie toile faite dans la serre de Suzanne : des dattiers, des palmiers, des aloès, des caoutchoucs, des cactus, etc., si différents de port, de feuillage, de couleur... Henri aurait voulu retoucher çà et là quelque petite chose, M. Rougeron s'y opposa formellement.

— Laissez, c'est très bien comme cela, vous ne feriez que gâter cette étude.

Ce jour-là, le jeune homme regagna l'avenue Frochot dans un état d'esprit bien singulier. Il descendit la rue du Mont-Cenis, léger, joyeux, ne doutant nullement de voir son tableau au Salon. Le doute le saisit vers la rue de Ravignan : si pourtant il n'était pas reçu ; dame ! ce n'était pas plus sûr que cela. Instinctivement il ralentit son pas qui devint moins élastique. A la rue Germain-Pilon, le doute s'était changé en une certitude : il serait refusé, bien sûr : pourquoi serait-il dans les heureux ? on en mettait tant à la porte chaque année. En arrivant à la place Pigalle, il était fermement résolu à déclarer à son professeur, qu'il désirait attendre encore un an avant de tenter cette épreuve qui lui paraissait gigantesque.

Il fallut que madame Javelin, à qui il vint conter son tourment, l'encourageât, le traitât de poltron, lui fît bien comprendre que son professeur n'avait aucun intérêt à lui ménager un échec.

— Évidemment, tu peux être refusé, conclut-elle, mais il faut bien te dire aussi que du moment où M. Rougeron te conseille d'exposer, c'est qu'il te croit quelque chance d'être reçu ; il est meilleur juge que toi. Allons, un peu de hardiesse, nous irons demain commander ton cadre. Mais il faut savoir comment désigner ce tableau.

On passa un instant à discuter des titres.

— Appelle-le tout simplement *Coin de serre* ; le moins cherché est encore le meilleur.

Puis on convint de ne rien dire au général et à Suzanne, jusqu'au moment où on serait certain du succès.

— Ou de la défaite, ajouta piteusement Henri, que ses doutes reprenaient.

Pourtant le tableau fut reçu et même bien placé. M. Guettry lui consacra dans sa chronique, deux lignes d'éloges que plusieurs journaux reproduisirent ; et le brave général, heureux de voir si bien réussir le jeune homme, se mit à acheter chaque jour des tas de journaux pour voir si l'on n'y faisait point mention de son succès.

Suzanne lut et relut bien des fois les petites notes consacrées à son ami ; elle était très fière de voir son nom figurer sur un journal. Il faut avouer aussi que Henri feuilleta souvent le livret, ne pouvant se lasser d'y lire à la page 77 :

Drieu (Charles-Henri), né à Manneville-la-Raoult (Eure). élève de madame Castagny et Rougeron, avenue Frochot, 7.

886. — *Coin de serre.*

Henri écrivit à madame Castagny une lettre touchante à force de gratitude, lui donnant tout l'honneur de son rapide succès. Elle répondit à « son cher enfant » qu'elle était bien heureuse de le voir arriver si vite ; mais que la réussite venait de ses grandes dispositions d'abord, puis de son courage et de sa docilité.

Il y avait également un mot affectueux de Drichette dont la fin affligea et tourmenta Henri. En post-scriptum, la jeune fille avait écrit : Mère est plus souffrante et je suis inquiète.

XVII

TRISTES JOURS

Depuis sept mois, Georges était à Douai où il faisait son volontariat dans le 17° d'artillerie, et le temps lui durait, si loin de chez lui. Pourtant, à force de dire et de répéter: « Si seulement nous étions au jour de l'an !.... Ah! quand nous serons à Paques !... » on était arrivé à la Pentecôte.

Le colonel, que les volontaires ne trouvaient pas très généreux en fait de permissions, avait donné tout juste deux jours. Deux jours! quoi faire en deux jours ? Le temps d'aller de Douai à Paris, de Paris à Honfleur, de Honfleur à Manneville et de revenir par le même chemin, en s'arrêtant aux mêmes stations, il lui resterait à peine une heure pour s'asseoir aux Marronniers et boire un verre de cidre.

Georges avait donc accepté de grand cœur l'offre

que lui avaient faite Pennetier et Martigues, deux volontaires avec lesquels il s'était lié, d'aller passer leur congé en Belgique.

Munis d'une permission en règle de se mettre en civils, voilà nos trois gaillards en route pour Bruxelles. C'est Martigues qui commande l'expédition, Martigues connaît le pays où il a déjà voyagé avec son père.

Dans la matinée ils ont été admirer Sainte-Gudule et sa chaire si joliment sculptée, le merveilleux Hôtel de Ville avec sa flèche légère, ajourée comme une dentelle; les anciens hôtels des corporations en pur style flamand, dont la place est entourée, la nouvelle Bourse et le nouveau Palais de Justice, si nouveau qu'il n'est même pas encore fini, et aussi Manneken-Pis, *savez-vous.*

Après un tour à Laeken et au Bois de la Cambre, après d'interminables flâneries aux galeries Saint-Hubert et au boulevard Anspach, après de nombreuses stations dans les brasseries, où ils avalent, à eux trois, assez de *lambic* pour abreuver l'escadron tout entier, les voilà installés à la Taverne Royale, devant un excellent dîner qui vient faire une agréable diversion à la cuisine de cette brave madame Aurore, la cantinière.

Le lendemain matin, ils quittent là « capitale brabançonne » pour la « Cité anversoise » comme on dit dans les guides. Le trajet est très court, le train express ne s'arrête qu'à Malines dont nos amis peuvent apercevoir la splendide cathédrale.

Georges se figure être en pleine Normandie : ce sont les même vergers, les mêmes pâturages, les mêmes champs où le grain pousse dru et serré ; partout la même fertilité et le même soin de culture ; le jeune homme est ravi.

Encore une journée bien employée à visiter le musée, si riche en tableaux des grands maîtres flamands, le port et les docks splendides ; à faire une promenade sur l'Escaut dans un de ces jolis vapeurs qui stationnent à la Tête de Flandre... puis il faut songer à reprendre son collier de misère.

De misère ? Pas tant que cela ! ce petit tour en Belgique les a réconciliés avec le Nord qui leur avait paru mortellement triste pendant les mois d'hiver, et aussi avec la vie militaire qui ne leur semble plus si désolante.

Aussi le mardi matin, bien que légèrement courbaturés de ce voyage à la vapeur, se mirent-ils avec beaucoup plus d'entrain qu'à l'ordinaire, à remplir les devoirs multiples qui incombent à un modeste artilleur.

Vers dix heures, comme Georges allait entrer à la cantine pour déjeuner, le vaguemestre l'arrêta.

— Ah ! Valienne, j'oubliais de vous remettre une lettre et une dépêche qui sont arrivées pour ainsi dire ensemble, samedi soir comme vous ve-

niez de partir. Vous ne deviez pas être loin, et, si j'a-
vais su où vous trouver, je vous les aurais envoyées.

— Donnez vite, dit Georges, que ce mot de
« dépêche » avait douloureusement inquiété.

— Ah mais ! attendez ! je ne les ai pas gardées
dans ma poche depuis samedi, comme vous devez
bien le penser ; je vais les chercher tout de suite ;
entrez déjeuner, dans trois minutes je suis là.

Pendant les trois minutes du vaguemestre qui en
durèrent bien dix, l'imagination du pauvre garçon
eut beau jeu : Il vit un cheval emporté, son père
précipité de voiture ; puis Drichette noyée. Ensuite
les lueurs rougeâtres d'un incendie passèrent devant ses yeux : le Routeux avait brûlé, ou bien les
Marronniers, et le feu avait fait des victimes... En
tout cas, il était arrivé quelque grave accident...
Et ce vaguemestre qui n'arrivait pas... Le voilà
pourtant ; il vient sans se presser, en causant avec
un autre soldat qui gesticule et n'a pas l'air content.

— Tenez, voilà : M. Valienne, soldat au 17ᵉ.
J'ai été un peu longtemps, n'est-ce pas. C'est
Blanc qui m'a retenu, à cause d'un bon de poste....

Georges lui avait arraché la dépêche et fébrilement faisait sauter cette petite bande, sur laquelle on
lit ces mots : « à déchirer » et dont la vue bien souvent fait froid au cœur. Ses mains tremblaient, ses
yeux étaient troubles ; ils eut du mal à lire : *Ma-*

dame Castigny, *morte à une heure ; inhumation
lundi matin.*

Certes Georges aimait et respectait cette pauvre
femme qu'il avait toujours vue souffrir avec tant de
courage et de patience ; qui en maintes circonstances s'était montrée pour lui affectueuse et bonne ;
certes il admirait ses manières distinguées, son jugement si droit et si sain, son grand talent ; certes
il éprouvait une véritable douleur à la pensée qu'il
ne la verrait plus, mais un instant, il avait eu
une telle inquiétude au sujet de son père et de Drichette, les deux êtres qu'il chérissait le plus au
monde, que son chagrin en fut diminué d'autant.

Néanmoins, cet apaisement ne dura guère ; tout
aussitôt, il songea au désespoir de la pauvre petite
Drichette, que la mort de sa mère laissait seule au
monde. Hélas ! que va-t-elle devenir ? murmura-
t-il.

Il restait debout à la même place, si pâle, la figure si bouleversée, que les camarades le regardaient curieusement et que l'un d'eux se hasarda à
lui demander en désignant le sinistre papier bleu...
« Il n'est pas arrivé malheur chez toi ? »

— Non... si...

Il n'avait pas absolument conscience de ce qu'il
disait ; une idée venait de germer dans son cerveau
et s'y affermissait de seconde en seconde. Il voulait partir à Manneville pour consoler Drichette.

Mais c'était chose si dure et si compliquée d'obtenir une permission au lendemain d'un congé, que ses camarades Pennetier et Martigues, à qui il en parla, le découragèrent aussitôt. « Tu n'y arriveras jamais, mon pauvre ami ».

Mais Georges avait son projet tellement à cœur qu'il ne voulait l'abandonner que devant une impossibilé absolue. Après quelques minutes de réflexion : « Ma foi tant pis, dit-il très résolu, je vais trouver le major ».

Le major du régiment, de dix ans plus âgé que Georges était un ancien élève du collège de Honfleur; Georges et lui avaient même été un peu condisciples, seulement l'un portait sa première tunique pendant que l'autre usait sa dernière. N'importe, le médecin avait fort bien accueilli son jeune compatriote et lui avait offert son crédit, autant du moins que la justice et l'équité militaires le permettaient. Il faut avouer d'ailleurs que Georges n'était pas un protégé bien tourmentant, puisque sept mois s'étaient écoulés sans que jamais il ait eu recours au bienveillant médecin.

Précisément parce qu'il n'avait encore rien demandé, le major se montra tout disposé à lui rendre service, il était facile de voir à la figure désolée du soldat qu'il ne s'agissait pas d'une partie de plaisir.

— Faites votre demande régulièrement et le plus

tôt possible, dit le médecin, je vais voir le colonel
à deux heures, je me charge de l'appuyer et de la
faire appuyer.

A deux heures, le major se rendit chez le colonel
dont l'unique enfant, une charmante fillette de dix
ans, relevait d'une longue et dangereuse maladie.
Après l'examen médical, et quelques propos échan-
gés sur des lieux communs, le docteur exposa sa
requête à l'officier supérieur qui commença par
jeter feu et flammes sur les hommes en général, et
sur les volontaires en particulier. « Ces gaillards-là
n'ont jamais assez de permissions », criait-il furieux.

La petite malade s'était bouché les oreilles.

— Papa, papa, supplia-t-elle ne sois pas méchant,
cela me fait peur quand tu parles si fort.

Le colonel, subitement calmé. s'approcha de sa
petite fille pour lui faire bien voir qu'il n'était plus
« méchant ».

— C'est votre faute aussi, major, pourquoi venez-
vous me parler des affaires de service devant cette
enfant ?

Le major ne répondit pas ; il savait bien, lui,
pourquoi il avait fait sa demande devant la bonne
et compatissante Renée. Il échangea avec elle un
coup d'œil que le colonel ne saisit pas.

— Il ne faut pas être dur avec les pauvres soldats
papa, reprit la petite fille d'une voix très douce.

Songe donc, moi qui viens d'être si malade, si j'é-
tais morte pendant les grandes manœuvres, et que
tu n'aies pas pu...

— Tais-toi, tais-toi, interrompit l'officier chez
qui les paroles de l'enfant ravivaient de mortelles
inquiétudes. Major, votre homme aura sa permission... si toutefois, ajouta-t-il pour corriger ce
qu'il regardait comme une faiblesse, vous pouvez
m'affirmer que ce n'est pas un farceur.

— Je vous en donne ma parole. Merci colonel;
merci mademoiselle Renée; vous êtes le bon ange
du régiment.

A six heures, Georges, dont l'impatience crois-
sait de minute en minute, tenait entre ses mains
une permission de huit jours. L'express de Paris
partait à 8 heures 50; il n'avait que le temps d'envoyer un télégramme à son père et de filer dare
dare au chemin de fer où il n'arriva que juste à
temps.

Ce ne fut que lorsqu'il se trouva installé dans le
wagon et bien sûr de partir, qu'il se ressouvint de
la lettre que le vaguemestre lui avait remise le
matin en même temps que la dépêche. Il avait été
si anxieux, si agité que jusque-là, il n'avait pas
songé à l'ouvrir.

« Mon cher enfant, écrivait le fermier, notre
» bonne amie, madame Castagny est bien malade.

» Le docteur, que je viens de reconduire à la ville,
» la trouve dans un état très grave et désespère
» presque de la sauver. Elle a eu une fraîcheur et
» son rhumatisme a gagné le cerveau ; voilà bien
» une quinzaine, d'ailleurs, qu'elle était beaucoup
» plus souffrante. Elle t'a demandé plusieurs fois
» et je crois bien qu'elle s'est vue mourir ; mais,
» depuis hier soir, elle n'a plus aucune connais-
» sance. Je n'ose pas te dire de venir, je sais bien
» que dans l'état militaire, on ne fait pas comme
» on veut, mais si tu pouvais obtenir une permis-
» sion, tu ferais une bonne action en venant la
» voir ; le médecin dit qu'elle peut encore recou-
» vrer ses idées avant de mourir. Je n'ai pas be-
» soin de te parler du désespoir de la pauvre petite
» Drichette, tu te le figures aisément,

      » A bientôt, mon Georges, je t'embrasse bien
» affectueusement et bien tristement. »

                          Ton père qui t'aime,

                          FRANÇOIS VALIENNE.

Manneville-la-Raoult, le 2 juin.

Les larmes du jeune homme coulèrent abon-
dantes ; il se sentait un cruel remords de n'avoir
point employé son congé à aller à Manneville.
« Faut-il que la pauvre femme m'ait appelé en
vain ! » se répétait-il désespérément. Pourtant, à

la longue, la réflexion lui vint que de toute manière il serait arrivé trop tard, puisque la dépêche annonçant la mort était venue presque en même temps que la lettre. Il passa tout le temps du voyage en ces tristes pensées, rendues plus tristes encore par la perspective de perdre aussi Drichette. « Elle ne peut pas rester toute seule au Routeux, se disait-il avec raison ; il va venir quelque parent, quelque tuteur pour l'emmener ; et elle quittera Manneville juste au moment où j'y reviendrai définitivement.

Malheureusement, il eut du temps de reste pour songer et pleurer, car le voyage fut long ; les trains ne concordaient pas ; pendant cinq heures de nuit, il battit le pavé de Paris qu'il connaissait à peine, et ce ne fut que le lendemain à 2 heures 58 qu'il arriva à Honfleur,

Le père Valienne attendait son garçon à la gare, il lui trouva mauvaise mine, l'air si bas qu'il en fut effrayé.

— Tu n'es pas malade, au moins ?

— Non, père, un peu fatigué seulement.

— Tu n'as pas mangé depuis ton départ, je suis sûr, entrons au Cheval Blanc, tu déjeuneras.

— Non, père, je t'en prie, partons tout de suite, c'est l'impatience qui me rend malade. D'ailleurs, j'ai pris une tasse de café à Paris.

Le brave homme, voyant combien Georges était

agité, mena rondement Fifille qui, du reste, ne se
fit point prier et monta toute la côte d'Equainville
au grand trot. Le soldat ne voulut même pas
entrer à la ferme ; arrivé à la charrière, il sauta
de voiture et descendit au Routeux, sans même secouer la poussière du voyage.

Oh ! que la maison lui parut triste depuis que la
mort y était entrée !

Les deux Drieu étaient là : Louise, que son
grand chagrin lui-même ne pouvait contraindre à
rester inactive, repassait silencieusement du
linge, ne s'arrêtant que pour essuyer de grosses
larmes qui, de temps en temps, coulaient malgré
elle. Henri, qui était accouru à la première nouvelle, se promenait de long en large, les mains
dans les poches, la tête enfoncée dans les épaules,
désespéré, lui aussi, de la perte d'une si excellente
amie.

Georges fut un peu désappointé de le trouver là
Ainsi, ces consolations, ces tendres soins qu'il re-
grettait tant de n'avoir pas pu donner à la jeune
fille, c'était Henri qui les lui avait prodigués. Le
petit sentiment de jalousie qui germait au fond de
son cœur se fit jour, d'autant plus facilement que,
en dépit de sa douleur, il ne put s'empêcher de
constater combien son ancien camarade avait
changé à son avantage. Le petit paysan en blouse
et en souliers ferrés, était loin : jamais on ne l'au-

rait reconnu dans ce charmant jeune homme de dix-huit ans, aux manières si aisées que l'artilleur se sentit gauche auprès de lui.

Henri vint à lui, la main tendue, sans arrière-pensée, et d'une voix basse et émue : « Drichette a été bien désolée que tu ne sois pas là ; madame Castagny t'a demandé avec insistance, il paraît. Moi aussi, je suis arrivé trop tard ; elle ne m'a pas reconnu. Madame Javelin est venue avec Suzanne ; elles voulaient emmener Drichette aux Margue-rites...

— Où est-elle ? demanda Georges.

— Ici, dans la chambre, avec Marie qui essaie de lui faire entendre raison ; elle ne veut pas man-ger.

Le jeune homme entra dans la pièce où Dri-chette, dans sa robe noire d'orpheline, se tenait appuyée sur le lit où sa mère avait rendu le dernier soupir.

Il s'approcha d'elle et mettant doucement la main sur son épaule :

— Drichette ! prononça-t-il à son oreille.

La pauvre petite releva vivement la tête et poussa une exclamation en apercevant son ami.

— Georges ! Georges ! c'est toi ! Ah ! il me semble que je ne suis plus si seule !

Et longtemps, bien longtemps elle pleura sur l'épaule du jeune homme que son cri avait ému jusqu'au fond du cœur. Lui, essayait par de douces paroles, non pas de la consoler, il savait bien que c'était impossible, mais tout au moins d'apaiser son chagrin. Il finit par la décider à prendre un peu de nourriture et partagea avec elle, le léger repas que Louise se hâta de préparer. Alors Henri fit ses adieux.

— Je m'en vais plus tranquille, maintenant que je te sais là. J'avais de la peine à partir, la laissant seule jusqu'à l'arrivée de sa grand-mère.

Georges fut un peu honteux de voir combien son camarade lui était supérieur sous certains rapports. Cette mesquine jalousie qui le rendait si malheureux, Henri l'ignorait complètement.

— Tu retournes à Paris, demanda le jeune Valienne, devenu plus cordial depuis qu'il savait que l'autre s'en allait.

— Oui, ce soir même ; on est parti à la hâte quand on a su la triste nouvelle ; les préparatifs n'étaient pas entièrement faits. Il y a des soins à donner à la serre et au jardin avant le départ définitif : Suzanne aime tant ses fleurs !

Quand Drichette se trouva seule avec Georges, elle l'emmena au cimetière, et là, près de la tombe, couverte de fleurs fraîches-cueillies, elle voulut tout lui raconter de la dernière maladie et de la mort de sa mère. Bien des fois, la voyant pleurer si fort, il voulut l'arrêter. « Non, non, dit-elle,

laisse-moi te dire tout ; après cela, je n'en parlerai
plus, j'enfermerai tous mes souvenirs au fond de
mon cœur. Mais, avant, je veux que tu saches
comme elle a pensé à toi et comme elle t'a appelé. »

XVIII

EN AUVERGNE

« Mon cher Henri,

« Je viens tenir la promesse que je t'ai faite
» avant ton départ, de te donner des nouvelles de
» Drichette. Sa grand'mère est arrivée il y a trois
» jours, et, pour dire la vérité, au premier abord,
» elle ne m'a pas inspiré beaucoup de sympathie.

» J'étais sur la route, m'apprêtant à descendre
» au Routeux, quand je vois s'arrêter une voiture ;
» et presque aussitôt, une dame d'un certain âge,
» habillée tout en noir, sortir sa tête hors de la
» capote.

— » Pardon, monsieur, me dit-elle, (d'un air
» excessivement poli et agréable il est vrai,
» c'est bien au bas de ce chemin que demeure
» mademoiselle Andrée Castagny ?

» Sur le moment, je suis resté un peu inter-

» loqué ; (je n'ai pas l'habitude de l'entendre ap-
» peler Andrée) et j'ai répondu niaisement :

— » Drichette ? oui, madame, parfaitement.

— » Vous connaissez ma petite-fille, monsieur ?

— » Oui, madame.

— » En ce cas, si vous voulez bien me servir
» de guide, je renverrai la voiture et j'achèverai
» la route à pied : le chemin n'a pas l'air trop pra-
» ticable.

— » Oh ! mad.... ! les voitures peuvent le des-
» cendre ; seulement, on est un peu cahoté.

— » Oui, et voilà : je ne tiens pas à être cahotée
» d'avantage. J'arrive directement de Toulouse, et
» j'ai assez de mes quinze heures de chemin de fer.

» Elle avait des manières si aisées, la parole si
» facile que je restais stupide, ne trouvant pas un
» mot à lui répondre. Une fois au Routeux, d'ail-
» leurs, je me suis esquivé, sans même dire bon-
» jour à Drichette.

» Maintenant, je suis un peu revenu de ma pre-
» mière impression. La grand'mère n'est pas aussi
» dépourvue de cœur que je l'avais cru tout d'a-
» bord. Sans être aussi tendre que l'était madame
» Castagny, elle se montre bonne et affectueuse
» pour sa petite-fille ; mais elle parle et elle agit
» toujours avec autant de calme et de tranquillité,
» que si la pauvre petite ne venait pas d'être frap-
» pée du plus épouvantable malheur.

» Et pourtant, elle a certainement du chagrin
» de la mort de sa fille, puisque, hier matin, je l'ai
» trouvée seule au cimetière, à genoux sur la
» tombe de madame Castagny, et pleurant amère-
» ment. Sans que je me sois permis de lui de-
» mander aucune espèce d'explications sur sa ma-
» nière d'agir, elle m'a spontanément déclaré,
» que, le mal étant sans remède, il est absolument
» inutile d'entretenir la fillette dans des idées
» tristes, et que même elle ferait tout son possible
» pour l'en distraire.

» Je crois qu'elle a l'intention de l'emmener, je
» ne sais où, passer le reste de l'été. Quant à Dri-
» chette, tu sais combien elle est docile, elle se
» laisse faire sans protester, mais je suis sûr qu'elle
» aurait mieux aimé rester à Manneville. D'un au-
» tre côté, elle a parfois de tels accès de désespoir
» qu'il est préférable, je crois, qu'elle change d'air
» et de place.

» Au revoir, mon cher Henri, je pars après-
» demain pour Douai et j'espère te voir en passant
» à Paris. Drichette t'envoie ses amitiés et Louise
» me charge de te dire qu'elle t'embrasse bien.
» Quelle bonne fille que ta sœur ! si dévouée, si
» prévenante !

» Je te serre cordialement la main,

» GEORGES VALIENNE. »

Georges ne se trompait pas en disant que la grand'mère s'était prise d'une grande affection pour l'enfant dont elle était désormais l'unique soutien ; et peut-être au fond de ce subit attachement y avait-il un peu de remords. Madame Herbelot sentait, un peu tardivement, hélas ! qu'elle avait bien négligé sa fille pour son fils. Non pas qu'elle n'eût toujours conservé avec le jeune ménage Castagny les rapports les plus affectueux, mais son temps, ses soins, son dévoûment, avaient exclusivement appartenu à Pierre, son dernier né. Quand le jeune peintre avait manifesté le désir de voyager en Afrique, elle avait voulu l'accompagner, sans que ni la mort de son gendre, ni la maladie de sa fille, survenues à ce moment aient pu la retenir en France. C'est tout au plus si le départ avait été un peu retardé ; elle et son fils avaient amené en Normandie la malade à peine remise, et, après une installation des plus sommaires, lui avaient dit adieu, sans songer que la pauvre femme si éprouvée avait plus que personne, besoin de tendresse et de soins.

Après une tournée de quatre ans à travers l'Algérie, la Tunisie, la Tripolitaine et l'Egypte, elle était revenue avec la ferme intention de consacrer un peu de son temps à la délaissée. Puis, elle en avait été détournée par un grave événement qui devait totalement changer son existence. Pierre s'était marié, et ce n'était pas au moment de se séparer de son fils chéri qu'elle pouvait l'abandonner, même un seul jour. D'ailleurs, le mariage s'était décidé si vite qu'elle avait dû hâter les préparatifs, du moins, en ce qui la concernait. Trop sensée pour laisser voir à sa future belle-fille, l'amer chagrin qu'elle éprouvait en songeant à une séparation prochaine, elle s'était, au contraire, acquittée de sa tâche avec beaucoup d'empressement et de bonne grâce.

Les jeunes mariés avaient fait, au Routeux, une courte apparition pendant laquelle Drichette s'était prise d'une vive amitié pour sa nouvelle tante, puis étaient partis pour l'Espagne ; madame Herbelot les avait accompagnés jusqu'à Toulouse où elle devait passer quelques jours chez une vieille amie à elle, et c'est dans cette dernière ville que la dépêche annonçant la maladie puis la mort inattendue de sa fille était venue la trouver après pas mal de crochets et d'allées et venues.

Au regret qu'elle éprouvait de s'être montrée indifférente pour sa pauvre Jeanne, se mêlait une sorte de honte à l'idée que des étrangers, qui l'avaient déjà tirée de la détresse et de l'abandon, l'avaient encore assistée à ses derniers moments. Joint à cela l'isolement où la laissait le départ de son fils, elle était tout juste dans la disposition d'esprit qu'il fallait pour accueillir Drichette avec toute l'affection et le dévoûment dont elle était capable.

Madame Herbelot avait songé à part elle, que le séjour de Manneville était, du moins momentanément, mauvais pour sa petite fille ; et, sans rien dire, elle avait cherché dans sa tête où elle allait l'emmèner pour passer une partie de l'été.

A Toulouse ? son amie était trop âgée, puis souffrante, chagrine... ; ce n'est pas cela qui remettrait la petite. Il y avait bien la famille Tergerat qui possédait à Myennes, tout près de Cosne, une vaste et belle propriété sur les bords de la Loire. Madame Tergerat avait été une amie d'enfance de Jeanne Herbelot ; et, bien que les circonstances les eussent un peu séparées, elles n'avaient jamais cessé d'échanger une affectueuse correspondance. Oh ! là, sans doute, Andrée serait reçue à bras ouverts, et bien aimée, bien choyée... Seulement, les Tergerat n'avaient que des garçons, trois grands lycéens, très amateurs de gymnastique, d'escrime, d'équitation de natation, de tous les exercices violents en un mot, écrivait leur mère ; ce n'était pas encore la société qui convenait à la fillette. L'emmener aux eaux ou aux bains de mer, au milieu des fêtes, c'était rendre sa peine plus amère encore par le contraste avec la joie des autres. Quant à aller s'installer dans une campagne quelconque tranquille et isolée, il n'y fallait pas songer, la petite

s'ennuierait mortellement, en tête à tête avec elle
qui n'avait pas lieu d'être gaie... Autant rester au
Routeux, alors.

Et bien, et la famille Montjean de Clermont!
comment n'y avait-elle pas songé plus tôt? N'y avait-
il pas là trois charmantes jeunes filles, dont deux
à peu près de l'âge d'Andrée ? Il est vrai que depuis
sept ou huit ans, elle les avait un peu perdus de
vue, mais n'importe, Montjean devait être resté le
bon et cordial garçon qu'elle avait toujours connu.
Elle le voyait encore dans son uniforme de Bar-
biste, venant passer ses jours de congé, dans leur
petite maison d'Auteuil et se prêtant avec une con-
tinuelle bonne grâce aux fantaisies de la petite
Jeanne Herbelot, de quelques années plus jeune
que lui. C'était décidé : grand'mère allait écrire à
Montjean.

La lettre partie, elle attendit la réponse avec
anxiété. Qui sait s'il n'était rien arrivé de fâcheux
à ses amis ? il se fait tant de changements en sept
ans ! elle le savait bien par elle-même, grand Dieu!

Mais heureusement, la réponse arriva charmante
et affectueuse, au delà de ce qu'on pouvait espérer
Madame Montjean avait même tenu à y joindre un
petit mot pour Drichette qu'elle ne connaissait pas,
lui disant bien que, pendant son séjour en Auvergne, elle et ses filles feraient tout leur possible pour
adoucir son chagrin.

—Vite Andrée, dit madame Herbelot, prépare tes malles ; nous ne ferons que passer à Paris ; on nous attend à Clermont.

La jeune fille resta un peu stupéfaite, elle n'était pas encore habituée aux brusques décisions de sa grand'mère.

On résolut de laisser le Routeux à la garde de Louise, sous le contrôle des Villain ; Léon devait spécialement s'occuper du jardin et du verger, l'intention de Drichette étant de venir tous les ans passer l'été à Manneville.

Tous ceux qui connaissaient la jeune fille, la virent s'éloigner avec peine ; elle aussi avait regret de quitter tous ces braves gens dont elle se sentait aimée ; de part et d'autre, les adieux furent tristes.

—Allons, pensa grand'mère, il est temps que j'emmène l'enfant pour la distraire. Elle est trop sensible, cette petite ; elle serait tombée malade ici.

Maintenant, elles sont toutes deux à Royat à la villa des Grès : de sa jolie chambre aux meubles laqués blanc et bleu, aux tentures Pompadour, Drichette plonge sur un échelonnement de cottages, de châlets suisses, de maisons italiennes, qui semblent vouloir escalader la montagne. Le jardin des Grès, fait de terrasses superposées, est superbe, et si vaste qu'on y rencontre un échantillon de tou-

tes les cultures. Là-bas, au fond, c'est une belle
vigne fraîche et verte, si feuillue qu'on n'aperçoit
plus les échalas ; plus loin, un véritable petit verger normand, avec ses arbres de plein vent et son
herbe bien drue, émaillée de fleurettes ; le long
des murs, de splendides espaliers, la gloire du jardinier des Grès ; par ici un plant d'abricotiers, l'arbre
auvergnat par excellence, dont les fruits énormes
commencent à se dorer au soleil ; et ce minuscule
champ d'orge et de sarrasin, dont le produit est
destiné aux nombreux volatiles de la basse-cour ;
et le parterre disposé avec tant de goût et rempli
des fleurs les plus diverses ; et les grands arbres de
toutes sortes : lilas, marronniers, acacias, qui bordent les terrasses ; et la serre, qu'une belle gerbe
d'eau, s'élançant d'un bassin de marbre, vient continuellement rafraîchir ; que sais-je ? C'est le pa-
radis terrestre que la villa des Grès.

Mais ce qui pour Drichette rend le séjour de Royat plus charmant encore, c'est la tendresse et les
soins délicats dont elle est l'objet : chacun semble prendre à tâche de lui faire oublier son chagrin.

M. Montjean, dès que ses occupations le
lui permettent, fait atteler au grand break, deux
chevaux vigoureux et dociles, comme il convient
pour ces chemins assez dangereux à parcourir, et
il emmène tout la jeunesse faire une excursion dans
la montagne. Parfois même, on emporte le déjeu-

ner et on va jusqu'à Volvic, ou même au château de Tournoël, une ruine magnifique, dont les charmantes Auvergnates font les honneurs à leur amie. Quand les chevaux redescendent au grand trot la route en lacet qui ramène à Clermont, Andrée se sent un petit frisson ; et, aux tournants plus rapides, ferme les yeux pour ne pas voir autour d'elle, mais Anne et Germaine n'ont pas peur : elles ont été élevées dans la montagne et, depuis longtemps, sont familiarisées avec les précipices et les fondrières ; elles rassurent Drichette. Mademoiselle Marcelle, une petite gâtée de dix ans, fine comme une mouche, s'en mêle également. « N'ayez pas peur, Andrée, dit-elle d'un air entendu ; il n'y a aucun danger quand c'est papa qui conduit : papa est très prudent et très habile. »

Quelquefois aussi Drichette descend à Clermont avec madame Montjean, et l'accompagne dans les différents magasins où elle se rend pour faire des emplettes, et encore chez les personnes où elle va faire des visites ; partout la jeune fille est accueillie avec bienveillance : son deuil d'orpheline lui donne droit à la sympathie de tous. Et puis, il faut le dire, en Auvergne, on est généralement affable et cordial.

Si l'on reste aux Grès, c'est à qui se montrera empressé auprès de Drichette. Germaine lui fait visiter les moindres coins du jardin dont elle s'occupe

beaucoup; toutes deux, armées d'un mignon séca-
teur, un léger panier au bras, cueillent des brassées
de fleurs dont elles ornent toutes les corbeilles, tous
les vases, toutes les jardinières de la villa. Anne
l'emmène à la basse-cour; une belle basse-cour avec
son aire soigneusement sablée, son poulailler clair
et propre, son pigeonnier tout blanc. Anne est à
peine entrée que tout un petit monde de volailles
l'entoure, gloussant, piaulant, roucoulant : si Germaine aime les fleurs, Anne aime non moins les
bêtes. Un jour, son petit frère Charles, qui n'a que
huit ans, a cru lui faire un très beau compliment en
lui disant avec conviction : '« Anne, tu es certainement la plus grande *bêtière* que je connaisse. » Anne
a ri ; elle a bon caractère la grande sœur.

Marcelle et Charles, les *deux petits* ont à eux un
coin, qu'ils appellent pompeusement *leur ferme* :
il y a de tout dans cette ferme, jusqu'à un champ
de pommes de terre. Un jour, M. Montjean, qui
entend toujours parler du fameux champ, a demandé très sérieusement « Et, combien y-a-t-il de
pommes de terre dans votre champ ? au moins
vingt, n'est-ce pas ? » Charles a été indigné.
« Vingt, papa ! nous en avons plus de cent ! » Papa
ne s'est pas déridé. « Tiens, tiens, voyez-vous
cela ? Il va falloir alors préparer les sacs pour
la récolte. » Le petit garçon n'était pas bien sûr
que son papa ne se moquât pas de lui ; mais

sa sœur, la rusée, n'en a pas douté un seul instant ; elle a pris un air très-digne. « *On* méprise notre ferme, *on* est pourtant bien aise que nous vendions de temps en temps un lapin et des légumes pour la cuisine. » Il y avait dans l'accent de la petite fille, un profond dédain pour ce *on* qui ne savait pas apprécier la ferme à sa juste valeur.

Ce n'est qu'en apparence, d'ailleurs, que l'on rit des prétentions des deux petits : les parents et les grandes sœurs savent bien que s'ils vendent leurs produits un peu cher, l'argent qu'ils en retirent est en partie destiné aux pauvres ; ils sont si heureux, les charmants enfants, de porter de gros paquets de vêtements à l'asile de Clermont et à celui de Royat. Anne et Germaine, deux travailleuses zélées, consacrent leur aiguille à faire des layettes aux poupons du pays, quand elles ne s'occupent pas à ces jolis ouvrages de broderie qui font l'admiration de Drichette.

Dans ce milieu paisible et familial, le chagrin de l'orpheline s'adoucit peu à peu ; grand'mère, elle-même, sent ses ennuis se dissiper. Chaque jour, elle s'attache davantage à sa petite-fille dont elle apprécie les charmantes et solides qualités. Elle songe que l'hiver aurait été bien triste pour elle, si Andrée n'était venue en rompre la monotonie, et elle se promet de lui rendre la vie aussi douce, aussi agréable que possible.

20.

On est venu en Auvergne pour six semaines
environ, on y est resté quatre mois ; encore, ces
quatre mois ont-ils passé trop vite au gré des
jeunes filles qui sont devenues de grandes amies.
Mesdemoiselles Montjean sont de trois ou quatre
ans plus âgées que Drichette, mais Drichette est
plus raisonnable qu'on ne l'est ordinairement à son
âge ; la vie sérieuse et retirée à laquelle l'ont obligée les circonstances, a mûri de bonne heure
son esprit, et bien des fois, c'est elle qui paraît
l'aînée.

Aussi, quand il faut songer à faire ses adieux, il
y a des pleurs de versés ; les larmes des jeunes
filles coulent facilement ; heureusement qu'elles se
sèchent non moins facilement.

— Vous ne nous oublierez pas, Andrée ? demande
Anne : vous viendrez à mon mariage ? promettez-le
moi.

Mademoiselle Anne est fiancée au lieutenant
Vandel, qui doit revenir du Sénégal dans quelques
mois, avec les épaulettes de capitaine.

— Oui, Anne, oui certainement ; et au mariage
de Germaine, aussi.

Mademoiselle Germaine rougit. Pour elle, il
n'est encore question de rien, du moins officielle-
ment ; mais il y a un jeune ingénieur de Clermont
qui vient bien souvent aux Grès, et Drichette pense
bien que ce n'est pas uniquement pour admirer la

collection de bégonias dont la jeune fille est si glorieuse.

Et, séance tenante, on convient aussi qu'Andrée viendra faire son voyages de noces en Auvergne.

— L'Auvergne est le plus beau pays du monde, prononce sentencieusement Marcelle.

— La Normandie est bien belle aussi, riposte Drichette avec vivacité.

— Vous n'avez pas la montagne, en Normandie.

— Non, mais nous avons de jolies collines et de belles vallées. Et puis, nous avons la mer.

Marcelle ouvre la bouche pour répondre puis la referme sans rien dire. « Je ne veux pas la contrarier, murmurait l'excellente petite fille, parce qu'elle n'a plus de maman ; mais la montagne est plus belle que la mer. »

La voiture est attelée depuis longtemps ; les chevaux piaffent d'impatience.

— Vite, mes enfants, dit grand'mère, terminez vos adieux ; nous n'avons que le temps de descendre à Clermont pour prendre le train.

Madame Montjean veut être la dernière, à embrasser l'orpheline ; elle la serre sur sa poitrine d'une longue et affectueuse étreinte. Son cœur de mère est si plein de tendresse, que ses quatre enfants ne parviennent pas à l'épuiser ; il y en a toujours un peu de reste pour les petits des autres.

XIX

LE DINER DE MADAME COURTOIS

Novembre est venu avec ses brouillards et ses pluies glacées ; il a fallu rentrer à Paris après six semaines passées au Routeux au retour de l'Auvergne. Drichette a reculé autant que possible le jour du départ. Pourtant il a bien fallu se décider : l'air était devenu humide et froid et grand'mère s'effrayait à l'idée de passer l'hiver à la campagne qu'elle trouvait horriblement triste.

Et puis, il y avait une raison qui primait toutes les autres ; Andrée avait quinze ans et demi, et son instruction était loin d'être complète Sans doute, elle n'était pas absolument ignorante, elle savait même beaucoup de choses, mais tout cela était un peu confus dans sa tête. Sa mère avait fait tout ce qui était en son pouvoir ; seulement, il faut avoir l'habitude de l'enseignement pour bourrer méthodiquement ces petites cervelles, y placer tout ce qu'il faut, mais n'y mettre que cela pour ne pas trop les fatiguer.

Grand'mère avait pris l'enfant par son côté faible. Une fois à Paris, je te ferai donner des leçons de musique très sérieuses, puisque tu as des dispositions, avait-elle dit. Sous ce rapport aussi, Drichette avait besoin d'être guidée, elle avait travaillé un peu à l'aventure. Anne Montjean, une excellente musicienne, disait qu'elle y avait gagné un jeu original, mais elle sentait bien que depuis longtemps déjà, elle ne faisait que piétiner sur place sans avancer d'un pas, et elle avait grande envie de faire des progrès. Le séjour en Auvergne avait eu cela de bon pour elle, que, se trouvant en contact avec des jeunes filles fort instruites, elle avait eu conscience de l'imperfection de ses études et avait senti la nécessité d'un travail suivi.

A Paris on s'était trouvé avoir beaucoup d'occupations; il avait fallu trouver un appartement, déménager et emménager. Quand madame Herbelot était avec son fils, ils occupaient, avenue de Friedland, un petit pavillon entre cour et jardin, où l'artiste avait son atelier. Il ne fallait pas songer à garder ce pavillon où, seule avec sa petite fille et une bonne, grand'mère serait morte de peur. D'ailleurs, l'atelier était devenu inutile puisque Pierre n'était plus là.

— Vois-tu, petite, dit la bonne dame, nous allons chercher un appartement pas trop grand, mais gai, coquet, confortable, où il fera chaud et où l'on aura tout sous la main. Dans ce damné pavillon on usait d'énormes quantités de bois et de charbon, et il faisait toujours froid à cause de l'escalier et des vitrages. Et puis, toujours monter, descendre, descendre, monter, c'est fatigant et cela complique énormément le service. Nous allons nous hâter de faire notre emménagement, et pour cela je compte beaucoup sur toi : tu es rangeuse et ordonnée comme ta mère ; vous aviez très bien tiré parti de cette chaumière normande qui a un nom si singulier. Quand notre installation sera terminée, nous ferons nos visites, et Dieu sait si j'en ai à rendre ! puis tu commenceras tes leçons. Va, tu ne t'ennuieras pas trop, ma chérie, tu verras.

Non, Drichette ne s'ennuyait pas, elle était heureuse de reprendre possession de ce Paris où elle avait été élevée et qu'elle aimait ; ensuite elle avait fort à faire. Grand-mère lui avait presque abandonné la direction du ménage et ce n'était pas une petite besogne que de mettre au courant du service, Bertine, une grande Auvergnate, taillée comme un dragon, douce comme un agneau, mais d'une intelligence un peu rudimentaire. La jeune fille apportait une patience infinie à la former, répétant dix fois les mêmes choses sans jamais se fâcher, mettant elle-même la main à la pâte quand il en était besoin ; Bertine s'était vite attachée à sa jeune maîtresse et faisait tous ses efforts pour la contenter.

L'appartement que Drichette et sa grand'mère occupent rue de Courcelles réunit tous les agréments et toutes les commodités, du moins au dire du propriétaire et de la concierge. Les pièces sont petites, mais nombreuses et bien disposées ; le quartier est animé sans être bruyant ; du balcon on aperçoit les grands arbres du parc Monceau ; par derrière, la vue plonge sur un beau jardin, comme il s'en trouve encore aux Batignolles. La maison est bien tenue ; à la porte, on a des omnibus et des tramways pour toutes les directions, sans compter le chemin de fer de ceinture dont une gare se trouve à deux pas... Raisonnablement, on ne peut pas désirer mieux.

Drichette a demandé à sa grand'mère que la première visite fût pour madame Javelin, et grand'mère a, de bonne grâce, acquiescé à son désir. Si elles ont été bien reçues, avenue Frochot, ce n'est pas à demander. Madame Javelin et Henri ont trouvé la jeune fille très changée à son avantage. Est-ce à cause de sa toilette qui est plus soignée tout en restant très simple ? le fait est qu'elle a maintenant tout à fait l'air d'une demoiselle.

Elle aussi trouve que Henri a encore gagné depuis qu'elle ne l'a vu : de taille moyenne, mais élancé, les cheveux bien plantés dégageant le front et les tempes, les yeux intelligents et gais, la bouche très fraîche, ombragée d'une petite moustache brune, la tenue correcte; sans être d'une beauté frappante, il est certainement d'aspect fort agréable.

Ne voilà-t-il pas que tout en bavardant, M. Charlemaine et grand'mère s'aperçoivent qu'ils ont plusieurs amis communs, c'est même étonnant qu'ils ne se soient pas rencontrés plus tôt. Et puis, autre découverte intéressante : Madame Herbelot joue le boston de Lorient, c'est même le jeu qu'elle préfère. Pour le coup, le général est dans la jubilation.

— Avec madame Javelin et Bonnard, s'écrie-t-il transporté, quelles bonnes parties nous allons faire! Bonnard est un excellent joueur, quand sa balle ne le gêne pas trop.

Et bon gré, mal gré, mais plutôt bon gré que mal gré, il faut que la vieille dame promette de venir dîner tous les lundis au petit hôtel de l'avenue Frochot; cela distraira Drichette de passer la soirée avec Henri et Suzanne. Il n'y a pas d'excuse, on reconduira ces dames en voiture, et Roger, qui vient aussi dîner le lundi, profitera du coupé; justement il demeure à deux pas, rue Prony.

Au fond, madame Herbelot n'est pas fâchée de

l'invitation qui lui est faite si cordialement. Comme toutes les personnes qui ont beaucoup sorti, beaucoup voyagé, le coin du feu n'est pas son fait, et elle craint que sa longue absence n'ait détruit pour elle bien des relations. Drichette, tout au contraire, a des goûts casaniers et grand'mère s'est promis de saisir toutes les occasions qui se présenteraient de la secouer un peu.

—- Tiens, Andrée, dit un matin madame Herbelot en tendant une lettre à la jeune fille, lis ceci, c'est de ma plus ancienne amie, madame Courtois. Il y a bientôt quarante ans que nous nous connaissons; tu vois que, de notre temps, les amitiés étaient solides... Ta mère t'a peut-être parlé d'elle; nous avons toujours eu de si bons rapports ensemble !

— Mais, grand'mère, je me rappelle moi-même fort bien madame Courtois; elle demeurait rue du faubourg saint-Honoré, presque au rond-point des Ternes. Dans son antichambre, il y avait un ibis empaillé... elle avait aussi une grosse chatte angora qui s'appelait la *mère Mine*... elle tricotait toujours.

— La mère Mine ?

— Non, grand'mère, madame Courtois. Tu l'appelais Catherine et elle t'appelait Antoinette.

— C'est bien cela, ma fille, tu as bonne mémoire. Et bien, lis sa lettre et tu verras que rien n'est changé chez elle, ni ses sentiments, ni ses habitudes.

« Ma chère Antoinette,

» Certainement, j'ai gardé mon jeudi et je compte
» bien que, vous et votre petite-fille, me ferez l'a-
» mitié de venir chaque semaine prendre part à
» mon modeste dîner. Vous y retrouverez votre
» vieil ami le docteur Limonneau et sa fille Hen-
» riette...

— Ah ! oui, interrompit Drichette, je me rappelle bien mademoiselle Henriette, une demoiselle
un peu vieille et très bonne.

— Comment un peu vieille ? elle a bien à peine
quarante ans.

— Mais, grand'mère, c'est un peu vieux quarante ans.

— Voilà bien la jeunesse. Si on est vieux, à quarante ans, que diras-tu de moi qui en ai cinquante-
cinq et du docteur qui en a soixante-douze.

— Ce n'est pas la même chose, tu n'es plus une
demoiselle, toi, grand'mère.

— Non, ma chérie, il y a longtemps, répartit la
bonne dame avec un joyeux rire. Tu as raison,
Henriette n'a pas voulu se marier ; elle a refusé de
très beaux partis pour ne pas quitter son père, et
elle est depuis longtemps classée dans la catégo-
rie des vieilles filles. Allons continue.

« Pour ce que vous me demandez au sujet des
» leçons d'Andrée, je puis en effet vous recom-

» mander une personne des plus estimables à tous
» les points de vue, c'est Clotilde Abrian, ma
» nièce à la mode de Bretagne, qui a tous ses di-
» plômes et a déjà su se créer une fort jolie posi-
» tion comme institutrice. »

— Cela ne m'étonne pas, interrompit grand'-
mère, elle était fort intelligente cette petite Clotilde.

« Quant au professeur de musique, ses relations
» lui permettront de vous en indiquer un avec plus
» d'assurance que je ne saurais le faire moi-même.
» Au reste, si, comme je l'espère vous acceptez mon
» invitation, faite un peu à la hâte, vous la
» verrez ce soir, elle passe tous les jeudis chez
» moi.

» Donc, ma chère Antoinette, à tantôt, et venez
» de bonne heure.

» Catherine Courtois. »

— Allons, conclut madame Herbelot, voilà encore une bonne soirée par semaine d'assurée. Petit
à petit tu le verras, nous renouerons nos vieilles
amitiés et la vie sera douce. Ah ! par exemple, tu
ne retrouveras pas pas là le luxe et l'élégance qu'on
rencontre chez tes amis de l'avenue Frochot. Du
confortable, mais une grande simplicité. Seulement,
il y aura pour moi cet avantage qu'on te donnera
ton vrai nom, Andrée, que je trouve fort joli. Quand

je t'entends appeler Drichette, il me semble toujours que je vais voir sortir de quelque coin, un
king-Charles ou un bichon. Quand tu étais petite,
passe encore, mais maintenant.

— Papa aimait beaucoup m'appeler ainsi, dit
la jeune fille avec un peu de tristesse, c'est pour
cela que maman en avait conservé l'habitude.

— Et ta maman avait raison ma mignonne, dit
la grand'mère émue. Allons tiens-toi prête, nous
partirons aussitôt après le déjeuner et nous irons
à pied en traversant le parc Monceau, c'est une
belle promenade et il fait un temps superbe. Ce
soir nous referons connaissance avec madame
Courtois et la mère Mine.

Il était quatre heures quand on arriva Faubourg
Saint-Honoré.

— Est-ce possible que voilà madame Herbelot,
s'écria Colastique, la vieille servante, en ouvrant
la porte, vous voilà donc revenue des pays sau-
vages.

Pour Scholastique, on Colastique plutôt, car on
ne l'appelait jamais autrement, madame Herbelot
avait vécu pendant quatre ans au milieu de Peaux-
Rouges ou de Hottentots quelconques, en grand
danger d'être dévorée.

Madame Courtois était assise près de la fenêtre
de son petit salon bien clos, garni de meubles
commodes, un joli feu de bois pétillant dans la

cheminée. Sur ses genoux, était le tricot que le coup de sonnette lui avait fait abandonner ; près d'elle se trouvait une petite table étagère sur laquelle se trouvaient des livres, des journaux et des revues, son étui à lunettes et sa tabatière, un bouquet de violettes et une petite coupe en onyx contenant des bonbons pectoraux.

Les deux amies furent bien heureuses de se revoir, mais, en avançant en âge, on devient peu démonstratif, elles se contentèrent de se serrer la main silencieusement ; pourtant Drichette aurait bien affirmé qu'elle avait vu briller des larmes dans leurs petits yeux de vieilles.

Quand madame Courtois l'eut bien embrassée, l'eut bien appelée « sa chère mignonne », lui eut bien répété qu'elle était tout le portrait de sa mère — et rien ne pouvait rendre la fillette plus heureuse — elle s'avisa que la société des gens âgés n'était guère récréative pour la jeunesse.

— Cette petite va horriblement s'ennuyer avec nous, dit l'indulgente Catherine.

Drichette voulut protester, le fait est qu'il y avait dans cet honnête petit salon, quelque chose de si calme, de si accueillant que la jeune fille s'y sentait toute reposée.

— Non, non, ma chère enfant, reprit la vieille dame, vous dites cela par politesse, mais je ne suis pas assez taquine pour vous prendre au mot.

Elle appuya sur un timbre placé près d'elle. Dans la pièce voisine, on entendait un petit bruit de vaisselle qui s'arrêta aussitôt. La porte s'ouvrit doucement et une jeune fille de vingt-deux à vingt-trois ans parut dans l'embrasure.

— Je n'ai pas besoin de vous présenter les unes aux autres, je pense, dit madame Courtois, vous êtes d'anciennes connaissances. Clotilde, ajouta-t-elle, après une minute consacrée aux souhaits de bienvenue et aux compliments, emmène Andrée avec toi ; vous ferez ensemble votre petit ménage, et nous autres, vieilles personnes, nous ne serons pas fâchées de causer un peu en tête à tête.

Les deux jeunes filles passèrent dans la salle à manger, où Drichette revit le meuble en vieil acajou cerclé de cuivre et la suspension en fer forgé qu'elle y avait toujours vus.

— Voulez-vous retirer votre manteau et votre chapeau ? demanda gentiment Clotilde à Andrée que son long séjour à la campagne avait rendue un peu timide.

Dans l'antichambre, l'ibis était toujours à la même place, sur le bahut de chêne sculpté ; et, du côté de la cuisine, on entendait un *miaou* indiquant que la mère Mine était encore en vie. Clotilde était rentrée au salon prendre la rotonde et la capote de grand'mère qu'elle suspendit avec soin au porte-manteau ; en revenant elle vit le coup d'œil que Drichette jetait autour d'elle, comme pour renouer connaissance avec toutes choses.

— Rien n'est changé, dit-elle avec un bon sourire, ma tante est fidèle à ses vieilles habitudes comme à ses vieilles amitiés.

Il semblait à Drichette qu'elle s'accorderait très bien avec son institutrice; elle lui trouvait l'air très sympathique, très ouvert et pas pédant le moins du monde.

— Si vous voulez venir dans la salle à manger dit mademoiselle Abrian, nous causerons pendant que j'achèverai mes préparatifs... vous pourrez même m'aider un peu, si cela ne vous ennuie pas.

— J'en serai très heureuse au contraire.

— Alors, nous allons revêtir nos insignes, reprit Clotilde en souriant, j'avais ôté mon tablier pour paraître au salon, je vais vous en donner un aussi, n'est-ce pas; on trouve toujours moyen d'attraper de la poussière quand on remue la vaisselle.

Andrée le savait bien; elle était de ces vraies ménagères propres et soigneuses qui « ne savent rien faire sans tablier. »

Mademoiselle Abrian lui en tendit un en fine toile garni d'une jolie broderie, puis un linge spongieux et léger.

— Si vous voulez bien essuyer les verres, dit-elle, pendant que je placerai les assiettes.

C'en était fait, la glace était rompue, les jeunes filles se mirent à babiller comme si elles se connaissaient depuis dix ans,

— Vous devez trouver, disait Clotilde, que je mets mon couvert un peu tôt ; mais, voyez-vous, les convives de ma tante arrivent généralement de bonne heure, surtout en hiver, et dès qu'ils sont là, je ne peux plus rien faire ; il y en a toujours quelqu'un qui a besoin de mes services. Et puis, nous n'avons pas fini ; il nous faut encore préparer le vin et disposer notre dessert : la pauvre Colastique a grandement assez à faire de surveiller son dîner.

Quand le jour commença à tomber, Clotilde alluma les lampes et les appliques du salon, la suspension de la salle à manger, s'occupa du feu des deux pièces, veilla à ce que tout fut prêt. Elle agissait tranquillement, sans bruit, avec méthode et tout était fait, juste au moment qu'il fallait, sans qu'elle parût jamais se hâter.

Puis les convives commencèrent à arriver. Il y eut d'abord le vieux docteur Limonneau et sa fille Henriette, laquelle semblait n'avoir sur terre que deux préoccupations : éviter que son père ne prît froid et retrouver toutes les menues choses qu'il égarait à chaque instant. Ce jour-là, rien que le temps de se débarrasser dans l'antichambre, il avait laissé son mouchoir de poche sur le bahut, un

journal au porte-parapluie et sa canne derrière le
coffre à bois. Et quand sa fille lui eut rapporté
ces trois objets, il s'aperçut qu'il n'avait plus sa tabatière qu'on retrouva entre les pattes de l'ibis.

Il vint ensuite un jeune chef de bureau au
ministère des finances avec sa mère, qui était une
vieille amie de madame Courtois ; c'était une digne
et respectable femme à l'air très aimable, qui, à
tout propos, même quand on ne disait rien,
remuait la tête comme pour dire *oui*, *oui*, avec un
bienveillant sourire. Clotilde apprit à Drichette, un
peu surprise de ces multiples approbations à des
discours imaginaires, que la brave dame était
sourde comme un pot.

Juste au moment de se mettre à table : *ding*, *ding*,
une coup de sonnette à faire trembler les vitres.

— C'est le docteur Leblond, dit Clotilde avec
un soupir de soulagement ; allons, il n'y a rien à
dire, il n'est pas trop en retard aujourd'hui.

Puis entr'ouvrant la porte de la cuisine :

— Quand vous voudrez servir, Colastique, tout
le monde est arrivé.

Le docteur Leblond était un jeune médecin très
gai, très vivant, très bon enfant. Sa femme, une
jolie brune, élégante et distinguée, tendit gracieusement la main à Clotilde.

— Nous ne vous avons pas fait trop attendre ?
demanda-t-elle.

— Non, pas du tout, vous êtes juste à l'heure.

— Cela ne nous arrive pas souvent, dit la jeune femme en riant.

Après le dîner qui fut excellent et très bien servi, on revint au salon où les conversations, un moment interrompues reprirent leur train. Clotilde, toujours calme, préparait les tables de jeu, disposait les lumières pour que chacun en eût sa part. Il semblait à Drichette que madame Leblond, la seule jeune femme de la société ne devait pas s'amuser beaucoup avec toutes ces vieilles gens, pourtant elle écoutait leurs discours surannés avec tant de bonne grâce qu'il était difficile de deviner son ennui, surtout pour les intéressés qui n'en avaient nul soupçon.

Quant au docteur, c'était une autre affaire ; il possédait au suprême degré l'art de se prêter à tous les milieux et à toutes les circonstances. Sans cesse remuant, changeant de place et de conversation avec une admirable facilité, il trouva moyen avant qu'on eût commencé à jouer, de causer du vieux Paris avec madame Courtois, de l'Algérie avec grand'mère, de la Normandie avec Drichette. Puis il traita une question de médecine avec le docteur Limonneau, de finances avec l'employé du ministère. Même il raconta une histoire de chasse au canard sauvage à la vieille dame sourde qui approuvait toujours *oui, oui,* avec un bon sourire de femme indulgente. Le docteur Leblond plaisait beaucoup à Drichette ; elle pensait qu'il devait guérir tous ses malades rien qu'à causer avec eux pendant un quart d'heure.

Mademoiselle Henriette avait disparu : au moment de se mettre à jouer, son père s'était aperçu qu'il n'avait plus sa bourse ; on fut un peu de temps à la retrouver : pendant le repas, le vieux docteur l'avait atteinte sans y songer et l'avait laissée sur la table. Voyons, maintenant, avait-il tout ce qu'il lui fallait ? ses lunettes ? Non, il n'avait pas ses lunettes, mais il se rappelait très bien qu'il les avait mises dans son chapeau. Les lunettes furent retrouvées non pas dans le chapeau, mais sur le tapis où elles avaient glissé. Après grande recommandations de ne plus rien sortir de ses poches, le docteur fut installé dans un coin très chaud, les pieds dans une chancelière et Henriette s'assit près de lui pour parer aux événements.

— J'ai peur que tu ne te sois bien ennuyée, dit madame Herbelot à sa petite-fille quand elles furent rentrées à la maison.

— Non, grand'mère, oh ! non, je t'assure. Pendant que vous jouiez, j'ai causé avec madame Leblond qui est charmante, et puis j'ai été bien contente de faire connaissance avec mademoiselle Clotilde : elle me plaît beaucoup et je sens que j'aimerai beaucoup travailler avec elle.

XX

UN HIVER

Pour Drichette l'hiver s'était écoulé paisible et bien rempli. Elle avait beaucoup travaillé avec mademoiselle Clotilde qui ne l'avait pas trouvée tellement en retard. Puis elle avait suivi les cours de madame Périen, un professeur de musique du Faubourg Saint-Honoré dont la vogue était amplement justifiée par les rapides progrès que faisaient ses élèves. Andrée prenait ses leçons tantôt avec madame Périen, tantôt sa fille Madeleine, une gracieuse brunette de seize ans qui avait déjà obtenu de grands succès au Conservatoire. Les deux fillettes étaient promptement devenues bonnes amies; il y avait entre elles, d'ailleurs, des liens de mutuelle admiration. Si Drichette enviait Madeleine qui jouait si bien du piano; Madeleine avait le plus profond respect pour les talents de ménagère de Drichette.

Tous les lundis, madame Herbelot et sa petite-fille passaient la soirée chez le général. Pendant que les personnes raisonnables faisaient d'interminables parties de boston, la jeunesse prenait possession d'un coin qui lui était réservé et là, faisait de la musique, chantait, riait, babillait... babillait surtout, et quelquefois si fort que le capitaine Bonnard, moins indulgent que les autres, s'écriait : « Sapristi, les enfants, un peu moins de bruit, on ne s'entend pas jouer, seulement. » Sur quoi, Roger Guettry, toujours un peu railleur, faisait la réflexion que « Monsieur Bonnard n'avait pas la balle endurante. »

Henri continuait à faire de la peinture ; et, bien que ni les éloges ni les encouragements ne lui fussent prodigués, il savait que son professeur était content et cela lui suffisait. Madame Rougeron, une bonne grosse Flamande, toute ronde au moral et au physique, lui disait quelquefois quand elle se trouvait seule avec lui : « Pour une fois, le maître a dit que ça va bien, savez-vous. » Henri était alors si heureux qu'il aurait embrassé la brave dame et chaussé volontiers quinze paires de babouches si elle avait voulu. Cette année, son tableau du Salon, une brouette pleine de fleurs, avait été fort remarqué et quelques critiques influents en avaient parlé avec éloges.

Quand M. Rougeron, qui faisait partie du jury,

avait vu au Palais de l'Industrie l'œuvre de
son élève, il avait souri dans sa grande barbe,
autant toutefois que ce vieux grognon pouvait
sourire, et il avait murmuré : « Il ira, le gamin,
il ira. »

Suzanne devenait une charmante fillette, très
jolie, d'abord, et puis douce comme du lait, et fran-
che, et gaie... Son grand-père en était fou et la gâ-
tait outre mesure ; même la maman était quelquefois obligée de se fâcher un peu. Suzanne n'aimait
pas beaucoup l'étude : les livres et les cahiers lui
causaient de l'ennui rien qu'à les voir. Mais, par
contre, elle avait un goût prononcé pour le jardinage. Quand Henri était à la maison d'abord, il y
avait toujours quelque chose à faire dans le jardin
ou dans la serre : tous deux plantaient, arrosaient,
taillaient avec un entrain superbe. C'est au point
que les mains de la fillette ressemblaient à celles
d'une petite paysanne. Adèle, la gouvernante, en
était désolée : elle employait les pâtes et les crèmes
les plus adoucissantes, mais c'était en vain; en une
heure de sarclage, les bons effets des remèdes
avaient disparu. « Ce n'est pas sale, Adèle, disait
l'enfant pour s'excuser ; ce sont les tiges des fleurs
et les épines qui font cela.

— Eh bien, on ne touche pas aux tiges des fleurs,
ni aux épines quand on est une petite fille bien
élevée.

— Mais ces pauvres fleurs ; il faut bien les soigner !

— On les soigne aussi bien avec des gants.

Suzanne était docile, elle promettait tout ce qu'on voulait, et puis, après cinq minutes de travail, elle jetait loin d'elle « ces vilaines machines qui la gênaient » et le petites mains redevenaient noires.

Quelquefois, maman grondait : « Et les leçons, Suzanne ? et les devoirs ? c'est demain le cours et tu n'a presque rien fait. »

Alors le grand-père intervenait : « Il ne faut pas trop la tourmenter, vois-tu, ma fille, je la trouve rouge, moi, cette enfant, depuis quelques jours. Ne crains-tu pas qu'elle n'ait le sang porté à la tête ? En ce cas, un travail excessif serait bien mauvais pour elle. Ainsi, tiens, quand j'étais colonel au 119ᵉ il y avait le commandant Serrou... »

Maman connaissait cette histoire-là pour l'avoir entendue vingt fois ; le commandant Serrou avait perdu sa petite fille d'une méningite pour l'avoir trop poussée dans ses études. D'autrefois, le général trouvait Suzanne un peu pâle et il rappelait à sa fille, la petite Horteux, toujours si blanche, si blanche et qui avait fini par mourir anémique. La conclusion était que Suzanne avait besoin du grand air. Il y avait encore des moments où M. Charlemaine s'avisait que la fillette avait un tempérament très nerveux et qu'il lui fallait beaucoup d'exercice. Il avait connu dans le temps, il ne pouvait pas dire où, par exemple, une petite fille, juste de l'âge de Suzanne qui avait fini par avoir des tics dans la figure à force de ne pas bouger.

Et le grand-père vous débitait toutes ses petites histoires avec l'accent le plus convaincu.

Certes, madame Javelin était, comme toutes les mères, prompte à s'alarmer ; mais il n'y avait qu'à regarder Suzanne si forte et si bien développée, la figure fraîche, la chair ferme et rose, pour être complètement rassuré. Non, il n'y avait à craindre pour elle ni méningite, ni anémie, ni tics dans la figure.

Guy aussi grandissait, c'était un beau petit de six ans, très intelligent et qui savait lire et écrire. Même, de temps en temps, il envoyait à Marguerite Villain, sa sœur de lait, des lettres dont voici un spécimen :

« Marguerite, je te dis que je me dépêche de
» grandir pour être un général comme grand-père
» avec un chapeau à plumes et quand je serai un
» général je viendrai te chercher pour me marier
» avec toi et tu viendras à la guerre avec moi et tu
» me soigneras si je suis blessé et nous aurons
» cinq enfants et ta maman sera leur nourrice
» parce que maman dit aux dames qu'elle a été une

» nourrice si bonne si bonne pour moi. Je te dis
» bonjour et Suzanne te dit bonjour et Henri aussi
» et il me fait des beaux dessins de soldats avec un
» crayon et tous les gens disent aussi bonjour à
» ton papa, à ta maman et à André et à ta sœur
» toute petite et Suzanne dit que son gros bébé est
» encore plus grand qu'elle et je dis que non.

GUY JAVELIN.

Inutile de dire que les lettres de Guy faisaient le
tour du village accompagnées des commentaires
de la bonne nourrice. « Je crois bien qu'il sera
général, et sans se gêner, encore... Un éfant de six
ans qui écrit déjà quasiment mieux que le
maître d'école, et qui a des avisées !... »

Si l'hiver avait été clément pour nos Parisiens,
il avait été bien dur pour le pauvre Georges. Quelques jours avant la fin de son volontariat, il avait
fait une terrible chute de cheval et ses camarades
l'avaient relevé dans le plus pitoyable état : la tête
trouée et sanglante, la jambe brisée à deux endroits.
Il avait passé trois longs mois à l'hôpital de Douai ;
encore en était-il sorti plus tôt que les médecins
n'auraient voulu ; mais il se mourait littéralement
d'ennui. Avec des précautions infinies, le père
Valienne l'avait ramené à Manneville, où,
sous peine de rester estropié, il devait passer
l'hiver étendu et sans mettre le pied par terre.

Mon Dieu que le temps lui avait duré! Son père restait près de lui autant que cela lui était possible, mais le fermier avait souvent à faire dehors et il ne pouvait pas toujours être là. Quant à la tante Norine, qui, pourtant, le soignait avec tout le dévouement dont elle était capable, elle agaçait tellement Georges, avec sa figure hargneuse, qu'il faisait semblant de dormir dès qu'elle entrait dans la chambre. Il avait bien, de temps en temps, la visite de quelqu'un de ses camarades du collège, mais ils étaient bien peu nombreux ceux qui pouvaient venir le voir ; les uns faisaient leur droit, leur médecine ; d'autres étaient employés dans des maisons de commerce ou des administrations ; d'autres encore, portaient la capote et le képi militaires... C'est étonnant ce que cela s'éparpille vite une classe de collégiens. Henri n'était plus là, le Routeux était vide... Il y avait des moments où Georges se sentait si triste, si découragé, qu'il aurait voulu être mort.

Longtemps il avait espéré que Drichette, le sachant malade, viendrait le réconforter. N'avait-il pas tout quitté, pour lui apporter des consolations quand elle avait perdu sa mère ?

Hélas! les jours puis les semaines s'étaient écoulés, et Drichette n'était pas venue. Elle écrivait à Georges les lettres les plus affectueuses, lui promettant de hâter leur départ pour la Normandie autant quo faire se pourrait,.. mais Georges se désespérait : « Est-ce que le printemps viendra jamais ? se disait-il ; Drichette m'oublie : j'aurais bien dû me douter qu'une fois à Paris, elle ne penserait plus à moi. »

Pourtant non, Drichette ne l'oubliait pas : en voyant la terre couverte de neige, et les arbres du parc Monceau tout saupoudrés de givre, elle songeait combien son pauvre ami devait s'ennuyer à ne voir que ce grand tapis blanc, et son cœur se serrait de le savoir si seul.

S'il n'y avait eu qu'elle, sans doute, elle serait accourue à Manneville, mais grand'mère était là et grand'mère n'était plus jeune ; c'était à Andrée de se plier à ses goûts et à ses habitudes, et ce n'était point du goût de madame Herbelot d'aller s'enterrer à la campagne en plein hiver. Assurément elle n'aurait pas refusé de faire plaisir à sa petite fille, mais la bonne dame avait été si heureuse de reprendre la vie de Paris et de renouer toutes ses relations, qu'il eût été cruel de rompre brusquement tout cela, et Drichette n'avait rien dit.

Enfin les mauvais jours avaient passé, le printemps était venu, doux et beau cette année-là, comme pour dire au malade : « Tu vois bien qu'il ne faut jamais désespérer. » Georges avait recommencé à marcher, d'abord dans sa chambre, puis dehors. Il avait fait, en voiture, de longues prome-

nades avec son père qui n'osait pas le quitter plus
que son ombre ; les forces étaient vite revenues,
et avec les forces l'espoir et la gaieté. Il y a tant de
ressources dans les cœurs de vingt ans.

Un beau jour Georges avait insinué à son père
que son année étant perdue, puisqu'il ne pouvait
commencer son droit qu'au mois de novembre prochain, il avait bien envie d'aller faire un petit
voyage à Paris. M. Valienne était trop heureux de
ce retour à la vie pour se faire prier ; il remit à son
fils un portefeuille bien garni : « Pars, lui dit-il,
amuse-toi, promène-toi, fais ce que tu voudras ;
ne te rends pas malade, c'est tout ce que je te demande. Tu reviendras quand tu n'auras plus d'argent. »

XXI

GEORGES A PARIS

Quand Georges arriva à la gare Saint-Lazare, il trouva Henri qui l'attendait.

— Nous allons tout droit chez madame Herbelot, dit ce dernier quand ils eurent échangé une cordiale poignée de main ; c'est son jour et nous sommes sûrs de la trouver ainsi que Drichette ; d'ailleurs, on nous attend ce soir à dîner.

— Auparavant, reprit le voyageur, je voudrais bien me donner un coup de brosse et me nettoyer un peu. Tel que me voilà, je suis peu présentable.

— Tu as choisi un hôtel ?

— Oui, l'*Hôtel de l'Eure*, rue d'Amsterdam ; c'est toujours là que papa et moi nous descendons quand nous venons à Paris.

Il aurait pu ajouter que le chaque fois n'était pas

souvent, mais il ne voulait pas paraître trop novice ; et c'est pour cela qu'il dissimulait autant que
possible l'étonnement que cause toujours l'aspect
de Paris à ceux qui n'y sont pas habitués.

Arrivé à « son hôtel », Georges fit une toilette
soignée, trop soignée même pour la circonstance,
puis, se déclara prêt à partir.

— Tu ne tiens pas à prendre ni voiture ni omnibus, hein ? demanda Henri ; tu dois avoir assez du
trimballage ; d'ailleurs, c'est à dix minutes... Ah !
mais, j'y pense, ta jambe malade ne te permet
peut-être pas de marcher beaucoup.

— Si, si, affirma Georges, je suis très solide
maintenant.

Chemin faisant, Henri lui parla avec intérêt de
son accident, lui demanda des nouvelles de M. Valienne, de la tante, de ses parents à lui.

« Ah ! bien, répondit Georges, le père Drieu
s'est joliment rangé va, depuis qu'il travaille à
Honfleur. Tous les samedis, il rapporte consciencieusement sa paye et passe le dimanche en famille. Il est même passé contre-maître pour les
terrassements du nouveau bassin et M. Dutellier,
l'entrepreneur, fait grand cas de lui. La mère Drieu
ne crie plus si fort et les petits reçoivent moins de
taloches.

— Pauvres vieux ! ils n'étaient pas mauvaises
gens tout de même ; la mère avait du mal avec

toute sa marmaille, ce n'était pas étonnant si elle s'emportait quelquefois... Et Louise ?

— Louise est toujours une brave fille ; elle les aide de tout son pouvoir.

— Elle est si bonne, si dévouée, si peu personnelle... Tiens, Georges, ajouta Henri dans un accès d'expansion, dans deux ans, tu m'entends bien, dans deux ans, je les aurai tous tirés d'affaire. Je vais partir à l'automne pour faire mon année de service, et sitôt revenu, tu verras.

— Mais tes parents ne sont pas malheureux, reprit Georges, un peu surpris de l'animation subite, de son camarade ; ils ont deux vaches maintenant et une belle basse-cour, puis un âne et une petite voiture pour aller au marché. Ton père gagne de bonnes journées et ta mère est si travailleuse, si économe... Et puis, comme je te l'ai dit, Louise qui garde le Routeux dans d'excellentes conditions, leur vient encore en aide.

— Oui, mais, est-ce que leur vie est comparable à la mienne ? Crois-tu que j'aurais accepté la situation, beaucoup trop belle, que m'a faite le général si je n'avais pas eu la certitude... oui la certitude... de faire mon chemin et de les sortir d'embarras... Je ne veux pas que les petits aillent en blouse pendant que j'aurai un paletot. Et quant à Louise, elle encore moins que les autres, je ne veux qu'elle ait du mal ; si elle se marie trop tôt pour je puisse la doter, et bien, je m'occuperai de ses enfants.

Tout en causant, on était arrivé rue de Courcelles. « Voilà la maison » dit Henri, en s'arrêtant
devant un grand bâtiment presque neuf, garni à
tous les étages, de larges balcons en fer très ouvra-
gés. Ils franchirent la porte cochère grande ouverte:
les murs du vestibule en pierre polie, le vaste escalier couvert d'une moquette retenue à chaque
marche par des tringles en cuivre, les nombreux
becs de gaz englobés par des verres dépolis d'un
modèle riche, donnaient à la maison un aspect
confortable qui frappa vivement Georges, peu habitué aux élégances de la vie parisienne.

Avant qu'ils n'aient eu le temps de sonner, la
porte s'ouvrit doucement, Drichette les avait enten-
dus monter : il y avait longtemps qu'elle était aux
écoutes dans l'antichambre.

Georges ne se donna pas le temps de dire une
parole ; il saisit la jeune fille dans ses bras et l'embrassa comme s'il eût voulu, en une fois, se payer
de tout l'arriéré.

— Entrez tous les deux dans la salle à manger,
dit Andrée, grand'mère a une visite en ce moment,
le docteur Limonneau et sa fille ; dès qu'ils seront
partis, vous viendrez au salon.

Georges regardait la jeune fille aller et venir, de
seconde en seconde, une expression d'étonnement
s'accentuait sur sa figure.

— Mon Dieu Drichette, finit-il par dire, que tu es changée ! plus grande, plus forte... l'air si raisonnable... C'est qu'aussi il y a un an que je ne t'ai vue. Il va falloir que je t'appelle *mademoiselle*.

— Par exemple, en voilà une idée ! Demande à Henri s'il m'appelle mademoiselle, lui.

— Oh Henri, ce n'est pas la même chose, reprit le jeune homme avec une pointe de dépit, il n'a jamais cessé de te voir, lui.

— Cela ne fait rien, Georges, je suis toujours restée ton amie... Mais toi aussi tu es changé, tu as une grosse moustache blonde comme un guerrier gaulois maintenant; l'année dernière elle était aussi petite que celle de Henri. Et puis, ajouta-t-elle en s'apitoyant, tu as un peu pâli, c'est ta maladie...

— Oui, va; j'ai passé un triste hiver.

Ce fut la seule réflexion que fit Georges au sujet de l'abandon dont il se croyait victime.

On entendit un bruit de chaises dans la pièce voisine.

— Le docteur et mademoiselle Henriette s'en vont, dit la jeune fille; attendez-moi, je vais les reconduire, et je viens vous reprendre.

Drichette entra dans le salon où se débattait une grave question.

— Papa, disait la vieille demoiselle, je suis absolument sûre, que je vous ai donné un foulard à mettre dans votre poche.

— Tu crois, ma fille... c'est très curieux, je ne me souviens plus du tout.

— Si, papa, si ; un grand foulard de soie brochée, où il y avait un paon. Je vous ai même fait la réflexion que les soirées étaient encore un peu fraîches.

— Ah oui, c'est vrai, tu as raison... mais... je l'ai laissé dans le fiacre. J'ai senti que cela faisait un peu gros dans ma poche et je l'ai posé sur la banquette à côté de moi, avec l'intention de le reprendre, et puis, ma foi, je l'ai oublié.

— Donnez-moi le numéro de la voiture, alors papa ? nous le ferons réclamer.

— Le numéro de la voiture !

— Eh oui, le numéro de la voiture, le cocher vous l'a remis au moment de partir.

— Ce cocher a eu bien tort ; quand on me donne un petit papier quel qu'il soit, sans y songer, j'en fais des boulettes que je jette par terre.

— Papa, vous n'avez pas plus de raison qu'un enfant de trois ans ; on ne devrait jamais rien vous confier.

— Cela, ma fille, c'est bien vrai, mais je suis si vieux pour essayer de me corriger !

— J'en suis fâchée pour vous, papa, mais nous allons rentrer directement à la maison ;

pas de promenade au parc Monceau sans foulard.

Heureusement que grand'mère avait des foulards et que Drichette eut la bonne idée d'en aller chercher un, sans quoi le bon vieillard eût été privé de son petit tour, en punition de son étourderie.

Grand'mère avait de bonnes oreilles ; elle avait entendu les deux garçons arriver, bien qu'ils n'eussent pas fait grand bruit et quand Drichette revint de conduire le docteur elle les trouva dans le salon où la bonne dame les avait fait entrer. Henri examinait avec soin une belle ficoïde qui avait l'air de ne pas aller trop bien,

— Tu l'arroses trop, dit-il à la jeune fille quand elle rentra ; les plantes grasses n'ont presque pas besoin d'eau.

— Ah ! voilà, je n'en avais pas mis une goutte depuis quinze jours au moins, alors ce matin, je l'ai bien baignée pour rattraper le temps perdu.

— Barbare, va ! La pauvre plante ! ce n'est pas Suzanne qui soignerait ses fleurs de cette façon.

Henri ne perdait jamais l'occasion de faire l'éloge de Suzanne : tout ce que la petite fille disait, pensait, faisait, était bien dit, bien pensé, bien fait.

Inutile de dire que les langues des trois jeunes gens n'arrêtèrent guère pendant le dîner. De part et d'autre, il y avait des grandes nouvelles à s'annoncer. On avait reçu de l'oncle Pierre une lettre annonçant la naissance d'un beau petit garçon qu'on avait appelé Jacques. Sitôt que le poupon serait en état de supporter le voyage, on reviendrait en France, et Drichette espérait bien que tante Geneviève passerait une partie de l'été au Routeux. Quel bonheur d'avoir un bébé à ponponner, à dorloter ! la jeune fille aimait beaucoup les enfants ; elle aurait voulu que Georges lui donnât beaucoup de détails sur Marguerite Villain, sur André et surtout sur la petite dernière, née dans le courant de l'hiver, dont Henri et Suzanne devaient être parrain et marraine. Mais Georges ne savait pas ; ils étaient gentils et bien portants tous les trois, voilà tout ce qu'il pouvait dire. Andrée ne comprenait pas une pareille indifférence ; elle essayait de persuader au jeune homme que même à un jour, les tout petits sont intéressants, pour ceux qui les aiment ; Henri l'appuyait, mais Georges n'était pas bien convaincu. Grand'mère mit fin au débat,

— Voyons, jeunes gens, à quoi emploierez-vous votre journée demain, vous la passerez ensemble, je suppose.

— Je le voudrais, répondit Henri ; mais je ne peux pas, et j'en suis désolé. Il y a plus de quinze jours que j'ai promis aux Rougeron d'aller déjeuner chez eux à leur propriété de l'Isle-Adam, ct je connais leurs déjeuners ; ils durent toute l'après-midi.

Après bien des projets faits et abandonnés, il fut convenu que Georges emmènerait ces dames, y compris mademoiselle Clotilde qui passait tous ses dimanches avec Drichette, aux courses d'Auteuil.

Le lendemain, vers onze heures, le jeune Valienne arriva, superbe avec sa redingote neuve, son chapeau de soie luisant et ses gants clairs, En province on fait toujours grande toilette pour aller aux courses ; il fut même légèrement surpris de trouver Drichette et sa grand'mère habillées si simplement. Il se rappelait qu'une fois il avait accompagné sa tante et ses cousines Cornélie et Aspasie, au courses de Pont-l'Evêque, et Dieu sait ce qu'elles avaient sorti de fleurs, de plumes, de dentelles, de bijoux ; et des robes de soie de couleur voyante... et des ombrelles garnies... ; mais comment donc, elles s'étaient fait coiffer.

A peine arrivé dans l'enceinte du pesage, Georges qui n'était pas un sot sentit que sa mise trop apprêtée détonnait terriblement, et il en fut malheureux toute la journée. Mon Dieu, qu'il lui était donc difficile de se mettre juste au point en fait de toilette. Est-ce qu'il n'apprendrait jamais à s'habiller ? Ses effets avaient toujours l'air trop neufs. Henri avait si bonne façon dans son simple complet de drap bleu marine !

Les dames elles-mêmes, sauf quelques toilettes tapageuses faites dans le but évident d'attirer l'attention, étaient mises avec une grande sobriété, et pourtant elles avaient cent fois meilleure grâce que ses cousines avec tous leurs panaches. Georges avait assez de goût pour le reconnaître, et c'était déjà quelque chose.

Heureusement le jeune homme fut distrait de ses peu agréables pensées par l'arrivée sur la piste du peloton de chevaux engagés pour la première course ; désormais, il fut tout yeux, écoutant par ci, par là, les bribes de conversation qui pouvaient le mettre au courant. Les chaises placées près de la palissade commençaient à se garnir. Grand'-mère s'était assise, tournée du côté des tribunes, s'amusant plus à regarder le monde des courses que les courses elles-mêmes ; Drichette et Clotilde étaient restées debout, examinant les toilettes et échangeant leurs réflexions Près d'elles vint s'intaller une jeune fille de l'âge d'Andrée à peu près, l'air déluré et paraissant une habituée de l'endroit. Elle grimpa lestement sur une chaise, puis braquant sa lorgnette sur le point de départ, elle parut suivre le galop d'essai avec le plus grand intérêt. Elle fut rejointe presque aussitôt par un jeune homme d'une vingtaine d'années, l'air un peu niais et porteur d'un monocle.

— Ah ! Charlotte, dit-il en arrivant, je t'ai assez cherchée.

— Te voilà, dit la jeune fille sans faire un mou·vement, bonjour.

— Tu regardes les chevaux galoper ?

— Oui.

— Tu vois bien ?

— Parfaitement.

— Prête-moi ta lorgnette, veux-tu ? j'ai laissé la mienne à un ami tout à l'heure.

— Pourquoi faire ? tu n'en a pas besoin. Tu n'entends rien aux courses ; tu dis toujours des bê·tises quand tu en parles... J'ai bien fait de ne pas prendre *Richard*, ajouta-t-elle après une pause ; il fera une mauvaise course.

— C'est pourtant un excellent cheval.

— Oui mais, si capricieux. J'ai bien vu qu'il était mal disposé : il va se dérober ou flanquer son jokey par terre, tu vas voir.

— Mais, j'ai mis cinq louis sur la *Blonde*, je l'ai eue à quinze contre un.

— Et bien, mon cher, tes cinq louis sont fumés ; tu peux en être sûr.

— Comment, la *Blonde* qui a gagné si facilement l'autre jour à Vincennes !

— Dans une course de deux mille six cent mè·tres, bon, parce qu'elle a les jambes excessivement longues et qu'elle couvre beaucoup de terrain ;

mais sur un parcours de trois mille huit cents mètres !... elle n'aura plus de souffle avant la moitié du trajet... Je crois que la *Blonde* sera claquée à moitié route.

Le jeune homme partit d'un grand éclat de rire croyant que sa cousine plaisantait.

— Ne ris donc pas à tout bout de champ comme tu le fais, dit-elle en fronçant les sourcils : tu as l'air bien assez bête sans cela... Et puis, cela m'agace.

Et revenant à son sujet favori.

— *Barbara* a beaucoup de chances avec son air tranquille et son train régulier... Il n'y a que *Tarin* qui puisse lui disputer le prix... et encore, *Tarin* saute mal... A moins qu'on ait une surprise de côté de *Mousquetaire*... Je viens de le voir galoper, il est joliment bien... J'ai pris *Barbara* gagnante à six et *Tarin* placé à quatre... Ah on va donner le départ, tâche de te taire, n'est-ce pas, Raymond ?

Le jeune homme eut d'autant moins de mal à se taire que sa compagne ne lui laissait pas dire un mot.

Grand'mère, qui avait suivi toute la conversation précédente, ne put se garder de faire la réflexion que « si c'était ainsi qu'on élevait les jeunes filles maintenant, l'éducation moderne était une bien jolie chose. »

— Et c'est d'autant plus malheureux, ajouta Clotilde, que l'on gâte ainsi parfois des natures d'élite. Cette jeune fille que vous venez d'entendre, est Charlotte Le Tailleur, une de mes élèves dont je vous ai sans doute parlé et je puis vous affirmer qu'elle est non seulement intelligente et instruite, mais encore bonne, aimante, généreuse, au-delà de ce que vous pouvez imaginer.

— Mais comme elle parle à ce jeune homme ! reprit Drichette au comble de la surprise.

— C'est son cousin, et il voudrait bien l'épouser ; madame Le Tailleur aussi désire ce mariage, mais Charlotte ne veut pas en entendre parler. « Il est trop bête, dit-elle sans se gêner ; c'est bien assez que je sois un peu toquée moi-même, sans aller encore épouser un imbécile. »

— Et comment ses parents la laissent-ils prendre des manières semblables : circuler seule aux courses ? parier ?

— Sa mère est une bonne femme, mais si faible… elle a passé sa vie à lire des romans ; si bien que Charlotte a été habituée dès son enfance à suivre ses inclinations, sans jamais être contrariée.

— Mais son père ?

— Son père est mort quand elle était toute petite, et c'est grand dommage pour elle ; il était, paraît-il, fort sensé et très ferme ; il n'aurait pas laissé sa fille dans le quasi abandon où elle a passé sa vie. Car il n'est pas juste de dire qu'elle a été mal élevée ; elle n'a pas été élevée du tout, ou plutôt elle s'est élevée toute seule. Et il fallait qu'elle eût une excellente nature pour n'être pas devenue plus mauvaise qu'elle n'est.

— C'est égal, Clotilde, vous avez beau dire, mais elle annonce devoir être une fameuse femme de ménage et une mère de famille bien respectable.

— Peut-être, madame, peut-être ; tout dépend du mari qu'elle aura. Si elle épouse un homme qui ait assez de fermeté et de raison pour se faire écouter, elle sera la femme la plus charmante qu'on puisse imaginer. Au fond, elle est très docile, mais, je vous le répète elle n'a jamais été dirigée. Seulement, si elle cède aux sollicitations de sa mère et qu'elle épouse son cousin, elle est perdue et ce sera bien malheureux... Ah ! mon Dieu, qu'est-ce qui se passe ? »

La course était près de finir et il s'élevait dans la foule un tel brouhaha que les jeunes filles crurent d'abord à un accident ; mais, de seconde en seconde, les cris devenaient plus distincts. Des parieurs hurlaient littéralement :

— *Mousquetaire !* ... *Mousquetaire !*...

Puis presque aussitôt

— Non, *Tarin !* c'est pour *Tarin !*...

On entendait, en même temps, d'autres voix :

— *Barbara !*... *Barbara !*... *Barbara* sans effort !... *Barbara* comme elle veut !...

Puis le nom de *Barbara* domina tous les autres.

Charlotte, toujours grimpée sur sa chaise, s'égosillait comme tout le monde. Son cousin, très animé, le chapeau en arrière, déblatérait avec un de ses voisins, aussi malheureux que lui, sur la défaite de leur champion. Georges, que sa haute taille favorisait, suivait avec intérêt le dernier galop ; bien peu de gens avaient conservé leur sang-froid.

C'est fini : *Barbara* est arrivée première, *Tarin* deuxième, *Mousquetaire* troisième, les autres, bien arrière. Charlotte saute à terre, et ses tickets à la main, se dirige vers les piquets des boockmakers.

— Elle va toucher son argent, dit Andrée, allons voir.

Ils arrivèrent juste à temps pour apercevoir un Moore ou un Diggles quelconque remplir sa petite main gantée de pièces d'or, qu'elle mit dans sa poche sans avoir l'air de s'en soucier plus que cela. Il était facile de voir qu'elle jouait pour le plaisir de jouer, et non dans le but de gagner de l'argent.

En se tournant, elle aperçut Clotilde. « Tiens, mademoiselle Abrian ! s'écria-t-elle, en voilà une surprise de vous voir aux Courses. Vous n'y venez pas souvent, je crois ? »

— Non, ma chère enfant, jamais... Madame Le Tailleur va bien ? Elle est ici, je suppose ?

— Oui, répondit Charlotte, avec un geste d'indifférence, là-haut.... elle lit... Hein ! ajouta-t-elle les yeux brillants de satisfaction, croyez-vous que j'ai eu de la chance ? les deux chevaux que j'ai pris sont arrivés... C'était bien joué, cela ?

— Vous étiez avec votre cousin, je crois.

— Oui, mais je ne ne sais plus où il est... A chaque instant, je tâche de le perdre, et il me retrouve tout le temps... Si vous voulez m'en croire, ajouta-t-elle, l'idée tout aux courses, vous mettrez cinq louis sur *Florette*, la course est pour elle.

— Merci, Charlotte, nous ne parions pas.

— Pourquoi ? c'est très amusant... Vous m'excuserez, n'est-ce pas, il faut que j'aille voir un peu de quoi il retourne.

— Mais, certainement ; au revoir, Charlotte.

L'écervelée courait déjà sans avoir pris le temps de leur dire adieu.

— Montons nous asseoir un peu dans la tribune, dit grand'mère ; ces cris m'ahurissent positivement. Et puis, sans nous, Georges sera plus libre pour circuler.

Madame Herbelot réfléchissait : intérieurement elle établissait une comparaison entre Charlotte Le Tailleur et Andrée, si modeste, si réservée, un peu trop timide peut-être. Mais combien ce petit défaut qui, à tout prendre, n'était que l'exagération d'une qualité, lui sembla préférable à l'aplomb dont se parent trop de jeunes filles à notre époque.

Le contraste était si frappant qu'il se présenta également à l'esprit de mademoiselle Abrian. « L'une a en trop, pensa-t-elle, ce dont l'autre n'a pas assez ; mais si tout cela s'égalisait, elles seraient trop parfaites aussi. »

Le lendemain, on alla au Salon pour voir le tableau de Henri ; Georges était à la fois content et ennuyé : content de voir l'Exposition de Peinture qui lui faisait connaître une nouvelle note de la vie parisienne, ennuyé de ce que Henri était en tout son cicerone forcé.

Certainement, il n'était pas jaloux de son ami, ni de ses succès, ni de la vie agréable qu'il menait. Si Henri avait été à Vienne ou à Saint-Péterbourg, il lui aurait souhaité bien volontiers cent mille livres de rentes et de la gloire et de la considération à revendre... Seulement à Paris, il y avait Drichette... Drichette qui avait l'air d'aimer beaucoup le jeune artiste, de s'intéresser à lui...

Il avait toujours senti, dans son camarade, un rival à redouter ; même du temps où « le garçon au père Drieu » allait avec une blouse déteinte et des gros souliers, tandis que lui « le fils de maître Valienne » portait un brillant uniforme de collégien. Aujourd'hui, « le garçon au père Drieu » était devenu un Parisien, dans toute l'acception du mot, tandis que « le fils de maître Valienne » était resté un paysan. Entre un Parisien et un paysan, est-ce que Drichette pouvait hésiter ?

Et comme tous ceux qu'obsède une crainte quelconque, il s'exagérait encore les choses. S'il y avait dans ses manières un peu de gaucherie que sa timidité venait accentuer, on ne pouvait pas nier qu'il ne fût un beau garçon, bien planté, d'une figure ouverte et sympathique ; et s'il lui échappait encore parfois, de ces expressions « sentant un peu la pomme », du moins, il était fort instruit, plein de bon sens et de jugement.

Au rebours de la plupart de jeunes gens de son âge que leur présomption rend insupportables, lui, péchait par trop de modestie. Ses petits défauts lui paraissaient tellement énormes qu'ils lui faisaient ignorer ses très réelles et très solides qualités. Heureusement que d'autres voyaient plus clair !

Toute cette journée fut pour lui, un supplice : d'abord au Salon, Henri était comme chez lui, discutant avec madame Herbelot et Drichette, sur la valeur de tel ou tel tableau, causant des artistes exposants qu'il connaissait personnellement, tandis que le pauvre Georges était absolument dépaysé. Deux ou trois fois, il avait hasardé de timides réflexions, mais d'une façon si malheureuse qu'il n'avait plus osé ouvrir la bouche.

Par exemple, devant le tableau de son camarade,

son bon naturel avait pris le dessus : « C'est toi qui as fait cela, s'était-il écrié avec enthousiasme, eh bien, mon vieux, c'est joliment tourné ! »

Grand'mère avait joint ses compliments à ceux de Georges.

— C'est vrai, Henri, il est très bien votre tableau... d'un joli arrangement... très bien point... Et puis vous n'avez pas à vous plaindre, vous êtes admirablement placé.

— Oui, dit modestement le jeune peintre ; on voit bien que le père Rougeron a passé par là.

Drichette était silencieuse.

— Si ma pauvre maman voyait cela, finit-elle par dire d'une voix émue, serait-elle heureuse ! Elle avait bien dit que tu arriverais promptement à être quelqu'un.

Puis on rencontra des amis : madame Leblond d'abord, toujours très élégante ; elle était accompagnée de sa mère et de sa petite fille, une adorable blondinette de six ans. La jeune femme fit à Henri de grands compliments sur son tableau qu'elle venait d'admirer, et Henri la remercia en forts bons termes. Puis la conversation s'étant engagée, Georges put constater que son camarade savait très bien répondre à ce joli babillage des Parisiennes qu'on ne retrouve nulle part.

Mon Dieu ! que cet Henri lui parut heureux de trouver juste ce qu'il fallait dire et de le dire sans gêne, sans embarras, comme si c'était la chose la plus naturelle du monde !

Ensuite, on croisa Roger Guettry, qui, après avoir salué ces dames, engagea avec Drieu, comme il l'appelait, une très sérieuse discussion au sujet d'un tableau dont on s'occupait beaucoup cette année. En prenant congé de ces dames, il tendit la main à Drichette.

— A ce soir, mademoiselle Andrée !

En voilà encore un qui n'était pas embarrassé de sa langue. Où allait-il chercher les choses si amusantes qu'il disait sans avoir l'air d'y penser?

Le pauvre Georges se trouvait de plus en plus stupide par comparaison.

Le soir, comme c'était un lundi, tout le monde dîna chez le général, et ce fut pour notre ami, une nouvelle épreuve. Il se sentait mal à l'aise au milieu de ce luxe qui ne lui était pas familier ; il lui semblait que le valet de chambre lui-même, en le servant, s'apercevait de son embarras, et cette idée le rendait encore plus maladroit.

Enfin, il quitta Paris, avec regret certainement, mais aussi, avec un espèce de soulagement. Au moins, à la ferme, il n'aurait plus le perpétuel souci de ses gestes et de ses paroles. Et puis, à quoi bon s'acharner à une idée qui ne se réaliserait jamais ?

Drichette était redevenue Parisienne, elle se soucierait bien d'un paysan... !

XXII

QUIPROQUO

Depuis huit jours au moins, Louise frotte, récure lave, brosse sans relâche. Dans la maison, tout est brillant et clair ; à l'âtre, le pot-au-feu commence à ronronner ; sur la table de bois blanc, s'étalent orgueilleusement les préparatifs d'un repas soigné : un poulet de grain déjà plumé et troussé, un tas de haricots verts qu'à l'œil on devine tendres comme la rosée, une laitue ronde et ferme, des fraises et des cerises fraîches-cueillies ; enfin, (et ce n'est pas la pièce la moins importante), une belle galette au beurre de Dufour. Dufour est un brave boulanger de Honfleur qui possède, au bas de la rue du Puits, une petite boutique pas plus grande que cela ; mais quelles bonnes galettes ! Il est bien connu, allez dans tous les environs. Pas de parties sur la Côte de Grâce ou à Saint-Siméon, sans une galette de Dufour. Avec un plat de crevettes et un pot de cidre piquant... ! je ne vous dis que cela. Louise n'a pas pu aller à la ville pour faire ses provisions ; (pensez avec tout cet aria de nettoyage !) ; elle en a chargé Modeste, et elle lui a fait des recommandations toutes spéciales au sujet de la galette. « Surtout, Modeste, prenez-la chez Dufour. »

Allons, tout est-il prêt ? Louise fait sa petite tournée, souriant d'aise de voir tout si propre et si bien rangé : les rideaux blancs sur les vitres claires, les faïences bien nettes, les cuivres étincelants. Au jardin, l'ordre règne également, Léon est venu hier donner le dernier coup de main ; les plates-bandes sont scrupuleusement sarclées, les allées bien unies, partout des fleurs s'épanouissent.

Du côté de la basse-cour, tout est en bon état : les lapins ont de la litière fraîche, le poulailler est balayé avec soin : si mam'zelle Drichette veut aller elle-même dénicher les œufs, il ne faut pas qu'elle salisse ses belles hardes. La vache donne tous les jours un grand seau de lait épais et mousseux : on aura donc du beurre et de la crème autant qu'on en voudra.

La bonne fille est si glorieuse de son ouvrage qu'elle ne songe pas à manger. Et pourtant, il est midi ; la grande horloge vient de sonner douze coups retentissants. Louise ne tient pas en place, tant elle est impatiente ; la voilà qui grimpe la charrière tout en courant, et arrive hors d'haleine aux Marronniers. « Il ne faut pas que maître Georges se mette en retard, pense-t-elle, les dames seraient bien embarrassées. »

Pas de danger que Georges se mette en retard ; il est pour le moins aussi impatient que Louise.

En entrant dans la cour, la jeune fille jette un cri de surprise : « Hé ! maître Georges ; c'est-il à vous cette belle voiture, je ne l'avais point encore vue ; les dames vont être joliment bien portées là-dedans... Mais, sans vous commander, où que vous allez mettre les malles ? »

Le rêve du jeune homme est enfin réalisé : la veille même est arrivé de Honfleur un élégant panier à quatre places, surmonté d'un parasol blanc; et il se réjouit d'avance à l'idée des bonnes promenades que grand'mère et Drichette vont faire dans tout le pays.

— Ne t'inquiète pas des bagages. Louis vient en ville avec la carriole pour les rapporter.

— Hein ! crie du seuil, la voix grondeuse de la tante Norine, tu ne vas pas mettre tout la ferme en l'air pour tes grimacières de Parisiennes, j'espère bien. C'est pas déjà assez d'avoir acheté une voiture qui coûte les yeux de la tête, faut encore perdre la journée d'un homme à trimballer leurs caisses. Que tu ailles à Honfleur, toi, passe encore, puisque tu trouves qu'il n'y a rien à faire ici ; mais pour Louis, non ; il ira botteler : les foins ne sont déjà pas tant en avance. Si, tout aussi bien le temps changeait d'ici un jour ou deux, on n'aurait pas le temps de le rentrer et ce ne sont pas les pimbêches qui iraient remplir le fenil, dis ?

Georges avait écouté sans broncher le discours de la tante ; il donnait un coup d'œil à l'attelage, s'assurant que tout était en place, veillant aux moindres détails avec un soin minutieux, et ne paraissant ne pas entendre ce que disait la vieille fille.

— Vois-tu, tante, dit-il tranquillement quand elle eut fini de parler, tu ferais mieux d'en prendre ton parti ; si j'ai acheté la voiture, c'est pour qu'elle serve, je ne la laisserai pas à la remise. De plus, comme madame Herbelot et Drichette attendent du monde une partie de l'été, il est probable que le panier ne suffira pas toujours ; alors je prendrai le dog-cart ou la carriole, suivant les cas et Louis avec, bien entendu. Ainsi, il faut te résigner à voir, de temps en temps, la ferme sens dessus dessous, comme tu dis.

— C'est-il que t'es le maître à c't'heure ? reprit-elle, un peu interloquée du sang-froid de son neveu ; m'est avis que tu pourrais attendre que ton père n'y soit plus, dis donc.

Le père Valienne parut à son tour sur le pas de la porte.

— Ecoute, Norine, tu me feras plaisir en gardant tes réflexions pour toi, entends-tu ? Georges fera à son idée, ce n'est pas moi qui l'en empêcherai ; j'ai eu trop de chagrin de le voir si malade tout l'hiver. Au reste, ce n'est que trop juste qu'il soit le maître ici ; le voilà autant dire majeur et la ferme est à lui, tu le sais parfaitement puisqu'elle fait partie du bien de sa mère. Il n'y a pas à dire, ma pauvre fille, toi et moi, nous sommes chez lui.

— Tiens, Valienne, veux-tu que je te dise ? tu me fais pitié de dire des propos aussi bêtes que cela. As-tu cru, bonnement, que je resterais chez ton garçon pour avoir l'air de quémander mon pain ? Non, Dieu merci ! Les Chamaillard sont là, et bien contents encore qu'ils seront de m'avoir : mes écus augmenteront d'autant la dot de Cornélie et Aspasie.

— Ma fille, tu t'en iras où tu voudras et quand tu voudras ; tu donneras tes écus à qui bon te semblera. Georges est assez riche pour s'en passer. Va donc, tes nièces en ont plus besoin que lui, quand ce ne serait que pour payer leurs plumards et leurs affiquets.

— C'est bon, c'est bon ; chacun fait à son idée, reprit la vieille fille subitement apaisée. Et puis, ce n'est pas pour dire, Valienne, mais tu as une drôle de manière de reconnaître les services qu'on te rend. Quand tu as été veuf, tu as été bien aise que

je vienne tenir ta maison, et, à c't'heure que tu
peux te passer de moi, tu me mets à la porte.

— Je ne mets pas à la porte, Norine, il s'en faut.
Tant que tu voudras rester ici, tu seras bien
vue. Seulement, si tu veux t'en aller, va-t-en, je
ne te retiendrai pas. C'est agaçant aussi de voir
que tu ne peux rien prendre à droit fil.

La tante rentra à la maison sans en dire plus
long. Elle était un peu inquiète de voir que son
frère faisait si bon marché de son départ. Certes,
elle aurait bien aimé habiter la belle maison des
Chamaillard, la plus « conséquente » de Beuzeville, et que les panonceaux d'huissier placés à la
porte, rendaient plus imposante encore. Mais elle
savait, et cela la refroidissait un peu, que son beau-
frère était chez lui maître absolu, et un maître pas
trop commode, allez. Elle savait aussi que là, il
lui faudrait se contenter de ses petites rentes,
maître Chamaillard n'étant pas généreux et cela lui
semblait dur, elle qui, pendant quinze ans, avait
vécu dans la plus large aisance et gouverné la
ferme en souveraine incontestée.

Elle sentait bien que son règne était fini, que
Georges ne la supporterait pas aussi patiemment
que l'avait fait son père, et que le jour où il entre-
rait une jeune femme aux Marronniers, il lui faudrait en sortir. En conséquence, elle résolut de
mettre une sourdine à sa mauvaise humeur.

Dès que Louise avait vu poindre un orage, elle avait prudemment regagné le Routeux.

Quand Georges se fut assuré que tout était en bon état, il prit les rênes, et, ayant tendu la main au fermier tout glorieux de voir son garçon en si bel équipage, il donna un léger coup de fouet à la jument qui partit au grand trot.

Drichette reprit avec bonheur la vie calme et douce qu'elle avait toujours menée au Routeux. L'été fut pour elle, d'ailleurs, passablement rempli. D'abord, l'oncle Pierre vint passer deux mois en Normandie avec Geneviève, sa femme, et le petit Jacques. La jeune fille, qui aimait passionnément les enfants, s'empara du poupon dès son arrivée et s'en occupa presque autant que sa mère; elle le nettoya, l'emmaillotta, l'habilla avec une patience et une adresse consommées : la jeune tante n'en pouvait pas revenir.

— Mais je ne suis pas novice, disait fièrement Drichette, j'ai fait mes premières armes avec André, mon filleul, sans compter que, bien des fois déjà, j'avais mis la main à la toilette de Guy et de Marguerite.

Pierre Herbelot avait été émerveillé de la beauté du paysage, déclarant qu'on ne pouvait rien trouver de plus joli que la route de Honfleur au phare de Fatouville. Lui qui, jusqu'alors, s'était montré un amateur exclusif du soleil et du ciel bleu, était maintenant tout à fait réconcilié avec la fraîche et vigoureuse Normandie. Il travaillait sans relâche, disant qu'il n'avait que faire de chercher des motifs, que chaque coin, presque, faisait tableau. Georges et lui étaient devenus grands amis, ils passaient une grande partie de leurs journées ensemble. Le peintre appréciait fort le bon sens pratique, la rare modestie et surtout l'inépuisable complaisance du jeune homme.

Madame Chamaillard et ses filles Cornélie et Aspasie, en étaient venues à leurs fins ; elles avaient fait connaissance avec « ces dames du Routeux » comme elles disaient d'un air distingué. Georges avait évité et reculé la présentation autant que cela lui avait été possible ; il sentait bien que des natures aussi dissemblables n'étaient pas faites pour sympathiser, et puis, pour être franc, il craignait que le ridicule de sa famille ne rejaillît un peu sur lui aux yeux de Drichette. Mais le moment était venu où, sous peine de se montrer insolent envers sa tante et de se fâcher avec elle, il avait fallu s'exécuter.

Mademoiselle Angélina Valienne, de beaucoup plus jeune que sa sœur Honorine et que son frère, avait été élevée avec plus de frais, sinon avec plus de soin que ses aînés. Ses parents l'avaient placée de bonne heure dans un pensionnat de Pont-Audemer, où elle avait appris un peu

de tout, mais si peu de chaque chose que son ba-
gage intellectuel n'était pas bien considérable, en
dépit des cinq ans qu'elle avait passés sous la direction de l'imposante madame Renardeau. Par
contre, elle était rentrée à la maison paternelle
avec une dose beaucoup trop forte d'amour-propre.

Bien que, en résumé, elle n'en sût guère davantage que la plupart de ceux qui l'entouraient, elle
tint absolument à les éblouir de sa soi-disant instruction, parlant à tort et à travers de choses et
de gens qu'elle ne connaissait que très superficiel-
lement, faisant une effroyable salade de la « Re-
traite des Dix Mille », des « Guerres Puniques »,
de la « Période gallo-romaine » et de « l'Invasion
des Barbares »; confondant volontiers le Pirée
avec les Thermopyles et César avec Alexandre.
Elle disait : « Cette pauvre duchesse de Lam-
balle ! » de manière à faire croire qu'elle avait
vécu dans la plus grande intimité avec cette infor-
tunée personne.

De tout ce qu'on lui avait enseigné, elle n'avait
retenu que des mots, mais ces mots, elle trouvait
toujours moyen de les faire sonner dans la conversation, semblant prendre en pitié les gens assez
malheureux pour ignorer les beautés de l'histoire.

Une fois mariée, elle avait très fort désiré un
fils afin de pouvoir l'appeler Horace ; Horace était
un de ses grands hommes. Mais la naissance d'une

fille l'avait contrainte à chercher un autre nom. Elle avait d'abord songé à Camille (elle ne voulait pas sortir de l'antiquité) ; mais Camille était devenu bien commun ; l'aînée des Bennetot, de simples fermiers, s'appelait Camille. Junie avait un moment effleuré sa pensée ; mais les gens du pays sont si bêtes qu'ils auraient prononcé Julie ; Julie, un nom de cuisinière... ! Agrippine avait été repoussé comme trop peu sympathique. Enfin, après de laborieuses recherches, le nom de Cornélie lui était apparu. « Cornélie, mère des Gracches », c'était encore une des phrases toutes faites qu'elle avait dans la tête avec les « Guerres Puniques » et la « Période gallo-romaine. » En conséquence, on avait donné à mademoiselle Chamaillard, le nom peu répandu de « Cornélie. » Dix-huit mois après, naissance d'une seconde fille, et nouvelle impossibilité de placer le nom d'Horace ; seulement, cette fois, la femme de l'huissier n'avait pas été prise au dépourvu : longtemps à l'avance, elle avait cherché dans sa cervelle s'il n'y avait pas encore quelque petit cliché sans emploi, et sa cervelle complaisante lui avait soufflé « Aspasie, compagne de Périclès. » Et aux personnes qui s'étaient informées du nom de mademoiselle Chamaillard IIe, elle avait négligeamment répondu : « Nous l'avons appelée Aspasie, c'est un beau rôle de femme dans l'histoire. »

Cornélie et Aspasie grandirent dans la persuasion qu'elles étaient des êtres supérieurs, placés par la fatalité dans un milieu infiniment trop mesquin pour leurs grâces et leurs hautes capacités. Vous voyez d'ici les agréables petites personnes qu'elles durent faire. Impossible de se figurer deux pimbêches plus affectées et plus prétentieuses. Et un caractère avec cela! Seulement les deux sœurs, très dissemblables au moral et au physique, avaient une manière absolument différente de manifester leur mauvaise humeur.

La « mère des Gracches », personne solide et carrée, toute en largeur — une matrone, n'est-ce pas ? — procédait par coups de boutoir : elle avait l'air d'un jeune bull-dog, toujours prêt à mordre. La « compagne de Périclès », longue, sèche, pointue, très distinguée naturellement, savait mieux se contenir, mais elle n'en était pas meilleure pour cela. Si elle ne mordait pas, elle piquait, mais piquait, piquait sans cesse. C'était à se demander comment son méchant petit dard n'était pas encore émoussé. Mais non, tout au contraire, il semblait plus aigu à chaque nouvelle attaque.

Il y avait longtemps que madame Chamaillard cherchait une occasion de lier connaissance avec « ces dames », mais celles-ci, tout en restant polies, avaient trouvé moyen d'éviter leurs avances. Pourtant, il arriva que, à l'occasion d'un concert

de charité donné à Beuzeville, concert où mesdemoiselles Chamaillard devaient faire la quête au
profit des pauvres, elles firent le voyage tout exprès pour venir offrir des billets à madame Herbelot et à sa petite-fille. Impossible de refuser son
obole aux malheureux ; il fallait donc accepter, et,
séance tenante, promettre d'assister au « repas »
qui devait précéder le concert. M. et madame
Pierre Herbelot étaient aussi invités ; Georges devait venir également.

Oh! ce repas...! on se mit à table à une heure
de l'après-midi pour ne se lever qu'à six heures.
Grand'mère prétendit qu'elle n'avait jamais vu tant
de nourriture à la fois, et Pierre se demanda avec
insistance si ces copieuses agapes constituaient un
déjeuner ou un dîner.

Entre le « repas » et le concert, bien que les convives éprouvassent un légitime besoin de prendre
du repos, il fallut se résigner à une petite repré-
sentation des talents de Cornélie et Aspasie.

La « mère des Gracches », exécuta sur le piano,
une marche triomphale dont le retentissement fut
tel, qu'un moment il y eut à craindre pour les
vitres du salon. Drichette qui, toujours aimable,
cherchait à faire un compliment sans trop outrager
la vérité, trouva que « mademoiselle avait beaucoup de... fermeté dans l'exécution... un jeu très...
très solide... qualités assez rares. » Heureusement

pour les oreilles des auditeurs! Geneviève qui, par hasard, était placée près de la jeune virtuose, pensa que c'était le piano qui avait fait preuve de solidité.

Puis la « compagne de Périclès », après quelques minauderies d'excellent goût, dut aller chercher son album de dessin afin que M. Herbelot voulût bien donner son avis. Le pauvre Pierre fit une terrible grimace, aussitôt effacée par un sourire aimable et un : « Mais comment donc madame, avec plaisir ! » dit de la meilleure grâce du monde. Puis il feuilleta consciencieusement l'album, ne voyant seulement pas les petits moulins et les vieilles ruelles qui défilaient devant ses yeux, cherchant dans sa pensée de quel manière il allait tourner l'éloge inévitable qu'on attendait de lui. Après un travail laborieux de son esprit, il déclara « qu'il y avait certainement quelque chose. » Il n'osa jamais dire, par exemple, que ce quelque chose était bien.

Cornélie et Aspasie, dont l'imagination grossit démesurément l'effet qu'elles avaient produit, se crurent des artistes consommées et, plus que jamais, déplorèrent la nécessité qui les forçait à végéter dans un trou de village. Geneviève, sans s'en douter, vint encore aviver leurs regrets.

— Vous habitez toujours Beuzeville ? demanda-t-elle pour dire quelque chose.

Cornélie répondit : » Oui, et cela nous embête »
avec plus de franchise que de distinction ; et Aspasie soupira : « Oui, madame, hiver et été » ; puis
avec un sourire à la fois honteux et résigné, elle
ajouta : « On ose à peine le dire ».

La mère mit du baume sur les blessures de ses
chères petites, en laissant entendre que, peut-être,
elle déciderait leur père à les laisser passer une
quinzaine de jours à Paris l'hiver prochain, et que,
en ce cas, leur première visite serait pour « ces
dames ». Ces dames affirmèrent qu'elles en seraient
enchantées, et comme l'heure s'avançait, on se pré-
para à partir au concert.

Naturellement les choses ne s'arrêtèrent pas là :
Grand'mère ne voulut pas être en reste de politesse et elle invita la famille Chamaillard à déjeuner. Ces demoiselles vinrent avec une toilette
aveuglante, si bien que l'oncle Pierre pria très
sérieusement Drichette de l'avertir à l'avance quand
on serait pour rencontrer les « femmes de l'antiquité », afin qu'il pût se munir de lunettes bleues.

Puis il fallut, de part et d'autre, rendre les visites
de digestion (oh ! le vilain mot), ensuite... bref il y
eut pas mal d'allées et venues entre Beuzeville et
le Routeux.

Tout aussi suivies, mais bien plus agréables,
furent les relations avec le général et madame Ja-

velin : presque chaque semaine, on se rencontra, soit à Manneville, soit à Pennedepie. Puis il y eut le baptême de la dernière petite fille des Villain, qui fut appelée Suzanne-Henriette, des noms de son parrain et de sa marraine. Jamais on n'avait vu une aussi belle cérémonie dans le pays. Le général, comme toujours, s'était montré des plus généreux. Outre la toilette du poupon et les cadeaux à toute la famille, il avait fait apporter un véritable chargement de provisions de bouche : pâtés, jambonneaux, saucissons, galettes, brioches, etc ; jusqu'à un panier de vin de Champagne.

Tout le monde était invité à la collation qui fût donnée dans le clos du Routeux : et, comme c'était un dimanche, personne n'eut garde d'y manquer. Monsieur Valienne avait fait mettre une barrique de cidre en perce, sachant bien que les gosiers normands sont généralement altérés, surtout un jour de fête.

Drichette et Suzanne faisaient le service, aidés de Henri, de Georges et de l'oncle Pierre. Guy et Marguerite avaient voulu s'en mêler, mais on les avait remerciés de leurs services parce qu'en rien de temps ils avaient cassé deux assiettes et trois verres.

Après le champagne, les paysans voulurent chanter « chacun la sienne », et alors alternèrent les gaudrioles et les romances sentimentales, suivant que les convives avaient le vin gai ou attendri ; car, il ne faut pas le dissimuler, le produit de la veuve Cliquot avait fait son effet, et les braves gens étaient tous un peu gris. Pendant ce temps, le général, qui n'avait jamais eu grand goût pour la musique, avait emmené la marmaille à laquelle il s'amusait à jeter des poignées gros sous et de dragées. Le village entier fut en liesse, et ceux qui payaient la fête n'étaient pas moins heureux que ceux à qui ils l'offraient.

Les commères du pays trouvèrent que les Villain avaient une fameuse chance d'avoir découvert une marraine comme ça à leur petite ; sans compter que pour André, c'était bien pareil : Maître Georges et mamzelle Drichette n'étaient pas regardants avec lui, bien sûr. Et Marguerite ? c'était-il pas la même chose ? Si elle n'avait point un *parrinage* aussi conséquent est-ce qu'elle n'était point la sœur de lait du petit monsieur Guy ? Tout de même, il y a des gens qui ont du bonheur. Les plus raisonnables disaient que, après tout ce n'était que justice et que, sans Marie, sans son lait, sans ses soins dévoués, peut-être le pauvre bébé qu'on lui avait apporté mourant, serait depuis longtemps sous la terre.

Madame Javelin le savait, et c'est pour cela qu'elle saisissait avec empressement toutes les occasions de rendre aux enfants de la brave nourrice tout le bien qu'elle avait fait à son petit garçon.

Pendant tout cet été, Georges fut profondément

heureux, il ne quitta presque pas Drichette qui ne s'était jamais montrée pour lui aussi prévenante et aussi affectueuse. Il s'attachait chaque jour davantage à sa petite amie, dont la charmante simplicité, la grâce modeste et attirante, lui semblaient plus aimables encore par le contraste avec ses deux cousines.

Quelquefois, pourtant, ses accès de découragement le reprenaient : « L'hiver reviendra, pensait-il, elle retournera à Paris et m'oubliera encore. Il avait vingt ans, elle en avait dix-sept, c'était un peu jeune pour se marier, il en convenait, mais on avait bien vu souvent des fiancés de leur âge ; ce n'était pas si rare.

Certainement, il était bien résolu à ne pas laisser repartir Drichette sans s'assurer des sentiments qu'elle avait pour lui, mais paralysé par sa défiance de lui-même, il laissa passer les jours, puis les semaines, puis les mois sans oser parler.

Ce ne fût que vers la fin d'août, le jour où madame Herbelot et sa petite fille partirent pour assister au mariage d'Anne Montjean, qu'il se décida ; encore ne put-il se résoudre à aborder la question bien en face. Comme si c'était difficile de dire : « Drichette ma chérie, je t'aime depuis la première fois que je t'ai vue, et je t'ai aimée chaque jour davantage ; veux-tu être ma femme ? et ma vie toute entière sera employée à te prouver ma tendresse et mon dévoûment ? »

Il faut bien croire pourtant que c'est malaisé de faire les choses simplement, puisque tant de gens ont de la peine à s'y décider.

Ils étaient tous deux dans le petit jardin du Routeux : lui, pour se donner une contenance, élaguant à grands coups de serpette une haie d'aubépine qui n'en avait nul besoin, elle déjà vêtue de son costume de voyage, arrangeant, dans une bourriche, les fleurs qu'elle voulait porter à son amie Clotilde. Au loin, sur le coteau de Quetteville, le chemin de fer passa, éparpillant dans l'air son panache de fumée.

— Le train suivant t'emportera, Drichette ? dit-il mélancoliquement.

Elle s'arrêta émue, sentant qu'il avait une confidence à lui faire et devinant, peut-être, de quelle nature était cette confidence.

— Mais nous reviendrons, Georges ; nous serons à peine quinze jours parties et nous comptons bien rester à Manneville jusqu'en octobre.

Le jeune homme se tut de nouveau : la conversation ne prenait pas le tour qu'il avait espéré. Ses yeux erraient du ciel bleu au sol verdoyant, comme pour demander du courage aux oiseaux qui volaient en l'air et aux fleurettes qui s'épanouissaient dans l'herbe.

— On a une belle vue du Clos Joli, finit-il par dire, on découvre toute la vallée... C'est là décidément que je me ferai bâtir une maison.

— Comment, dit la jeune fille toute déroutée, tu vas te faire bâtir une maison ? tu ne resteras pas à habiter avec ton père ?

— Provisoirement, oui, mais enfin... plus tard... quand je me... marierai.

Mon Dieu que la phrase fut difficile à dire.

— C'est vrai, dit simplement Drichette qui sentit son cœur se serrer.

Encore une fois, les jeunes gens restèrent en silence pendant quelques minutes ; puis Georges parut faire un héroïque effort de volonté et reprit.

— J'ai eu longtemps du goût pour un chalet comme il y en a à Trouville ; mais, tu as rendu la maison de la mère Lenoir si jolie que mes idées ont changé ; il me semble qu'une maison normande... quelque chose de vaste, de confortable... avec un porche garni de plantes grimpantes... Hein qu'en dis-tu ?

Le pauvre garçon allait à l'aventure, pataugeant, ne sachant pas seulement ce qu'il disait.

— Dame ! ce n'est pas mon affaire, répondit Drichette, qui, pas plus que lui, n'avait tout son sang-froid. Si tu dois te marier, il vaut mieux prendre l'avis de ta future femme que le mien. Peut-être, trouvera-t-elle une chaumière indigne d'elle et préféra-t-elle une de ces maisons comme la villa Marnette : « *A mon point de vue.* »

— Tu as raison Drichette, répondit Georges...
Allons, je vais faire atteler, il est près de sept
heures.

Sa voix était si changée qu'Andrée releva vivement la tête vers lui ; mais elle n'eut pas le loisir de
lui adresser la parole ; il s'éloignait à grands pas
dans la direction de la ferme.

Pendant qu'elle se disait : « Il va se marier, il va
épouser une de ses cousines ; sa tante me l'avait
donné à entendre, mais je n'avais pas voulu le croire ;
lui pensait : « J'étais fou d'espérer qu'elle voudrait
de moi. Comme elle s'y est prise cruellement pour
me faire sentir qu'elle n'a pas à s'occuper de ce qui
m'intéresse ! »

Quand il revint, les yeux rouges, la figure altérée, Drichette fut saisie d'une grande pitié et vint à
lui les mains tendues : « Mon pauvre Georges, dit-
elle, tu as quelque chose ?

— Non, merci, je n'ai rien, fit-il, sans répondre à
son avance.

Et cette fois, le mal, qui pouvait encore être
réparé, était sans remède.

Le voyage fut silencieux ; grand'mère fit la conversation toute seule, un peu surprise de l'humeur
taciturne qui avait pris les deux jeunes gens d'une
manière si soudaine.

On n'arriva que tout juste au chemin de fer ;
Georges avait laissé aller la jument à sa guise et il

fallût se presser pour prendre les billets. Encore une fois, la dernière, pensait-il, le jeune homme embrassa Drichette comme il avait coutume de le faire, avec plus de tendresse encore s'il était possible. Ce ne fut que lorsqu'elle sentit les larmes du pauvre garçon couler brûlantes sur ses joues, qu'elle eut entendu sa voix navrée dire à plusieurs reprises : « Adieu, Drichette ! adieu ! adieu ! » Ce fut seulement à ce moment là qu'elle eut l'intuition que peut-être elle s'était trompée. « Je ne l'ai pas laissé achever, pensait-elle ; je l'ai tout de suite blessé en lui parlant de la villa Marnette, dont nous avons toujours ri à la maison. Oh ! dans quinze jours, comme je vais lui demander pardon de lui avoir fait tant de peine. »

Mais, est-on bien sûr quand on part même pour quinze jours seulement de retrouver ceux qu'on laisse derrière soi ?

Comme Georges sortait de la gare pour gravir une rampe d'où l'on voit passer le train, il s'entendit appeler : « Hep ! hep ! Valienne ! »

C'était Thélepsen, le fils d'un grand marchand de bois du Nord, un joyeux garçon qui avait fait toutes ses études au collège de Honfleur en même temps que Georges.

— Eh bien, mon vieux, ce n'est pas souvent que l'on te voit, hein ! Qu'est-ce que tu fabriques à Manneville ? tu dois t'ennuyer comme... je ne sais

26

quoi... J'ai bien su que tu avais eu un terrible accident, et j'ai voulu souvent aller te voir, mais depuis sept mois, vois-tu, je n'ai pas eu grands loi-
sirs. Ecoute : au commencement de l'hiver, le père
Thelepsen a une fluxion de poitrine... bon ! il
va mieux, il est guéri... rebon ! les médecins l'en-
voient faire sa convalescence dans le Midi, puis se
remettre tout à fait à la Bourboule... rerebon ! Tu
saisis, n'est-ce pas ? Et pendant tout ce temps, mon
vieux, j'ai la maison Thelepsen et Cie sur les bras ;
j'achète du bois en Norvège et en Finlande ; j'en
vends à Paris ; j'ai des démêlés avec la douane et
avec un armateur russe, tout le tremblement, et je
m'en tire à mon honneur... J'ai demandé conseil à
mon père dans les grandes circonstances, c'est
vrai, mais, pas moins, j'ai très bien travaillé pendant sept mois, et sans me payer la plus petite dis-
traction, ni théâtre, ni parties de plaisir, ni voyages
d'agrément, rien, rien, tant, j'avais peur de perdre
le fil des affaires. Hein ! crois-tu !... Mais, par
exemple, je n'ai pas été fâché de redescendre au
grade de premier employé. Je n'ai pas de goût pour
les honneurs, moi ; j'ai rendu mon tablier avec
enthousiasme... Ah ! voilà le train qui part... et la
mère Bostrom qui agite son mouchoir... tout comme
Isaure, dans la chanson... Oui, oui, au revoir, ma
vieille ; allez au diable et restez-y... Non, tu n'as
pas idée d'une bonne femme aussi assommante que

cela... Par une chaleur à étouffer, il lui fallait des chaufferettes..., et les fenêtres fermées pendant les repas... Oh! si elle n'avait pas été une cousine du père!... j'avais toujours envie de brûler ses chaufferettes et ses manchons, pour lui tenir plus chaud... Non, plaisanterie à part, la sueur me coule du front, rien que d'y penser.

Georges laissait bavarder son camarade : la tête nue, les yeux fixes, il regardait filer le train qui emportait Drichette, et murmurait inconsciemment : « C'est fini, c'est fini. »

Thelepsen remarqua alors combien Georges était triste et bouleversé.

— Qu'est-ce qu'il y a donc, mon pauvre vieux ? demanda-t-il avec sympathie ; cela ne va pas ? Et moi qui suis là à te débiter des bêtises... Tu viens de reconduire des parents ? des amis ?

— Non, murmura Georges, ce n'est pas cela.

Puis cédant au besoin d'expansion qui est au fond de tous les jeunes cœurs.

— Qu'est-ce que tu ferais, toi, si tu demandais en mariage une jeune fille que tu aimes... mais que tu aimes... profondément et qu'elle te refuse ?

— Tiens, j'en demanderais une autre, parbleu... Et je lui donnerais de belles toilettes, une jolie maison ; et je lui offrirais des voyages, des distractions de toute sorte, rien que pour faire enrager l'autre d'avoir été si bête... En tous cas, je ne me retournerais pas le sang comme tu le fais... Tu sais, moi, je suis pour le dicton : « Une de perdue, deux de retrouvées ».

— Tu ne peux pas me comprendre, dit Georges découragé.

— Voyons donc, mon vieux, un peu de nerf, que diable...! Mettons que tu as perdu une perle et que rien ne peut la remplacer, eh bien, on tâche d'oublier, voilà... Ecoute, sais-tu ce que tu devrais faire ? Je pars en voyage la semaine prochaine, viens avec moi.

— Tu pars en voyage, dit Georges machinalement ; où vas-tu ?

— Dame! un peu partout. J'ai envie d'aller directement à Vienne, de voir une partie de l'Autriche, la Turquie, la Grèce, le sud de l'Italie et l'Espagne. Peut-être même, pousserai-je une petite pointe jusque dans l'Asie-Mineure, cela dépendra de l'état de mes finances. En récompense de mes services, le père m'a remis l'autre jour sept beaux billets de mille francs: un par mois, avec la permission de les employer à faire un voyage à ma convenance. Tu comprends, la Suisse, les bords du Rhin, la Belgique, on y va n'importe quand, c'est l'affaire de huit jours ; l'Angleterre, la Suède, la Norvège, la Russie, je serai très probablement forcé d'y aller pour les besoins de notre commerce,

nous avons des correspondants dans presque tous
les ports de la Baltique et de la mer du Nord ; tandis que le voyage que j'entreprends sera certainement unique dans ma vie... Voyons, cela te va-t-il ?
Parbleu, ton père peut bien disposer de sept
mille francs pour ton plaisir, tu avais toujours de
l'argent plein tes poches au collège. Avec le double
de fonds, nous ferons bien plus long feu, tu comprends, il y a des frais qui sont les mêmes pour
deux que pour un : les voitures, par exemple. Par
mon oncle Sommerfeit, j'ai mes passes sur tous les
paquebots, et j'en aurai pour toi aussi, tu sais. Va,
on ne s'ennuiera pas, tu verras du pays et tu oublieras cette jeune personne si difficile, qui, en ce
moment, fait ton malheur... Allons, c'est entendu,
hein ?

Georges était si accablé qu'il 'n'avait pas la force
de discuter ; il se laissait aller à écouter le verbiage
de son ami qui endormait son chagrin. Aussi bien,
il était résolu à ne plus revoir Drichette, du moins
de longtemps ; pourquoi n'accepterait-il pas la proposition de Thelepsen ? Il avait toujours entendu
dire que les gens très malheureux, voyageaient
pour se consoler, et bien qu'il fût persuadé qu'il
ne pouvait y avoir aucun adoucissement à sa
douleur, il résolut néanmoins d'essayer du remède.

Le consentement de son père ne fut pas difficile

à obtenir; le fermier voyait bien que son garçon n'avait pas un air naturel. « Va, mon Georges, dit-il, et si tu laisses tes mauvaises idées en route, je ne regretterai pas l'argent que je te donne. »

XXIII

UN DÉPART ET UN RETOUR

Assis près du feu, dans son petit salon, le général fait sauter la bande d'un journal du soir que son valet de chambre vient de lui apporter. A ce moment, madame Javelin qui, depuis un peu de temps, semble avoir quelque chose à dire et ne pouvoir s'y résoudre, se lève et vient poser la main sur l'épaule de son père.

— Papa, dit-elle, avant de commencer ta lecture... je voudrais te parler.

— Parle, ma fille, parle, je ne suis pas pressé de connaître les nouvelles.

— As-tu remarqué combien Henri est changé depuis qu'il est revenu du service ?

— Changé !... ma foi non. Plus grand, oui, peut-être, plus fort, plus... développé. Mais, ajouta l'excellent homme subitement inquiet, il n'est pas malade, au moins.

— Non, père, ce n'est pas cela, il paraît jouir au contraire d'une excellente santé ; c'est le moral qui...

— Ah ! c'est le moral qui... Et qu'est-ce qu'il a son moral ?

— Il est changé, papa.

— Le gaillard est toujours gentil avec toi et les enfants, je suppose ?

— Oui, papa, oui, certainement; jamais même il ne s'est montré aussi prévenant, aussi affectueux. Mais il me semble qu'il a une préoccupation, un sujet d'inquiétude...

— Et que veux-tu qui l'inquiète ? qui le préoccupe ? Il n'a qu'à se laisser vivre.

— Enfin, père, je ne sais pas. J'ai pensé que toi, un homme, tu serais peut-être plus apte que moi à découvrir ce qu'il a et à y porter remède. Il peut se faire qu'un conseil, un reproche amical...

— Je ne demande pas mieux, ma chère Marthe ; tu sais quel intérêt je lui porte. Mais encore est-il qu'il faut que je sache ce que tu as remarqué d'anormal chez lui ; je n'ai rien vu moi.

— Et bien, papa, lui d'ordinaire si franc d'allure, semble cacher quelque chose. Il est continuellement dehors sans jamais dire où il va ; depuis un mois qu'il est revenu, il n'a pas touché un pinceau; de plus, il reçoit une grande quantité de lettres qui, certainement, ne viennent pas toutes de chez lui.

— Si ce n'est que cela, fit l'indulgent officier, il n'y a pas de quoi se mettre martel en tête. Il a vingt ans, ce garçon, et pendant son année de service, il a tâté de l'indépendance. Je ne dis pas certes! qu'il n'ait pas encore besoin d'être surveillé un peu, mais enfin, il est d'âge à marcher sans lisières.

— Papa, nous ne nous entendons pas, je sais bien qu'il faut laisser un peu de liberté aux jeunes gens et ce n'est pas de cela qu'il s'agit; laisse-moi aller jusqu'au bout; il a emporté une grande partie des tableaux qu'il avait ici.

— Où donc?

— Je ne sais pas, il ne m'en a rien dit et c'est précisément ce qui me tourmente; lui qui, autrefois, me confiait jusqu'aux moindres détails de ce qui le regardait! Enfin, tantôt, comme Suzanne le mêlait à certains projets qu'elle faisait pour cet hiver, il n'a rien répondu et j'ai vu de grosses larmes qui coulaient sur ses joues.

— Tiens, tiens, dit le général qui se leva de son fauteuil et se mit à marcher à grands pas.

A ce moment Suzanne entra dans le salon :

— Maman, dit-elle à voix basse, il est sept heures un quart, Victoire dit que grand-père va se fâcher si elle ne sert pas le dîner, mais Henri n'est pas là, faut-il l'attendre encore un peu ?

— Non, ma chérie, Henri connaît les heures des repas et ce n'est pas aux parents à attendre les enfants. Nous allons nous mettre à table.

On était à moitié du dîner quand le jeune homme parut, tout honteux de son retard, osant à peine s'excuser, « J'avais un rendez-vous très important, balbutia-t-il, et j'ai été retenu plus longtemps que je n'aurais voulu. »

Heureusement, il avait de bonnes dents et un bon estomac, il avala les bouchées doubles et rattrapa promptement les autres convives. Le dessert étant sur la table, madame Javelin fit signe au domestique qu'il pouvait se retirer.

Guy semblait attendre impatiemment son départ, et dès que la porte fut refermée.

— Pourquoi t'es-tu mis en retard, Henri ? demanda-t-il, avec l'aplomb qu'ont les enfants pour vous dire des choses désagréables ; Adèle dit que ce n'est pas poli pour maman ni pour grand-père.

Madame Javelin voulut faire taire son petit garçon.

— Tu as raison, Guy, reprit le jeune homme, et Adèle aussi, mais j'espère que, quand ta maman et ton grand-père connaîtront la cause de mon retard ils me pardonneront mon impolitesse.

— Dis la cause alors.

Henri passa doucement la main sur les cheveux de l'enfant.

— Oui, mon petit homme, fit-il d'une voix émue ;
rien ne sert de reculer les choses quand elles doivent être faites. Mon général, ajouta-t-il subitement
résolu, depuis trois ans, vous m'avez mis à même
de gagner honorablement ma vie. Si je deviens
jamais quelqu'un, c'est à madame Castagny et à
vous que je le devrai. Quant à madame Javelin, elle
a été pour moi si bonne, si tendre, si dévouée,
que je doute que ma propre mère ait pu l'être
davantage si j'avais eu le bonheur de la connaître.

Les yeux du brave garçon étaient pleins de
larmes.

— Et c'est pour nous dire tout cela que tu mets
un habit noir et des gants, interrompit le général,
qui lui aussi était ému de la manière dont Henri
exprimait sa gratitude.

— Ce n'est pas seulement pour cela, mon général, quoique je sois bien aise que vous sachiez
combien je suis reconnaissant à ceux qui m'ont
facilité la vie ; je voulais vous dire aussi que...

Le jeune homme s'arrêta ; la chose n'était pas si
facile à dire qu'il l'avait cru d'abord.

— Je voulais vous dire... je me sens en état de...
de... travailler et que... que...

Suzanne qui, depuis le début, écoutait les yeux
agrandis par l'émotion, comprit la première.

— Ah mon Dieu ! il veut partir d'ici.

— C'est vrai, Henri ? demanda madame Javelin.

— Oui, madame, c'est vrai que je désire gagner ma vie et aider mes parents.

— Allons, dit le général, c'est de ta part un acte de dignité que je ne puis qu'approuver. Seulement, est-ce que tu t'imagines pouvoir déjà vivre de ta peinture.

— Oh non, mon général, pas encore, je n'ai pas cette prétention. Enfin, voilà toute la vérité : j'ai été trouver un décorateur très en renom, je lui ai montré ce que je savais faire, mon genre lui a plu, et il m'a immédiatement engagé pour travailler à la décoration du petit théâtre que l'on vient d'élever dans la plaine Monceau; il y a de l'ouvrage pour six mois environ. Cet été j'aurai le château du docteur Delagarde à Jouy-en-Josas. J'ai donc du travail pour un an au moins et dans d'excellentes conditions. J'ai calculé que je gagnerais huit cents francs par mois environ, et voilà comme j'ai réglé mes dépenses : deux cent-cinquante francs pour moi : loyer, nourriture, habillement. Si l'on m'avait dit qu'il arriverait un moment où j'aurais huit francs à dépenser par jour! Cent francs pour mes parents, et deux cents francs pour le collège de mes deux plus jeunes frères. Le reste sera mis de côté pour faire une petite dot à Louise et établir plus tard mes deux autres frères qui sont en apprentissage.

— Ouf, fit le général qui n'avait jamais été très

fort en calcul; tu sais compter toi, tu n'es pas Normand pour rien.

Madame Javelin s'était levée et, s'approchant de Henri elle lui mit affectueusement la main sur l'épaule.

— Tu es un brave enfant, rempli de cœur, je l'ai toujours pensé, mais je ne l'ai jamais aussi bien compris que maintenant. Et comme tu viens de dire toi-même que je suis presque ta mère, tu me permettras bien d'agir avec toi comme si tu étais mon fils et de procéder à ton installation.

— Je vous l'aurais demandé, madame.

— Attendez, attendez, fit le général; ne nous emballons pas, s'il vous plaît. Henri, veux-tu me dire si c'est toi seul qui as emmanché toute cette affaire de décoration? Prends garde de te faire voler, mon garçon, les entrepreneurs sont encore plus malins que toi, tu sais.

— Mon général, je n'ai pas si grande confiance en moi que vous paraissez le croire. M. Guettry a bien voulu diriger mes recherches, m'accompagner dans toutes mes démarches, et, ce soir même, il était avec moi quand j'ai signé mon traité.

— Bon, c'est une garantie cela. Ainsi tu te fies à Roger plus qu'à moi.

Henri se mit à rire.

— En affaires, oui, mon général, parce que, sans

vous faire injure, je crois bien que vous n'êtes pas beaucoup plus fort que moi. Et puis il y avait une autre raison, je ne voulais rien vous dire de tout cela, avant que ce ne soit irrévobablement décidé; dans mon intérêt, vous auriez peut-être fait des objections, et j'étais résolu à vivre de mon travail.

Huit jours plus tard, après bien des courses, bien des étages montés et descendus, bien des hésitations et bien des comparaisons, madame Javelin et Henri arrêtaient, dans la rue Germain-Pilon, en plein Montmartre, un logement composé d'un bel atelier et de deux chambres claires et saines. Les conditions étaient huit cents francs par an dont un terme payé d'avance. Comme le jeune homme désirait emménager le plus tôt possible, il sortit de sa poche un portefeuille qui paraissait suffisamment garni et donna deux billets de banque en échange de sa première quittance.

Madame Javelin le regarda avec surprise, mais, devant le concierge, s'abstint de toute réflexion.

— Tu es donc riche ? dit-elle quand ils furent sortis ; ce n'est pourtant pas au service que tu as dû faire fortune.

— J'ai douze cents francs, madame ; le père Wagner a bien voulu se charger de la vente de quelques toiles à moi, mes deux tableaux du Salon entre autres, qu'il a payés chacun quatre cents francs.

— Bien, mon enfant. Pardonne-moi ma question ; j'ai craint un moment que tu n'aies emprunté cet argent à un ami, ou que tu n'aies demandé une avance sur ton travail... Allons, je vois que tu ne veux plus avoir affaire à nous.

— Oh ! madame ! pouvez-vous croire ? Moi qui, au contraire, ai tant besoin de vos conseils, et peut-être de vos réprimandes.

Henri avait réponse à tout et il disait les choses tout juste comme il fallait qu'elles fussent dites.

De ce moment-là, le jeune homme sentit qu'il avait grandi dans l'estime de ceux qui le connaissaient : le général se montra pour lui moins paternel et plus familier. Bien souvent, il allait le trouver à son travail, s'émerveillait sur sa facilité, fumait une pipe tout en causant ; puis, quand il lui voyait les yeux clignotants à force d'application, il l'emmenait. « Laisse-là tes barbouillages, disait-il, et viens avec moi faire une partie de billard. »

Madame Herbelot et Drichette avaient fort approuvé sa résolution ; Pierre lui avait donné une chaleureuse poignée de main en disant : « Bravo, Drieu, c'est d'un homme, cela ! »

Roger Guettry traitait le jeune peintre tout à fait en camarade ; il l'avait présenté à son cercle et dans différentes autres réunions, et partout Henri avait reçu l'accueil le plus bienveillant.

Madame Javelin le considérait comme son propre

enfant, Suzanne comme un frère tendrement aimé : de quelque côté qu'il se tournait, il n'avait que des amis.

Un jour, peu après le départ de Henri, madame Javelin rentrait avec Suzanne qu'elle ramenait de son cours, quand elle vit, dans l'antichambre, un commissionnaire qui paraissait l'attendre.

— Voici madame, dit le valet de chambre qui faisait la conversation avec l'homme.

Celui-ci se leva.

— Vous êtes bien madame Javelin ? demanda-t-il.

— Oui, je suis madame Javelin, répondit la jeune femme un peu étonnée.

Le commissionnaire tira de sa poche une lettre qu'il lui présenta.

— Voici quelque chose qu'on m'a ordonné de ne remettre qu'à vous, madame.

La jeune femme prit la lettre, et, avant de l'ouvrir, rien qu'à voir l'écriture de l'adresse, elle devint toute pâle et si tremblante que Suzanne vint à elle avec une tendresse inquiète.

La lettre n'était pas longue, madame Javelin l'eût vite parcourue.

— Ma chérie, dit-elle, en faisant tous ses efforts pour paraître calme, remonte chez toi et dis à Adèle que je suis absolument forcée de sortir. Tu préviendras Victoire qu'elle serve le dîner à l'heure habituelle ; peut-être serai-je rentrée, mais je n'en suis pas sûre ; en tout cas, qu'on se mette à table sans m'attendre. Je compte sur toi pour être raisonnable et préparer tes leçons. Va bien vite, ma Suzanne.

La fillette obéit à regret ; elle voyait sa mère douloureusement émue et n'aurait pas voulu la quitter.

— Jules, dit madame Javelin au valet de chambre, veillez à ce que le cocher ne dételle pas, je garde la voiture.

Il y avait peut-être une heure qu'elle était partie quand le général rentra. Suzanne, qui le guettait, vint aussitôt à lui.

— Grand'père, demanda-t-elle, tu sais où est maman ?

— Mais non, ma mignonne, je vous croyais sorties ensemble.

— Nous sommes en effet sorties ensemble ; maman m'a accompagnée au cours et m'a ramenée vers quatre heures. En rentrant, un commissionnaire lui a remis une lettre, et même avant de la lire, elle est devenue si pâle, si pâle... ; j'ai cru qu'elle allait se trouver mal. Puis elle est partie en disant qu'on ne l'attende pas pour dîner.

— Elle ne t'a rien dit, autre que cela ?

— Non, grand'père.

M. Charlemaine se mit à marcher à grands pas,
comme il avait coutume de le faire quand il était
tourmenté ou ennuyé.

— Qu'est-ce que cela peut bien être ? murmurait-il
très inquiet.

On entendit dans l'avenue le roulement d'une
voiture qui s'arrêta devant l'hôtel.

— La voilà, dit Suzanne en s'élançant vers la
porte. Elle eut une grosse déception : le coupé
était vide.

— Vous ne ramenez pas madame Javelin ? demanda le général vivement inquiet.

— Non, monsieur ; madame m'a renvoyé en me
disant qu'elle craignait d'être trop longtemps et
qu'elle prendrait un fiacre pour revenir.

— Où l'avez-vous conduite ?

— A l'Hôtel de Chicago, rue de Rennes.

— Vous allez m'y mener immédiatement. Rentre, ma Suzette, dit-il à l'enfant que les larmes ga-
gnaient, et rassure-toi, je vais chercher ta maman.

Quand le général fut dans la voiture, son imagination se mit à travailler ferme. Que contenait
cette lettre qui avait si fort impressionné sa fille ?
Qui l'avait écrite ? Qu'est-ce que Marthe était allée
faire dans un hôtel de la rue de Rennes ? Au bout
d'un instant, il lui vint une idée, qui, de seconde
en seconde, prit plus de consistance, et finit par se
changer en une quasi certitude.

— C'est son mari, se dit-il, je suis sûr que c'est son mari.

Il en était même si persuadé que, en arrivant à l'hôtel, sans la moindre hésitation, il demanda :

— Monsieur Javelin, s'il vous plaît ?

— Le numéro 9 ; au deuxième, la porte en face l'escalier, lui fut-il répondu.

— Bon ! se dit le général, je ne m'étais pas trompé. Heureusement, il s'est fait inscrire sous son véritable.

L'établissement avait bonne apparence ; la maîtresse de l'hôtel paraissait fort convenable ; au fond, le général avait craint de trouver pis.

Arrivé à la porte du numéro 9, il s'arrêta, doutant un peu si sa démarche n'était pas indiscrète ; puis il pensa que, avec ces diables de cerveaux fêlés dont son gendre était un si bel échantillon, on ne savait jamais de quoi il retournait ; qu'après tout son devoir était de protéger sa fille et, résolument il frappa à la porte.

Certes, s'il était venu avec des idées de rigueur, ses idées auraient vite changé à la vue du pauvre homme qu'il avait sous les yeux. Qu'il était changé, grand Dieu ! maigre, vieilli, usé, les tempes dégarnies, l'œil éteint, le geste las. Que huit ans de misère et de lutte avaient eu facilement raison du beau et solide garçon qu'il était au moment de son départ ?

Mais le général n'était pas venu en justicier ; son cœur généreux n'était accessible qu'au pardon. Sur un regard suppliant de Marthe, il tendit la main à l'enfant prodigue, et de sa bonne voix un peu rude, mais si cordiale :

— Bonjour, Javelin ; comment cela va-t-il, mon cher ami ?

Personne mieux que lui ne savait mettre les gens à l'aise ; on aurait dit qu'il avait quitté son gendre la veille.

M. Javelin ne répondit que timidement à son étreinte.

— Je ne voudrais pas surprendre votre bienveillance, dit-il ; si vous connaissiez ma conduite, peut-être ne me tendriez-vous pas la main.

— Ah bah ! qu'est-ce que vous avez donc fait ? Vous avez joué, n'est-ce pas ? je m'en doute un peu. Qui a bu, boira.

— Mais c'est bien fini, je vous assure ; je n'ai plus soif et je ne veux plus boire. Laissez-moi vous faire ma confession ; après, vous serez libre de me rendre votre estime ou... Je m'exprime mal ; vous ne me rendrez pas votre estime, je n'y ai plus droit ; mais vous jugerez si je mérite d'être traité avec indulgence ou sévérité.

— Mais non, mais non ; laissez donc cela ; à quoi cela servirait-il. Vous ne devez compte de vos actions qu'à votre femme. Vous êtes revenu, voilà tout.

— Pardon, monsieur, j'y tiens absolument ; ce sera mon expiation. Ne vous effrayez pas, je serai bref.

— Allons, marchons pour la confession, alors, quoique je n'en voie pas l'utilité.

— En quittant Paris, commença M. Javelin d'une voix un peu haletante, je me suis rendu directement à New-York ; c'est un camarade du cercle qui a payé mon voyage en me promettant le secret le plus absolu, et je vois qu'il m'a tenu parole. J'avais en tout deux cents francs, dont j'ai envoyé la moitié à Marthe afin qu'elle pût vous, rejoindre. Ce que l'on dit en France de la rapidité avec laquelle se font certaines fortunes aux Etats-Unis n'a rien d'exagéré ; avec de la hardiesse et un peu de chance, on arrive promptement. J'ai trouvé, presque aussitôt mon arrivée, une association avec un Américain qui trafiquait sur le grains et les farines. Comme il avait affaire surtout avec la France, je lui étais d'un grand secours ; aussi, bien que ma mise de fonds fût nulle, il me donna une bonne part dans les bénéfices. Cet homme avait le génie du commerce ; en trois ans, j'avais gagné près de cent mille francs, c'était déjà beau, n'est-ce pas ? mais je voulais avoir davantage, c'est-à-dire le montant de la dot que vous aviez donnée à votre fille et que j'avais si rapidement dissipée. Je n'ai pas eu la patience d'attendre, et, pour aller plus vite, je me suis remis à jouer. Après des alternatives de gain et de perte, en dix mois, tout à été englouti. J'ai continué à jouer pendant deux ans, jusqu'au moment où je suis tombé dangereusement malade. Ce que j'ai souffert moralement pendant cette terrible maladie ! le chagrin d'être seul, la crainte de mourir sans avoir revu ma femme et mes enfants, sans avoir obtenu votre pardon, à tous... Oh ! j'ai fait une grande faute, mais je l'ai cruellement expiée.

— Et ne pas nous avoir écrit ! murmura la compatissante Marthe.

— Je n'osais pas, je ne me trouvais pas digne de pitié à cette époque. A partir de ce moment, j'ai scrupuleusement tenu la promesse que je m'étais faite de ne plus toucher une carte et de travailler assidûment. Depuis deux ans, j'étais employé chez un négociant où je faisais la correspondance. Pour ajouter à mes appointements, je donnais des leçons de français pendant les moments dont je pouvais disposer, enfin je suis parvenu à économiser quinze cents francs, de quoi payer mon voyage; et je suis venu, comptant sur votre générosité pour oublier en partie les torts que j'ai eus envers vous. L'accueil que vous m'avez fait a dépassé de beaucoup ce que j'osais espérer... Voilà les papiers qui attestent la véracité de mes paroles. Voilà mon acte d'association avec Barns, et une copie de la liquidation de notre société, voici les ordonnances des médecins et mon billet de sortie de l'hôpital.

— L'hôpital! gémit douloureusement madame Javelin.

— Enfin, voici le certificat de mon dernier patron et le billet d'acquit qu'on m'a remis au Transatlantique.

— Laissez tout cela, Javelin, fit le général, nous n'avons que faire de toutes ces paperasses. Brûlez-les et qu'il ne soit plus question du passé. Ne mettez plus jamais les pieds dans un cercle, c'est tout ce que je vous demande.

— Alors, murmura le pauvre homme qui ne s'attendait pas à une pareille réception: vous oubliez...

On ne lui répondit pas; mais il sentit ses deux mains serrées avec tant d'affection qu'il ne douta plus que tout ne fût oublié.

— Et les enfants, demanda-t-il profondément ému, que vont-ils dire?

— Soyez tranquille, on trouvera bien moyen d'arranger la chose; on leur a toujours dit que vous étiez parti pour un long voyage, on leur dira que vous êtes revenu, voilà tout.

— Parlez-moi un peu d'eux. Ils sont beaux, n'est-ce pas? Comme ils doivent être grandis?

— Suzanne a quatorze ans, dit la mère, c'est une jolie fillette, très gaie, très douce, très bonne.

— Comme vous, Marthe. Et Guy ?

— Guy est un beau petit garçon de huit ans, un peu fluet, mais très bien portant. Il est excessivement intelligent, ardent, généreux.

— Comme son grand-père.

— Mes enfants, interrompit le général, tout cela est très bien, mais nous ne pouvons rester ici. J'ai laissé Suzette très tourmentée, il faut aller la rassurer... Et puis, je me sens faim. Parbleu, je crois bien, ajouta-t-il en tirant sa montre, il est sept heures et demie... Allons, Javelin, apprêtez-vous, mon brave,

— Moi !... ce soir !...

— Parbleu ! vous !... ce soir !... pourquoi pas?

— J'aurais préféré que les enfants fussent prévenus... Et puis, j'ai ici des choses à régler, à arranger.

— En ce cas, voici ce qu'il faut faire. Marthe, ma fille, tu vas rentrer pour parler aux enfants, leur dire... au fait tu leur diras ce que tu voudras. Moi, je reste avec ton mari, nous dînerons ensemble ici, puis nous dépêcherons ses affaires et nous vous rejoindrons. Prends le coupé, nous trouverons bien un fiacre.

L'explication aux enfants ne fut ni longue ni difficile. On avait dit à Guy que son papa était en voyage, il trouvait tout naturel qu'il revînt. Quant à Suzanne, si quelque chose lui parut singulier dans ce retour subit, elle eut le bon sens et la délicatesse de n'en rien laisser voir.

— Papa revient très souffrant, très fatigué, dit madame Javelin ; il ne faudra pas être tourmentant, Guy, ni faire trop de tapage.

— Maman, je dirai à Adèle qu'elle range ma trompette, mon tambour et toutes mes musiques. Je ne garderai que mon jeu de constructions et mes cubes à images.

— Tu peux aussi conserver Jupiter, dit Suzanne qui savait combien il aimait son grand cheval.

— Non, parce qu'il fait du bruit en roulant. Je montrerai à papa tous les beaux dessins que Henri m'a faits et quand il voudra dormir, je m'en irai tout doucement.

— Bien, mon chéri. Oh ! que papa sera content de voir comme il a un bon petit garçon !

Suzanne ne dit rien, mais dans son excellent cœur, elle se promit d'être prévenante et affectueuse pour son père et de le dédommager de la tendresse et des bons soins dont il avait été si longtemps privé.

XXIV

GENEVIÈVE DIPLOMATE

— Andrée, dit un matin madame Herbelot en se
mettant à table pour le déjeuner, devine quelle
visite j'ai reçue ce matin ?

— Je ne sais pas, grand'mère. Henri, peut-être ?

— Non, ce n'est pas Henri.

— Le général ? madame Javelin ?

— Tu n'y es pas du tout.

— Oh ! grand'mère, c'est très mal de me taquiner comme cela ; je ne suis pas une grande devi-
neuse, moi. Si cela m'intéresse, il faut de suite me
dire qui, sans me faire languir.

La vieille dame souriait avec malice ; elle parlait
lentement, lentement, pour faire enrager Drichette.

— Eh bien, ma fille, j'ai reçu la visite d'une personne qui est venue exprès le matin pour ne pas

te rencontrer; elle t'avait vue sortir avec Bertine pour aller au marché; et cette personne m'a fait une communication qui t'intéresse au plus haut point; c'est un monsieur, et il s'appelle... devine !

— Oh ! grand'mère, que c'est méchant de me mettre ainsi à la torture.

— Ah ! voilà comme nous sommes, nous autres vieilles gens, nous aimons à taquiner les jeunes.

Grand'mère riait toujours, mais en relevant les yeux sur sa petite-fille, elle la vit si troublée par l'attente, qu'elle se hâta d'abréger son supplice :

— C'est Roger Guettry, dit-elle vivement, et il est venu me demander ta main.

— Ah ! fit Drichette en baissant la tête avec découragement.

— Eh bien, ma petite, c'est tout ce que tu dis ; tu avais si grand hâte de savoir.

— Que veux-tu que je dise, grand'mère ?

— Dame, si tu es contente, si cette demande te surprend ou si tu t'y attendais. Je ne sais pas, ce n'est pas moi qu'on demande en mariage, mais il me semble qu'il y a autre chose à dire que « Ah ! » Enfin, tu as du temps pour réfléchir ; pense à cela bien tranquillement. Tu comprends, n'est-ce pas, que je désire te voir établie, je ne suis plus jeune Et puis, enfin, la démarche de M. Guettry est de celles qui doivent flatter une jeune fille ; il est beau garçon, très bien élevé, très spirituel ; il a du talent ; c'est quelqu'un, en un mot. Tu lui plais beaucoup et depuis longtemps. La seule objection que l'on puisse élever, c'est la différence d'âge qu'il y a entre vous... Et encore... douze ans !...

Madame Herbelot parlait sans regarder Drichette ; elle savait bien que les jeunes filles rougissent toujours quand on leur parle de mariage et aussi qu'elles n'aiment pas bien à être vues quand elles rougissent ; mais à la fin, étonnée de son silence, elle leva la tête et la vit qui pleurait, tout bas, doucement, mais avec une figure si triste qu'elle en eut pitié.

— Comment, ma chérie, tu pleures ? et pourquoi ? Il n'y a pas de quoi s'affliger d'être demandée en mariage par un galant homme.

La jeune fille continuait à pleurer sans répondre.

— Voyons, ma petite, il faut me dire ce qui te fait tant de peine. Si M. Guettry te déplait...

— Ce n'est pas cela, ce n'est pas cela ; je ne veux pas me marier du tout, d'abord. Si tu m'avais dit tout de suite... ; mais, un moment, j'ai cru, j'ai espéré...

— Quoi ? ma chérie. Qu'est-ce que tu as espéré ?

Cette fois Drichette, cachant sa figure dans ses mains, éclata en sanglots.

— Je n'en obtiendrai rien, maintenant, se dit madame Herbelot, elle est trop bouleversée.

Elle prit le parti le plus sage, qui était de laisser ce grand chagrin s'user dans les larmes ; toute espèce de paroles ou de consolations n'auraient fait que l'aigrir.

Drichette passa l'après-midi dans un calme apparent, mais ses yeux rougis, son air abattu prouvaient clairement qu'elle avait une grosse peine. Le soir, Pierre et Geneviève venaient dîner chez leur mère qui profita d'un moment où Drichette était occupée à un détail quelconque du ménage pour leur raconter la scène du matin.

— Comprenez-vous quelque chose à cela, conclut-elle. Cette petite est gaie, tranquille, je lui annonce que M. Guettry la demande en mariage, et la voilà qui se désole, mais à un point... c'est à n'y pas croire : une fille si sensée, si raisonnable !

— C'est très curieux, dit Pierre, qui ne se piquait pas de perspicacité.

Geneviève n'avait pas l'air étonné du tout.

— Andrée a eu une déception, finit-elle par dire, elle a cru que vous alliez lui annoncer une visite et une demande autres que celles de M. Guettry.

— Je le crois, elle me l'a donné à entendre ; mais de qui voulez-vous parler, grand Dieu ?

— Eh ! de Georges donc, son ami d'enfance.

— Vous croyez ? Un garçon qui est parti sans crier gare pour un voyage qui n'en finit pas ;

qui écrit à peine, et des lettres si courtes, si sèches !
qui ne nous donne presque plus signe de vie, en
un mot...

— Précisément, mère, c'est même tout cela qui
me fait supposer que je ne me trompe pas.

— Ah ! par exemple !

— Mais oui, mais oui. A un pareil revirement il
faut une cause, n'est-ce pas ?... Il y a eu entre eux
un malentendu, poursuivit tranquilement la jeune
femme, et ce malentendu date du jour où vous
êtes parties en Auvergne pour assister au mariage
d'Anne Montjean. Je l'ai bien vu, moi, et même je
l'ai fait remarquer à Pierre. Presque au moment
du départ, ils ont eu ensemble dans le jardin une
explication à la suite de laquelle, leur attitude a
changé du tout au tout. Quand Georges est venu,
le lendemain, nous annoncer qu'il partait en
voyage et nous dire adieu, il avait l'air désespéré.
Maintenant, à votre retour, en apprenant qu'il
n'était plus là, Andrée a eu une terrible émotion ;
et depuis, j'ai remarqué qu'elle, autrefois si uni-
formément gaie, avait des moments de tristesse.

— Cela, dit grand'mère, moi aussi je l'ai vu, je
l'ai bien des fois interrogée à ce sujet, elle m'a
toujours répondu qu'elle n'avait rien.

— Vous voyez bien. Si vous voulez m'en croire,
mère, ne poussez pas votre petite-fille au mariage,

avant d'avoir éclairci cette affaire-là, vous feriez deux malheureux.

— Tout cela me semble bien embrouillé, mes pauvres enfants. Comment arriver à faire la lumière ? Pour Andrée encore ce n'est rien, on arrivera toujours bien à lui faire dire la vérité.; mais Georges ..

— Tiens, dit Pierre qui ne s'embarrassait pas pour si peu, on lui écrit, parbleu.

— Ecrire ! c'est bientôt dit, mais je trouve moi que c'est très délicat. Andrée n'a que fort peu de chose ; le jeune homme, au contraire, est relativement riche ; il vient encore d'hériter d'un oncle, trente mille francs de rente, il paraît. Je ne veux avoir l'air de lui jeter ma petite fille à la tête.

— Bien entendu, fit Geneviève, aussi n'est-ce pas vous qui devez vous charger de ce soin. Voulez-vous me laisser carte blanche, mère ? je prends la responsabilité de tout, et vous verrez que je saurai m'arranger de façon à ménager les deux parties.

— Faites comme bon vous semblera, j'ai pleine confiance en votre tact. Mais n'importe, tout cela est bien compliqué et bien ennuyeux.

— J'en sortirai, laissez-moi faire, dit la jeune femme tout heureuse du rôle qu'elle allait jouer. Mais d'abord je vais confesser Andrée sans qu'elle s'en doute.

Drichette était dans la salle à manger veillant aux derniers préparatifs du dîner, mais sans entrain, avec une sorte d'accablement qui contrastait avec son activité ordinaire.

— Andrée, dit la tante, qu'est-ce que ta grand'mère vient de nous dire, ma fille ? tu pleures rien qu'à entendre parler de mariage.

— Tante, je t'en prie, ne me parle plus de cela, dit la jeune fille d'un ton suppliant ; je ne veux pas me marier, avec n'importe qui ; à toutes les demandes je répondrai non, toujours non.

— Même si c'était...

— Même si c'était un prince.

— Laisse-moi achever au moins, même si c'était Georges.

Drichette remua tristement la tête :

— Ah ! Georges ! Georges !

Geneviève en savait assez, elle n'insista pas et retourna près de sa belle-mère, disant à part elle :

« J'en étais sûre ! Mais qu'est-ce qu'ils ont bien pu avoir ensemble. »

Le soir, elle écrivit au jeune homme une lettre dont elle parut fort contente ; Pierre voulait absolument la lire :

— Non, non, dit-elle en riant, les hommes n'entendent rien à ces choses-là, tu me ferais des observations saugrenues ; tu voudrais que j'y mette ceci et que je n'y mette pas cela, quand je suis certaine d'avoir écrit tout juste ce qu'il fallait.

— Oh ! l'orgueilleuse ! voyez-vous comme elle se croit bon diplomate.

— Oui, parfaitement, et je suis d'autant plus fière de ma diplomatie, qu'elle aboutira à faire le bonheur de deux charmants enfants.

Le surlendemain matin, arrrivait au petit pavillon de Saint-Mandé, qu'habitait Pierre Herbelot, la dépêche suivante :

Vous avez raison. Je pars par le premier train ; j'irai directement chez vous.

Georges Valienne.

Geneviève triomphait : « Et bien, m'étais-je trompée ? Dire qu'il n'y a que moi qui ai vu clair ! »

— Attends avant de chanter victoire, reprit son mari, elle n'est pas très explicite cette dépêche.

— Tiens, qu'est-ce que tu veux de plus ? Si je n'avais pas deviné juste, est-ce qu'il accourerait si vite ?

La lettre de Geneviève n'avait pas trouvé Georges chez son père, il était survenu de grands changements aux Marronniers. D'abord le voyage des jeunes gens, qui ne devait durer que quelques mois, s'était prolongé une année entière. A leur retour, M. Thelepsen avait envoyé son fils en tournée

chez tous les correspondants de leur maison : en
Suède, en Norvège, en Russie ; et Georges, mis
en goût par son excursion dans le midi de l'Eu-
rope, avait voulu accompagner son ami. Quand ils
étaient revenus pour la seconde fois, le jeune
Valienne avait trouvé son père soucieux : « Ton
oncle est malade, lui dit le fermier ; il a eu une
attaque d'apoplexie, il y a quinze jours. Il va mieux,
mais le médecin dit qu'on ne guérit jamais complètement de ces choses-là. Enfin, il veut te voir
et même te garder quelque temps près de lui.

— Mais, toi, père, qu'en dis-tu ?

— Oh moi ! si j'écoutais mon sentiment, tu ne
me quitterais guère, va. J'ai été assez privé de toi
depuis trois ans. Du jour où tu es parti pour faire
ton volontariat, est-ce que je n'ai pas eu continuellement du souci à ton sujet. Mais, ce n'est pas à
cela qu'il faut regarder. C'est ton intérêt de faire
ce que ton oncle demande : il veut te laisser tout
ce qu'il possède, c'est bien le moins que tu te
rendes à son désir. Et puis le pauvre homme n'a
probablement pas tant de temps à vivre !

Sans tarder, Georges était parti pour le pays
d'Auge où le frère de sa mère avait de grands biens
entre Toucques et Pont-l'Évêque. Il l'avait trouvé
plus changé, plus vieilli qu'il ne l'avait d'abord
cru, mais toujours de bonne humeur.

— Vois-tu, mon garçon, dit le malade qui avait

conservé ses idées nettes; je sens bien que je n'en ai pas pour longtemps : la tête est bonne, les bras aussi, mais les jambes... ah les têtues, elles ne veulent plus marcher. Alors tu comprends, quand la maladie sera remontée au cœur, pfst !... Seulement, il ne s'agit pas de cela pour le moment. Tu as toujours l'idée de faire de l'élevage, hein?

— Oui, mon oncle, mais j'espère...

— Laisse-moi aller. Tu as raison de ne pas vouloir être avocat; je ne sais pas ce que ton père avait dans la cervelle... Écoute, j'aurais été chagrin, moi, de penser que mes terres si bien soignées, si bien amendées, les meilleures de la vallée, tu verras, auraient été vendues ou mises en fermage. Donc tu vas t'installer ici, et, avec l'aide de Tournel qui est mon second et en qui j'ai toute confiance, tu vas prendre en main l'exploitation. Je serai là pour te guider dans tes débuts, car il ne s'agit pas de planter des chevaux dans un pré et de leur dire : « Mangez de l'herbe »; c'est tout une étude à faire que l'élevage. Tu n'aurais jamais réussi à Manneville : les terres sont trop sèches sur votre plateau. Bon pour les grains, mais pour les pâturages, il n'y a que la vallée. Maintenant tu es jeune, tu es plus instruit que je ne l'ai jamais été, si tu es entreprenant, rien ne t'empêche d'élargir le cercle de tes affaires. M. Chevalier, un des éleveurs les plus en renom, a commencé plus petitement que moi. Tout ce que je te demande, c'est de ne jamais te mettre dans l'esprit d'avoir une écurie de courses : il y a trop de risques vois-tu.

Donc Georges avait quitté Manneville, et, de tout l'été, n'avait voulu y reparaître. Un jour que son père l'avait plus vivement pressé de venir passer quelques jours auprès de lui, il avait, en partie, donné la raison de son refus : « Je n'irai pas à Manneville tant qu'il y aura du monde au Routeux. » Et le fermier en voulait un peu à Drichette de faire le malheur de son Georges.

L'été s'était passé et la santé du malade avait paru se raffermir un peu ; puis, tout à coup, aux premiers froids, il avait eu une rechute, et, doucement, sans souffrances ni secousses, il s'était éteint, laissant à son neveu toute sa fortune, trente mille francs de rente comme l'avait bien dit madame Herbelot. Et trente mille francs de rente en biens-fonds représentent un joli capital.

Bien que M. Valienne eût un grand désir de garder Georges près de lui, il avait pourtant consenti à le voir s'établir définitivement à Toucques. Après tout, ce n'était pas si loin de Manneville, et puis l'oncle avait raison, c'est une riche terre que la vallée d'Auge, pour les pâturages.

Le fermier, en recevant la lettre de Geneviève, l'avait tournée et retournée dans ses mains avec méfiance. « Qu'est-ce qu'ils lui veulent encore, les Parisiens? Pourvu que ce chiffon de papier, n'aille pas lui mettre la tête à l'envers! » Néanmoins, sans plus tarder, il avait fait atteler son meilleur cheval, et avait rapidement filé sur la route de Honfleur. « Si c'était une bonne nouvelle, par hasard, il ne faut pas que le garçon attende après » s'était-il dit.

Je crois bien que c'était une bonne nouvelle, si bonne même, qu'après la lecture de la lettre, Georges se mit à battre des mains, à rire, à faire toutes sortes de folies ; il embrassa son père, il embrassa Rose, la vieille bonne de son oncle, qui était restée à son service ; il aurait embrassé Tournel, il aurait embrassé n'importe qui, tant il était joyeux.

— Ah çà! qu'est-ce qui te prend? demanda le fermier, peu habitué à voir son fils si expansif, deviens-tu fou?

— Ce qui me prend, père, tiens, lis. Oui, je suis fou, fou de bonheur.

— Naturellement, tu pars à Paris, dit M. Valienne, en lui rendant la lettre.

— Je crois bien que je pars, le temps de courir au chemin de fer.

— Mais, tu as une grande heure devant toi, tu as bien le temps. Il faut que tu t'habilles un peu, que tu emportes quelques effets...

— Ah ! oui, c'est vrai ; je perds la tête, vois-tu, père.

Il sembla à Georges que le train ne marchait pas — c'était l'express pourtant — et à cinq heures juste, il entrait dans la gare Saint-Lazare. Le jeune homme sauta dans une voiture et se fit conduire à Saint-Mandé. Mon Dieu ! que la route lui parut longue ! est-ce que les gens qui ont de bonnes nouvelles à vous apprendre devraient demeurer si loin ?

Enfin on arriva, et Geneviève redit à Georges ce que sa lettre lui avait appris et qu'il ne se lassait pas d'entendre répéter : que Drichette avait refusé d'épouser Roger Guettry, qu'elle avait déclaré qu'elle ne se marierait jamais ; et comme elle avait dit : « Ah ! Georges ! Georges ! » quand elle, la tante, s'était informée de ce qu'elle répondrait au cas où son ami demanderait aussi sa main. « Allez, allez, ajoutait la bonne petite femme, rien qu'à son ton, j'ai bien vu qu'elle dirait oui... Mais, au fait, qu'est-ce que vous avez donc eu ensemble, le jour où elle est partie pour l'Auvergne, c'est ce jour-là, n'est-ce pas, que vous vous êtes brouillés ? »

Et il fallut que Georges fît à la charmante curieuse, le récit de tout ce qui s'était passé ; il lui raconta ses hésitations, ses moments d'espoir et de découragement, sa demande ambiguë, et le refus,

ou du moins ce qu'il croyait être le refus de Drichette. Comme il achevait son histoire, au milieu
des exclamations de Geneviève, la sonnette retentit.

— Les voilà, dit la jeune femme ravie de la petite comédie qui se jouait chez elle. Restez là, ne
bougez pas. Ma belle-mère sait que je vous attends,
mais Andrée ne sait rien et il ne faut pas la surprendre comme cela tout à coup. Je vais les faire
monter dans l'atelier de Pierre pour la préparer.
Ne vous montrez pas surtout.

Et Geneviève passa dans l'antichambre où madame Herbelot et sa petite-fille enlevaient déjà
leurs manteaux. Drichette avait tout de suite
aperçu un pardessus et un chapeau qui n'étaient
pas à son oncle. Ce pardessus et ce chapeau ressemblaient à tous les pardessus et à tous les cha-
peaux ; pourquoi la vue de ces deux objets fit-elle
faire à son cœur un si furieux toc toc ? pourquoi,
elle si peu curieuse d'ordinaire, ne put-elle résis-
ter au désir de prendre le chapeau et d'en regarder
l'intérieur ? Sur la soie marron qui le doublait,
brillaient deux lettres dorées, un G. et un V.

G. V., pensa-t-elle, Georges Valienne ! et le
toc, toc devint si violent qu'elle eut peur d'étouffer. Puis, tâchant de reprendre son air naturel,
elle demanda à sa tante qui arrivait :

— Vous avez donc du monde, ce soir ?

— Oui, ma mignonne.

— Qui ma tante ?

Georges n'avait pas obéi ; il était venu près de la porte qu'il tenait entre-bâillée, il avait vu Drichette, il avait entendu sa voix que l'émotion faisait trembler, et ne pouvant contenir son impatience.

— C'est moi, Drichette ! c'est moi, ma chérie !

La première effusion passée, Geneviève qui ne trouvait pas sa mission terminée, prit son ton le plus grave et le plus solennel.

— Georges, dit-elle, consentez-vous à prendre pour femme, Andrée Castagny, ici présente ?

— Oui, répondit le jeune homme, avec un tel élan que grand'mère en tressauta.

— Et toi, Andrée, consens-tu à prendre pour mari, Georges Valienne ici présent ?

— Oh oui ! tante, dit la jeune fille du fond du cœur.

— C'est bien, mes enfants, vous voilà fiancés, embrassez-vous.

L'oncle Pierre était rentré, on se mit à table. Et quel joli dîner ! tout le monde était si gai, si heureux ; la maîtresse de maison avait soigné son menu, Pierre offrit du champagne, et après cela, on se mit à bavarder, bavarder... Le peintre parla avec Georges des pays qu'ils connaissaient tous les deux : l'Espagne, l'Italie, la Grèce. Drichette voulut que son fiancé (oh ! son fiancé !) lui donnât force détails sur sa nouvelle installation ; Geneviève lui demanda dans quelle contrée il avait trouvé les enfants les plus beaux et les plus forts, et elle s'indigna parce qu'il fut forcé de confesser qu'il n'y avait pas pris garde.

Chacun trouva que Georges avait bien changé à son avantage : sans avoir rien perdu de sa modestie, il avait pris une certaine assurance qui, auparavant, lui faisait complètement défaut; ses manière étaient devenues plus aisées, son esprit plus vif, sa parole plus facile. Somme toute, puisque les choses étaient arrangées, il n'y avait pas à regretter le malentendu qui, pendant un an, l'avait tenu éloigné de chez lui.

Grand'mère fit mine de se fâcher, parce qu'elle ne pouvait pas parvenir à emmener Drichette.

— Mais, il n'est pas tard, grand'mère, répétait la jeune fille.

— Ta, ta ta, les fiancés n'ont jamais sommeil quand ils sont ensemble, mais moi qui ne suis pas fiancée, tu trouveras bon que je désire regagner mon lit.

Pourtant il fallut se séparer, et dans le dernier adieu :

— Tu ne seras plus jaloux, Georges, dit la jeune fille tout bas à l'oreille de son ami.

— J'étais donc jaloux, Drichette ?

— Un peu... quelquefois...

— Non, ma chérie, je n'étais pas jaloux, seulement, j'avais toujours peur que tu n'aimasses les autres plus que moi. Mais maintenant... maintenant... !

XXV

MARIAGE ET FIANÇAILLES

... Et quelque mois après, il y eut de belles noces à Manneville-la-Raoult : Georges épousait Drichette, son amie d'enfance. Ce jour-là, tout était gai dans la campagne : le soleil brillait, les oiseaux chantaient, les arbres agitaient leurs branches avec un joyeux bruissement Pour se rendre à la petite église, il n'y avait pas à prendre la grande route aveuglante de clarté, on suivit un chemin couvert et feuillu, bien doux au marcher parce que M. Valienne en avait fait enlever à l'avance les pierres qui auraient pu heurter les petits pieds des Parisiennes. Car il y avait beaucoup de Parisiennes à ce mariage, et jeunes, jolies, élégantes... Jamais les braves gens du pays n'avaient vu tant de « beau monde » à la fois. Toutes les amies de Drichette avaient tenu à venir lui apporter le témoignage de leur sympathie.

Voici, d'abord, les deux demoiselles d'honneur, Suzanne et Madeleine Périen, l'une avec Henri, l'autre avec Thélepsen ; puis tante Geneviève, très fière du résultat de ses négociations ; mademoiselle Clotilde, madame Javelin, la charmante madame Leblond ; et encore Anne, actuellement madame Vandel, et Germaine qui vient d'épouser le jeune ingénieur, si amateur de begonias, et Marcelle naturellement, toutes en toilettes si fraîches et si gaies que l'œil en est réjoui. Dans le clan des personnes raisonnables, nous avons grand'mère, la bonne madame Courtois, madame Montjean, très occupée à surveiller les premiers pas de son petit-fils.

Ah ! et les femmes de l'antiquité que j'oubliais, ce n'est pas faute pourtant qu'elles ne fassent des manières pour attirer l'attention. Elles sont allées à Paris tout exprès pour commander leurs costumes, mais comme elles ont eu le soin de choisir les modes les plus extravagantes, elles sont aussi ridicules qu'à l'ordinaire. La « mère des Gracches » est en rouge vif, la « compagne de Périclès » en bleu mourant ; du moins c'est elle qui dit que le bleu de sa robe est un bleu mourant. Un moment, elles ont eu l'idée d'avoir pour le bal des étincelles électriques dans leurs cheveux ; mais Pierre Herbelot les en a détournées en leur affirmant, avec le plus grand sérieux, qu'elles pourraient bien sauter comme des torpilles à un moment donné, et que l'on compte déjà onze ballerines foudroyées par une modification subite et inexpliquée du courant. Et comme Geneviève lui reprochait sa mystification : « Laisse donc, a-t-il répondu, elles nous gâteraient notre pastorale avec leur électricité. »

Marie Villain aussi est là, en qualité d'invitée ; elle ne voulait pas d'abord, la modeste petite femme, mais Drichette a insisté avec tant de bonne grâce et d'affection qu'elle a dû consentir ; et, comme elle a eu le bon sens de rester en paysanne, elle a tout à fait bonne apparence avec ses solides couleurs et sa belle santé. Je ne parle pas de Louise, vous pensez bien qu'elle est là, en bonne place ; elle est l'amie de Drichette et Drichette ne néglige pas ses amis.

Le côté des habits noirs, pour n'être pas aussi brillant, n'en est pas moins fort agréable. Ici, c'est l'oncle Pierre, qui cause peinture avec Henri et Roger, car Roger aussi est là : il n'a pas gardé rancune à Drichette de son refus. Maintenant Geneviève qui voit clair, comme vous le savez, prétend que s'il a tenu à venir au mariage, c'est qu'il était sûr d'y rencontrer Clotilde ; depuis quelque temps, il trouve d'étonnantes qualités à Clotilde, et Geneviève ne serait pas surprise si, d'ici à quelque temps... enfin, on verra bien.

Dans ce coin bien ensoleillé, voici M. Javelin dont la santé se remet lentement grâce aux bons

soins dont il est entouré : sa petite Suzanne est toujours près de lui, surveillant ses moindres mouvements, prévenant ses désirs, agissant sans bruit,
sans geste, pour ne pas le fatiguer. Le général a fait
semblant d'être un peu jaloux. « Tu me négliges, Suzette, depuis le retour de ton papa. — C'est vrai,
grand'père, mais tu n'es pas malade, toi, et tu n'as
pas été malheureux répond l'excellente petite fille ».

Là-bas, voici Léon Villain, un peu empêtré dans
sa redingote de noces, auquel M. Montjean demande force détails sur le jardinage du pays normand. Un peu partout, allant d'un groupe à l'autre,
c'est le docteur Leblond, toujours aussi remuant,
aussi vivace. Il vient d'avoir avec M. Valienne
une grande conférence à la suite de laquelle il
est très gravement venu à sa femme : « Tu sais,
Marie, que c'est très amusant de faire de la culture
dans ce pays-ci : tout pousse tout seul ; j'ai bien envie
d'acheter de la terre et de me mettre fermier. — Tu
as toujours envie d'être ce que tu n'es pas, répond
la jeune femme en riant, mais je ne tiens pas du
tout, moi, à venir m'enterrer ici pour battre du
beurre et engraisser des poulets. »

Quelle est donc cette grande femme, longue et
sèche, dont la robe sombre détonne si fort avec les
toilettes claires que l'on voit de tous côtés ? Eh !
c'est la tante Norine ; la tante Norine, toujours
grondeuse et mécontente, qui suppute dans sa cer-

velle ce que va coûter une pareille noce, non seulement d'argent dépensé, mais encore de bien gâché. Est-ce que les jeunes gens ne viennent pas de décider que ce soir on dansera dans le verger éclairé a *giorno*. Est-ce que Pierre, Henri et le docteur Leblond (hein ! un médecin !) ne viennent pas de descendre à Honfleur au grand galop (comme si les chevaux n'étaient pas assez fatigués !) pour rapporter des lanternes vénitiennes.

Piler l'herbe quinze jours avant la fenaison, n'est-ce pas un meurtre ! Elle est allée faire ses doléances à son frère qui s'est contenté de fredonner à mi-voix :

> « Foulons, foulons, foulons l'herbe
> Foulons l'herbe, elle reviendra. »

« Et les cerises, Valienne, les cerises qui sont près de mûrir, crois-tu qu'ils vont les arranger avec leurs fanaux qui, pour sûr, prendront feu dans les arbres ? — Bah ! ma fille, il en repoussera d'autres l'an prochain. » La tante est partie exaspérée, mais quand on voit des gens assez imbéciles pour aimer à mettre leur bien au pillage, il n'y a rien à dire, n'est-ce pas ? Ce qui n'a pas empêché la tante de dire toute la journée.

Le général, toujours heureux de voir la joie des autres, se promène, chante, rit, plaisante ; il est

aussi jeune que les plus jeunes. Un moment il se
trouve près d'Henri.

— Et bien, mon vieux, quand est-ce que toi
aussi tu nous feras aller à la noce ?

— Hélas, mon général, pas de sitôt, j'en ai peur.

— Pourquoi donc ? il faut se hâter au contraire ;
je ne suis plus jeune, moi, et je désire fort connaître
mes arrière-petits-enfants.

Henri regarda M. Charlemaine d'un air effaré.

— Mais certainement, ajouta le brave homme
qui paraissait s'amuser beaucoup intérieurement ;
tu vas nous demander Suzanne un de ces jours,
j'espère bien.

— Moi !... moi !...

— Bien sûr, toi, ce n'est pas le Grand Turc,
je suppose ; d'ailleurs je ne la lui donnerais pas.

— Mais !...

— Ah ! bon, j'y suis ; tu attends que tu aies une
médaille. Mais puisque les gens qui s'y connaissent
prétendent que c'est pour cette année. Dame, la
petite a seize ans passés et dans un an, dix-huit
mois, il sera temps de la marier.

— Je le sais, mon général, malheureusement ce
n'est pas moi qui l'épouserai.

— Ce n'est pas toi, et qui donc ce sera-t-il ? Tu
ne vas pas me faire croire, n'est-ce pas, que tu as
vécu près d'elle pendant huit ans, sans l'aimer,
l'apprécier et désirer en faire ta femme.

— Oh ! non, je ne chercherai pas à vous faire croire cela ; ce ne serait pas vrai d'abord. Seulement...

— Seulement...

— Suzanne est mademoiselle Javelin, la petite-fille du général Charlemaine, tandis que moi..., moi, je suis le garçon au père Drieu.

M. Charlemaine se mit à rire de tout son cœur.

— Ah ! pour une bonne raison, voilà une bonne raison, par exemple. Tiens, la fillette est ici près avec son père et sa mère ; viens donc lui répéter ce que tu m'as dit.

Henri eut beau protester, supplier même, rien n'y fit.

— Tiens, Suzette, dit le brave officier, voici un jeune homme qui ne demandera jamais ta main ; sais-tu pourquoi ?... Parce qu'il est le garçon au père Drieu.

— Et bien, répondit la jeune fille gaiement quoiqu'elle fût un peu rouge, je serai la fille au père Drieu, si toutefois il n'a pas d'autre objection.

— Oh ! Suzanne, peux-tu croire ? Ainsi tu consentirais...

— Mais certainement que je consentirais ; et papa aussi et maman également, n'est-ce pas maman ?

— Eh oui, mon cher enfant, dit |madame Javelin en tendant la main à Henri ; crois-tu donc que j'aurais commis l'imprudence de te laisser vivre dans une aussi grande intimité avec ma fille si je n'avais pas eu l'intention de te la donner un jour. Tu as beau être le « garçon du père Drieu » tu n'en es pas moins un artiste de talent, un brave cœur, plein de sentiments nobles et généreux ; et je serai fière, entends-tu, fière de t'appeler mon fils.

— Oh ! madame, madame, fit le pauvre Henri, que l'émotion empêchait d'en dire plus long.

— J'ai été obligé de le pousser, sans moi, il n'aurait rien dit cet imbécile-là, reprit le général qui disait carrément les choses. Maintenant, je puis vous le dire, et cela m'arrange bien, car je ne sais pas garder les secrets, moi ; l'annexe que j'ai fait élever près de la serre avec laquelle elle communique est destinée à faire, devinez... Ne dites rien, Javelin, il n'y a que vous qui le sachiez.

— Un atelier pour Henri, dit vivement la jeune fille, je l'ai bien vu tout de suite, quoique je n'en aie rien dit à personne.

— Tu es fine, toi, petite ; tu n'as pas cru que c'était une salle de gymnastique comme j'avais voulu vous le faire croire. Oui, c'est un atelier. Quand j'ai dit à l'architecte : « Faites-moi un atelier de peintre avec une porte de communication dans la serre », il m'a demandé pour quel genre de peinture ; j'ai répondu : « Un genre très bien ; allez toujours et ne lésinez pas. » Et je crois vraiment qu'il m'a bâti cela dans de bonnes conditions.

— Je le crois, dit Henri en riant, on y peindrait des décors de théâtre.

— Tant mieux, mon garçon, tes bouquets y seront plus à l'aise. Je me suis dit : « Pendant que ma Suzette soignera ses fleurs, son mari peindra tout près d'elle, et ils arrangeront leurs modèles ensemble, et ce sera très gentil. » Voilà comme il raisonne, votre vieux bonhomme de général.

Jamais l'excellent homme n'avait été si joyeux, si bavard. Il reprit en riant :

— Nous allons avoir l'air de fêter leurs noces, et, pas du tout, nous fêterons vos fiançailles ; mais c'est un secret à nous cinq ; il ne faut rien dire aux autres ; ils seront bien attrapés.

Je ne parle pas des mariés : ce ne furent pas eux, allez, qui tinrent le plus de place et firent le plus de bruit. S'échappant furtivement ensemble, ils revinrent au petit jardin du Routeux, à l'endroit où Georges avait cru perdre Drichette pour toujours, et là, recueillis dans leur bonheur, ils restèrent longtemps ; puis la jeune femme dit à son mari : « Georges, ma pauvre maman désirait tant notre mariage ; elle me l'a si souvent répété dans sa dernière maladie, ne veux-tu pas aller lui dire que son vœu le plus cher a été réalisé. — Je veux tout ce que tu veux, ma Drichette ; tu ne voudras jamais rien que de bon et de charmant. »

Tous deux se dirigèrent vers le petit cimetière du village tranquille et presque gai avec ses oiseaux chantant sur les arbres et ses fleurs épanouies partout ; là, Drichette tira de sa parure une petite branche d'oranger et la déposa dans la mousse au pied de la croix de pierre grise. « Maintenant, Georges, à ta mère à toi qui est devenue aussi la mienne. » Et quand ce fut fini : « Je suis plus heureuse encore si c'est possible, il me semble que nos deux mères nous ont bénis. » Georges ne répondit pas, il se contenta de serrer sa jeune femme sur son cœur ; puis, appuyés l'un sur l'autre, ils montèrent lentement la vieille charrière et regagnèrent les Marronniers.

XXVI

CONCLUSION

Georges et Drichette sont heureux au-delà de ce qu'on peut dire ; ils ont deux beaux enfants, deux petits garçons, Jean et Marc, que leur mère élève, soigne, instruit elle-même avec une patience et un dévouement admirables. Le jeune homme est maintenant connu pour un des éleveurs normands les plus actifs et les plus habiles ; ses chevaux, à la fois élégants et robustes, sont fort appréciés des connaisseurs, et, au dernier concours hippique, il a obtenu la plus haute récompense. Drichette et lui habitent, une grande partie de l'année, la belle propriété qu'ils ont à Toucques, mais ils ont aussi un appartement avenue Montaigne et Georges est devenu tout à fait Parisien.

Henri a épousé Suzanne, il y a deux ans déjà. Après avoir eu une seconde médaille, l'année même du mariage de Drichette, il vient, au dernier salon, d'en obtenir une première. Il faut dire aussi que son tableau, « Un coin du Routeux », était un véritable petit chef-d'œuvre. Depuis qu'il a un bébé, un amour de petite Marthe dont il est fou, il s'est mis dans la tête de faire du portrait. Il peint le poupon de toutes les manières : endormie, éveillée, couchée sur une peau d'ours ou bien assise dans sa petite chaise ; je ne dis pas debout, car la mignonne ne se tient pas encore sur ses pieds. Le général, qui trouve toujours des prétextes pour venir voir « sa toute petite », dit quelquefois en riant : « Hein, Henri ! c'est un plus joli modèle que le chaudron du père Tingaud ! »

Pierre Herbelot est maintenant regardé comme un de nos grands artistes. Il a été nommé chevalier de la Légion d'honneur. A l'un des prochains salons, il aura certainement la médaille d'honneur.

Geneviève ne s'est pas trompée : Clotilde Abrian est devenue madame Roger Guettry et ce sont eux qui, le plus souvent, habitent le Routeux ; ils n'ont pas d'enfants et la petite maison leur suffit.

Clotilde a souvent la visite de son ancienne élève Charlotte Le Tailleur, maintenant aussi sérieuse, aussi raisonnable qu'elle était autrefois écervelée. Elle a épousé un jeune médecin plein d'avenir, et depuis son mariage, elle ne parie plus aux courses, ne chasse plus, ne canote plus ; elle se contente d'être la maîtresse de maison la plus aimable, la plus spirituelle qu'on puisse rencontrer, et grand'mère qui a quelquefois occasion de la voir, trouve qu'elle est beaucoup mieux dans son nouveau rôle.

Louise, la brave fille, est toujours Louise Drieu ; et quand on la taquine sur les nombreuses épingles qu'elle attache à la coiffe de Sainte-Catherine, elle répond d'un air effaré : « Me marier ! mais avec quel temps, grand Dieu ! Est-ce qu'avec mes neveux, j'ai jamais une minute à moi ? » Car il faut dire que pour tous les enfants, grands et petits qu'elle connaît : Guy, les petits Villain, les bébés de Drichette, le poupon de Henri, elle est la tante Louise, une tante qui gâte et qui console; qui a toujours quelque bonne chose en réserve: des confitures délicieuses, des jattes de crème fraîche, des fruits exquis; qui sait conserver des poires fondantes jusqu'à Pâques, et des pommes de reinette jusqu'à la Pentecôte; qui, l'hiver, expédie aux Parisiens des œufs énormes, des poulets dodus et du beurre qui sent la noisette. Oh ! la bonne tante ! Sa jeunesse, bienveillante et dévouée, lui prépare un âge mûr plein de consolations. Elle peut rester vieille fille, elle ne connaîtra pas l'isolement.

Léon et Marie sont arrivés à l'apogée de la gloire et de la fortune : M. Valienne, voulant avoir toute liberté de se rendre près de ses enfants quand bon lui semblerait, a quitté les Marronniers qu'il a donnés en fermage aux Villain ; de sorte que les voilà des personnages « conséquents » à Manneville ; Léon vient même d'être élu conseiller municipal. Heureusement, ils ne sont pas devenus plus fiers pour cela : les honneurs ne leur ont pas fait tourner la tête.

Guy est un brillant élève de l'Ecole Monge ; il veut toujours être général comme son grand-père, il ne parle plus du chapeau à plumes. Il a comme condisciple le plus jeune des Drieu qui se prépare à l'Ecole Polytechnique et y entrera haut la main, au dire de ses professeurs. Des trois autres frères d'Henri, le premier est quasi-associé d'un constructeur de machines, au Havre ; le second est employé dans d'excellentes conditions chez Thelepsen, actuellement chef de la maison Thelepsen et Cⁱᵉ ; le troisième, celui qui ressemblait le plus à Henri comme aptitudes, vient d'entrer, en qualité de dessinateur, dans une importante fabrique de tissus imprimés à Rouen. Tous auront une carrière honorable grâce à leur frère aîné qu'ils regardent comme un Dieu.

Et les femmes de l'Antiquité ? me demanderez-vous. Ah ! les femmes de l'Antiquité ont eu des déceptions et cela me navre de vous l'apprendre. La « mère des Gracches », en fille pratique, rêvait de faire un riche mariage, et elle a épousé un pauvre petit clerc d'huissier. Il doit, il est vrai, succéder à M. Chamaillard, mais le beau-père ne paraît pas pressé de céder son étude. Les panaches, les colifichets, les « repas », les réceptions coûtent cher, et les gens bien informés prétendent que les Chamaillard ne sont pas si « à leur aise » qu'on pourrait le supposer à voir leurs embarras. En attendant, Cornélie doit se contenter des maigres appointements de son mari, et dame! ce n'est pas beaucoup.

La « compagne de Périclès » une personne vaporeuse et immatérielle (c'est elle qui le dit), après avoir vainement attendu un nourrisson des Muses, a dû faire comme le héron de la Fable ; et pour elle, le colimaçon s'est trouvé être un gros marchand de grains, riche, il est vrai, mais si vulgaire ! La pauvre Aspasie est bien à plaindre. Être née pour les beaux-arts et la poésie, et en être réduite à épouser un homme « qui vend quelque chose. » Quelle humiliation !

FIN

TABLE DES CHAPITRES

ÉMILE COLIN. — IMPRIMERIE DE LAGNY.

www.ingramcontent.com/pod-product-compliance
Lightning Source LLC
Chambersburg PA
CBHW060931030726
47503CB00003B/558